www.bbulmedia.com

메리 투 더
뮤직
Merry
to the music

메리 투 더
뮤직

*Merry
to the music*

링고 장편 소설

CoNtEnTs

가진 게 돈밖에
없는 남자

"안녕하세요. 피아노 조율하러 왔는데요."

승혜의 말에 안내 데스크 직원이 미소를 지었다. 호산나 챔버 홀 직원의 격에 걸맞은 우아한 미소였다. 그녀는 지루한 설명을 늘어놓는 대신 엘리베이터 쪽으로 향하는 남자를 가리켰다. 하지만 그곳에는 슈트 차림의 남자가 세 명이나 있었다. 모두 입이 떡하고 벌어지는 외모의 소유자였다.

누굴 가리키는 건지 확실히 알 수가 없지만 승혜는 일단 달려 갔다. 어깨에 맨 작업가방 속에서 조율해머가 소리굽쇠와 부딪 치며 덜그럭거렸다. 엘리베이터에 올라타던 남자들의 시선이 그 녀에게 쏠렸다.

"죄송합니다."

문이 닫히려는 찰나, 승혜는 재빨리 버튼을 눌렀다. 그러다 쓰

리피스 정장을 갖춰 입은 한 남자와 눈이 마주쳤다. 그녀는 숨을 멈추었다.

날카로운 눈초리를 가진 남자는 입가마저 시멘트로 굳힌 듯 딱딱했다. 그는 강해보이는 수행원을 둘이나 대동하고 있었다. 그럼에도 그들이 남자 때문에 긴장한 것이 확연히 느껴졌다. 승혜는 그가 챔버 홀의 주인이라는 사실을 직감했다.

"뒤로 물러나. 여성분 불편해 보여."

남자가 건조하게 명령을 내리자 남자들은 일제히 간격을 좁혔다. 승혜는 고마움을 표시하기 위해 남자를 올려다보았다. 남자와 눈이 마주치고 그녀는 고개를 까딱하며 미소를 지었다. 그런데 어쩐 일인지 남자는 인상을 찌푸렸다.

내가 뭘 잘못했나. 남자를 의식한 승혜는 가방끈을 두 손으로 붙들었다. 그러자 그 안에서 덜그럭거리는 소리가 또 한 번 났다. 남자는 혼잣말로 "무슨 소리지?"라 했다.

혼잣말할 때의 목소리는 명령을 내릴 때와 다소 달랐다. 부드럽고 감미로웠다. 그의 목소리가 남긴 여운에 승혜는 움찔했다.

"울림소리? 이명 같은 게 들리는데. 착각인가?"

남자는 소리굽쇠에서 난 진동을 감지한 것 같았다.

청각이 예민한가 봐. 나처럼. 혹시 음악을 했나? 챔버 홀의 주인이라면 음악을 전공했을 법도 했다. 승혜는 우선 반가웠지만 대답을 해야 하나 말아야 하나 고민됐다. 말을 걸고 싶은데 그러기에는 겁이 났다. 남자는 자신과는 다른 세계 사람인 것이 분명했다. 수행원들에게 면박이나 당하지 않으면 다행일 거였다.

그 사이 엘리베이터가 멈췄다. 승혜는 아쉬운 마음을 뒤로하고 밖으로 나왔다. 공교롭게도 남자 역시 따라 나왔다. 그가 곁을 스칠 때, 단단한 팔꿈치가 승혜의 팔뚝을 건드렸다. 팔다리의 힘이 확 풀렸다. 전신에 흐르는 전율에 승혜는 비틀거렸다.

그 순간 남자가 우뚝 멈춰 서더니 갑작스레 뒤를 돌아보았다. 승혜는 못 박힌 듯 그를 응시한 채 얼어붙었다. 그는 알고 있었다는 듯 흔들리는 그녀의 어깨를 잡더니 부드럽게 옆으로 밀었다.

"조심."

그의 저음은 승혜의 귓가에서 시작해 목덜미로 흘렀다. 그녀는 영원히 움직일 수 없을 것 같았지만 이내 마음을 추슬렀다. 하지만 어디로 가야 하는지 알 수 없어서 남자가 이동하길 기다렸다. 그러고는 남자가 걷기 시작하자 그 뒤를 종종걸음으로 쫓아갔다.

승혜는 남자의 뒷모습을 보며 걸었다. 그는 보기 드물게 훤칠했고 배우처럼 널찍한 어깨를 가지고 있었다. 좌우의 수행원보다 말랐음에도 지지 않았다. 승혜는 주변에서 본 적 없는 남자의 모습에 설레었다.

저런 사람이 이 훌륭한 챔버 홀의 주인이라니……. 소리에 예민한 것 같고. 취향도 고급스러워 보이는 것 같아. 다행이네. 음악을 아는 사람이 음악 홀의 주인이면 좋지. 승혜는 호산나 챔버 홀 대표가 최근에 바뀌었다는 걸 알고 있었다.

이전 대표는 여자였는데 하우스 메이트 이아는 그녀에 대한 험담을 자주 했었다. 별명은 마담 윤. 같은 상류층 사람끼리 안면이 있는 모양인지, 이아는 마담 윤의 이야기가 나올 때마다 부르르 떨었다. 사실인지 아닌지는 모르지만 텐프로 출신이고, 그곳에서 만난 모 기업 회장에게 시집가 결혼 선물로 챔버 홀을 받았다는데 이아는 그것이 못내 분한 듯했다. 챔버 홀 인테리어만 해도 신분에 걸맞게 천박하기 짝이 없다고 욕을 해댔으니까. 물론 마담 윤 쪽도 이아를 좋아할 것 같지는 않았다.

그렇다면 저 남자는 마담 윤이란 여자와 어떤 관계일까? 남자는 대리석 복도를 걸어 나가 소강당에서 멈추었다. 승혜도 따라서 멈춰 섰다. 수행원들이 문을 열자 남자가 안으로 들어갔다. 문이 닫히고 승혜는 밖에서 잠시 망설이다가 홀의 정문 말고 스태프들이 다닐 법한 작은 문을 찾아 들어갔다.

지금쯤이면 갔으려니 했던 남자는 무대 위에 있었다. 게다가 혼자 있었다. 그는 그랜드 피아노 주변을 어슬렁거리며 뭔가 골똘히 생각 중이었다. 객석은 어둡고 무대의 피아노 위에는 핀 조명만이 떨어져 남자는 이따금 나타났다 사라졌다 했다. 이목구비가 또렷한 탓에 남자의 얼굴에 드리운 그림자가 퍽 짙었다.

남자가 먼저 승혜를 발견했다. 그는 한 손으로 턱을 쓸면서 승혜를 뚫어져라 응시했다. 승혜는 문에 붙어 서서 머뭇거렸다. 그러나 더 이상 시간을 낭비할 수 없었기에 조율을 시작하기로 했다.

승혜가 거침없이 다가오는데도 남자는 제자리에 서 있었다. 피아노 덮개를 열기 위해 승혜는 남자의 곁에 바짝 붙어서야 했다.

"비켜 주시겠어요?"

남자는 대답도 없이 약간 비켜서 주었지만 충분할 만큼은 아니었다. 이상한 사람이야. 승혜는 괜히 떨렸다. 조율하는 데 걸리는 시간은 길었다. 중간에 나가 주기를 바라면서 그녀는 일을 시작했다. 우선 건반을 하나하나 눌러보며 귀를 기울였다. 마음 같아서는 연주를 하고 싶지만 남자의 시선이 의식되었다.

승혜는 곧 조율에 빠져들었다. 피아노 조율은 섬세하고 성실한 작업 중 하나였다. 현악기처럼 각 줄의 음계만 맞추면 되는 것이 아니라, 건반 하나하나가 가지고 있는 고유한 소리의 떨림을 확인하고 화음의 음감을 보고, 마지막에는 마찰보정도 해야 했다. 마찰보정을 하려면 200여 개의 핀을 해머너트로 일일이 조였다 풀기를 반복해야 하므로 여자는 물론 남자에게도 중노동이었다.

남자는 승혜가 작업하는 모습을 흥미롭게 지켜보았다. 신선했다. 지금까지 본 사교계 여자들과는 매우 다른 타입이었다. 물론 마담 윤과는 비교도 할 수 없었다.

"연주할 줄 알아요?"

조율이 다 끝나 갈 무렵, 갑작스레 남자가 질문했다. 아직도 여기 있었어? 승혜는 그제야 남자를 의식했다. 일하는 내내 그의 존재를 까맣게 잊고 있었다.

"연주할 줄 아냐구요."

담담하게 묻는데도 왜 이렇게 놀라고 떨리지? 승혜는 콩닥거리는 가슴을 누르며 의자에서 천천히 일어섰다.

"당연히⋯⋯."

"하긴 조율사는 기본적으로 연주를 해야겠네."

남자가 혼잣말로 중얼거렸다. 승혜는 피아노 전공자라는 이야기를 하려다가 그냥 목뒤로 삼켰다. 내 스펙을 알려줘서 뭘 한담. 다시 만날 사람도 아닌 걸.

"들려줘요. 연주."

날카로운 눈빛으로 승혜를 쏘아보며 남자가 말했다. 어쩌지. 하지만 남자의 말을 무시할 수 없었다. 그가 풍기는 날카로운 분위기도 그러하거니와 명령을 내리는 데 익숙한 태도가 승혜를 얼어붙게 했다.

"이거 내 피아노니까 연주해줘요. 얼마나 잘 됐는지 듣게."

이번에는 감미롭게 달래는 남자였다. 어르는 그의 음성은 따스했다. 승혜는 방금까지 내리던 명령조를 까맣게 잊고 망설임 없이 묶었던 머리를 풀었다. 남자의 시선이 어깨로 흘러내리는 그녀의 머리칼에 고정되었다. 승혜는 의식조차 하지 못한 채 긴 머리카락을 그러모아 높게 틀어 올렸다. 남자는 그녀의 목덜미를 매섭게 쏘아보았다. 일순 승혜는 그와 눈이 마주쳤고 남자는 뻔뻔하게도 시선을 돌리지 않았다.

"저, 이제, 칠⋯⋯."

승혜는 헛기침으로 목소리를 가다듬었다. 남자는 그녀에게서 약간 몸을 틀고 객석 쪽을 응시했다. 언제 저렇게 다시 딱딱해졌지? 음악을 듣겠다는 걸까, 아닐까?

남자의 의중을 짐작하지 못한 채 승혜는 연주에 집중했다. 일단 연주를 시작하니 그녀는 달라졌다. 남자 때문에 시종일관 놀란 토끼눈을 뜨고 있던 커다란 눈동자에 그윽하게 속눈썹 그림자가 지고, 이따금 눈웃음을 쳤다.

유독 좋아하는 대목에 이르렀을 때에는 화사하게 웃었다. 남자는 팔짱을 꼈다. 격렬해진 선율 속에 풍덩 빠져 있는 승혜. 그는 음악 속에서 매끄럽게 유영하는 여자가 얼마나 우아한지 처음 깨달았다. 평소의 그는 음악은 물론 여자 따위에조차 관심도 없었으니까. 아니 그 둘은 가장 싫어하는 것 리스트의 1, 2위를 다투는 항목이었으니까.

"우리 홀에 오케스트라 있는 것 알아요?"

연주가 끝나갈 무렵 갑작스레 남자가 물었다. 건반을 두드리던 승혜의 손가락이 우뚝 멈췄다.

"물론이죠."

"당신이 오케스트라 수석 피아니스트를 해줬으면 좋겠어."

"네?"

"연봉 협상은 없어요. 당신이 원하는 만큼이면 돼."

이게 무슨 말도 안 되는 소리인 건데. 승혜는 얼떨떨한 표정으로 자리에서 일어났다.

"저는 조, 조율사인데요."

"당신 연주가 마음에 드니까. 상관없어."

태연한 거짓말로 남자는 승혜의 귀에 이명을 만들었다. 상식적으로 믿어지지 않았지만 남자의 단호한 눈빛에 승혜는 조건이 뭐가 됐건 수락하고 싶기만 했다. 그러면 다음에 또 만날 수 있을지, 하는 기대감 때문에.

"죄송합니다."

하지만 승혜는 삶이라는 그릇에 담긴 물속에서 빠지지 않기 위해 매일매일 허우적대는 신세였고, 그러다 보니 보이지 않는 곳 여기저기 낀 물때의 팍팍한 결을 잘 알고 있었다. 세상에 공짜가 어디 있어? 남자는 자신을 놀리고 있거나 아니면 미친 사람인 게 분명했다.

그래. 미친놈이야. 하지만 이상하지? 미쳤다기에는 지나치게 잘생긴…… 아냐. 그리고 저 남자가 진짜 미친놈이라면 저 외모는 쓸모없는 거야. 잊으면 돼.

냉랭하게도 생각한 승혜는 작업도구를 챙겨 밖으로 나와 버렸다.

♪ ♪ ♪

산세 좋고 물이 맑은 지리산 중턱에 있는 어느 절. 서울의 웬만한 궁 못지않게 웅장한 그곳에서 있을 오늘의 제사는 그 어느 때보다 귀하고 특별했다. 30년을 넘게 절에 어마어마한 금액의 보시를 해 오고 주지스님과도 막역했던 모 기업 김 회장의 49제. 그가 생전에 쌓아 온 명성과 부에 걸맞게 많은 사람들이 모여들었다.

"부처님 오신 날보다 더 많이 온 거 아냐?"

낙광이 선글라스를 벗으며 말했다. 그는 지금까지 김 회장의 개인 계좌를 관리해 왔던 남자로 알 만한 사람들은 다 안다는 일등 개인 비서였다. 낙광은 주변을 두리번거리며 누군가를 찾았다. 그가 간절히 만나고 싶어 하는 사람은 아직도 오지 않았다.

대신 김 회장의 세 번째 부인이자 마지막 부인인 마담 윤이 그의 앞에서 얼쩡거렸다. 김 회장과 마담 윤의 나이 차이는 무려 25세. 결혼 생활도 3년 남짓밖에 되지 않았다. 그럼에도 그녀는 거짓 눈물을 짜내느라 혈압까지 올라 얼굴이 다 빨갰다. 김 회장의 죽음은 호상이라고 했고 지나치게 오래 살았다는 견해도 있었다. 게다가 49제가 아닌가. 망자를 떠나보내기 위해 슬픈 마음을 가라앉혀야 마땅한 시간이었다.

결국, 마담 윤은 지나치게 연기를 하고 있었다.

"사모님. 김준태 이사님은 언제 오십니까?"

"내가 알 게 뭐예요."

그 말이 끝나기 무섭게 하늘만큼 높고 탁 트인 목탁소리가 정 갈히 울리는 가운데 중형 벤츠가 절 앞마당에 들어섰다. 낙광은 마담 윤에게 등을 돌렸다. 어쨌건 명목상의 아들에게 '내가 알 게 뭐냐'라고 말하는 것이 마음에 들지 않았다.

"준태야. 김준태…… 우리 준태. 안쓰러워라."

차의 문이 열리자마자 마담 윤의 입에서 기다렸다는 듯 곡소 리가 흘러나왔다. 준태는 눈물을 흘리는 여자를 무감하게 쏘아 보았다. 그러면 그럴수록 마담 윤은 준태에게 거미처럼 달라붙 었다.

결국 준태는 마담 윤을 떼어내기 위해 입을 뗐다.

"십일조 모자라세요, 새어머니?"

냉소조차 하지 않고 준태는 지갑을 열더니 수표를 꺼내 마담 윤의 손수건에 끼워주었다. 그러자 마담 윤은 "미쳤어. 어쩜 머 릿속에 든 게 돈뿐이야."라고 불평하더니 대법당 안으로 들어가 버렸다.

"이사님. 절은 십일조가 아닙니다."

낙광의 말에 준태가 픽 웃었다. 낙광은 새삼 준태가 매우 잘 생겼다는 걸 깨달았다. 항상 무뚝뚝하고 냉소적인 표정을 짓고 있긴 해도 웃을 땐 확실히 미남이었다.

"알고 한 겁니다. 저 여잔 명청해서 십일조라고 그러면 맞는 줄 알거든요."

물론 말할 때도 냉소가 뚝뚝 떨어졌다. 명목상의 어머니라지만 어머니에게 '저 여자'라고 말하는 쪽도 만만치는 않다고 생각하던 낙광은 사실상 준태와 마담 윤의 나이 차가 불과 5살도 채 되지 않는다는 것을 깨닫고 고개를 끄덕였다.

"안으로 들어가시죠. 주지스님께서 기다리고 계십……."

"됐어요. 요식행위야."

"그래도 주지스님과 김 회장님은 생전에 각별한……."

"나랑 친했던 거 아니잖아. 나는 쓸데없이 돈 쓰는 거 싫습니다."

"쓸데없는 돈이 절대 아닙니다. 이사님. 오늘은 49제가 아닙니까. 49제라는 것은 무릇 김 회장님의 영혼이……."

"49일 동안 아버지의 영혼이 정화되고 내세에 좋은 사람으로 태어나길 바란다는 얘긴데, 이만큼 잘사셨으면 충분하지 뭐 하러 또 태어납니까? 더 좋으려면 어떻게, 절대군주시대의 왕 말곤 없을 텐데. 거긴 가톨릭이니 종교가 다르잖아요. 의미 없습니다."

낙광은 할 말을 잃었다. 묘하게 설득되는 이 논리는 뭘까. 이렇게 말을 잘하고도, 명실 공히 김 회장의 유일한 아들임에도 여전히 이사 직함을 달고 있으니 억울하긴 억울할 거야. 후계자로도 지목받지 못했지, 회장님이 돌아가시기 전에 물려준 거라곤 고작 호산나 챔버 홀이 다이니.

게다가 남은 그 하나마저도 마담 윤이 빼앗을 계산을 하고 있었다. 그녀에게 호산나 챔버 홀은 황금알을 낳는 거위였다. 남편이 남기고 간 돈을 불릴 대로 불리는 것도 모자라 돈세탁까지 할 속셈이었던 것이다.

사정이 이렇다 보니 준태에게 남은 유일한 희망은 아직 공개되지 않은 유언장이었다. 그 내용은 변호사와 공증인 외에는 아무도 모르고 있었다. 그들에게는 함구령이 내려졌고 아직까지는 약간의 내용도 새어나가지 않았다. 예측만 할 따름이었다.

그렇다고는 해도 유언장에 준태에게 유리한 반전이 있을 거라고 믿는 사람은 아무도 없었다. 김 회장은 마담 윤을 지나치게 사랑했다. 마담 윤과의 결혼생활은 3년이 채 되지 않았지만 그 사이 준태를 찾은 것은 세 번 정도였다. 그중 하나는 호산나 챔버 홀의 명의를 바꾸는 문제 때문에 만난 것이었다. 결국 일 외에는 일거수일투족을 마담 윤과 함께했던 것이다. 심지어 죽을 때조차도 그녀의 품 안에서 죽었으니, 준태는 마담 윤만큼이나 김 회장이 증오스러웠다.

낙광이 말했다.

"이게 김 회장님의 마지막 순간입니다. 이사님. 들어가셔서 절이라도 하시지요."

"아버지는 마담 윤 배 위에서 돌아가셨어요. 그게 마지막입니다. 나한테 그다음은 없어요."

준태는 차가웠다. 더 이상 말 붙일 용기가 나지 않았던 낙광은 그에게서 슬슬 떨어졌다. 곧 목탁 소리가 낙광이 비워 놓은 자리를 채웠고 준태는 찡그린 얼굴로 마담 윤의 통곡소리에 귀를 기울였다.

"연기 참 잘한단 말이야. 저러고 제사 끝나면 몇 초 만에 웃을지 모르겠어. 한 번 재 봐야겠군."

차분하게 독설을 내뱉는 준태였다. 돌연 목탁 소리, 곡소리 말고 다른 소리로 귀를 씻고 싶다는 생각이 들었다.

예를 들면, 그때 그 조율사 여자의 연주 같은.

"생각난 김에 그 여자 좀 찾아봐야겠네. 성 팀장!"

준태는 법당에 들어간 낙광을 부르기 시작했다.

♪ ♪ ♪

"심승혜 어디 있어! 심승혜! 피아노 소리가 이상하잖아. 심승혜!"

같은 시각, 찌를 듯 날카로운 목소리가 32평 아파트를 쩌렁쩌렁 울렸다. 신촌역 근처에 위치해 그 값이 어마어마한 32평짜리 주상복합 주택은 '자취방'이라는 별명이 붙어 있었다. 인근에 있는 여대의 여학생들이 주로 살기 때문이었다. 물론 아무나 살 수 있는 곳은 아니고, 좀 살 만한 집 여식들의 흔한 자취방이라 할 수 있었다.

"피아노, 피아노 소리가 이상하다고. 심승혜!"

설거지할 때 부르는 게 제일 싫은데. 승혜는 한숨을 쉬며 접시를 개수대에 놓았다. 그녀는 허공에 젖은 손을 털었다. 손가락 끝이 빨갰고 짓무른 곳도 군데군데 있었다. 언제나 짧게 깎아 유지하던 손톱이 오늘은 유난히 울퉁불퉁했다. 어쩔 수 없지. 요즘엔 피아노를 치는 대신 종일 집안일만 했으니까.

"야! 심승혜! 조율! 피아노 조율! 심승혜!"

"지금 간다. 도이아! 연장(작업도구) 좀 챙기고! 도이아!"

4학년 2학기. 졸업을 앞둔 피아노 전공생이건만 다른 동기들과 승혜는 사정이 달랐다. 같은 동기인 이아의 집에 살면서 시도 때도 없이 피아노를 조율해 주는 일. 그녀의 일상은 그런 '애매모호'한 노동으로 채워졌다.

"처음엔 분명 하우스 메이트로 시작한 것 같은데. 이상하다, 이상해."

승혜가 한숨을 쉬었다. 세상에 공짜는 없다고 같이 살자마자 승혜는 얼마 안 가 이아의 가정부가 되었다. 먼저 하우스 쉐어링을 제안한 것은 사실 이아였다. 그럼에도 그녀는 그날 바로 승혜에게 밥할 줄 아냐고 묻더니 입학한 지 4년 만에 전기밥솥의 전원을 넣었다. 물론 쌀을 안치고 요리하고 상을 차리는 것 모두 승혜의 몫이었다.

"나 집에 올 때까지 음 확실하게 잡아 놔."

이제 이아는 당연하게 승혜를 부려먹었다. 게다가 천성인지 얄밉게도, 꼭 한 마디를 보탰다.

"너 치라는 거 아니니까 연습하지 마라."

나쁜 계집애. 누가 이거 친대? 좋은 연주하고 체하려고?

승혜는 처음부터 학교 연습실에서 칠 생각이었다. 한데 이아가 저렇게 말을 하면 자신에게 없던 거지근성이 생긴 것 같아 꼭 속이 더부룩해졌다.

"어디 가는데?"

"마담 윤이 모임 열었다는데 엄마가 따라오래. 이상한 여자야. 오늘 자기 남편 49제 지낸 날인데 그날 저녁에 바로 파티라니."

"확실히 이상하긴 이상하네."

"비인간적이야."

이아와 함께 산 뒤로 매일매일이 '비인간적'인 승혜로서는 그 비인간적 대우를 하는 장본인이 저렇듯 같은 이유로 남 험담을 한다는 게 믿어지지 않았다. 어느 영화에서도 그랬더랬지. 인간은 자기 팔꿈치조차 핥지 못하는 존재라고.

"나 너무 늦으면 마중 나와. 부를 테니까 핸드폰 꼭 켜 놓으라구."

피아노 전공자 주제에 북치고 장구치고 놀구 있네. 반드시 일찍 자야지. 술 마시고 자야지.

승혜는 결심했다. 이아에게 이치를 따지는 것은 의미가 없었다. 그녀와는 대화가 통하지 않았으니까. 아이처럼 빽 소리를 지르거나 화를 내거나 둘 중 하나였다. 공교롭게도 승혜는 이아보다 어른이기에 그녀의 패악에서 조금이라도 안전을 확보하고자 틈만 나면 꾀를 낼 수밖에 없었다.

"작업 시작해야겠다. 빨리해야 연습실 다녀오지."

공허한 혼잣말도 이제는 익숙해졌다. 이아는 자기가 떠들고 싶을 때 승혜가 옆에서 들어주길 바라지만 정작 승혜의 말은 듣지 않았다.

"너도 참 안됐다. 악기는 연주를 해 줘야 하는 법인데."

자주 연습하지 않아 이제는 먼지까지 앉은 페달을 보며 승혜는 한숨을 내쉬었다. 생각해 보면 이렇게 놀고 있는 피아노들이 한두 대가 아니었다. 호산나 챔버 홀에서도 이미 보지 않았던가.

"그 백수 피아노 참 소리 좋던데. 내가 조율도 잘 했지만. 그때 뭐 연주했더라. 리스트였나? 아니지. 모차르트 소나타였다."

소나타 곡조가 머릿속에서 펼쳐지고 조율에 방해가 되지 않도록 승혜는 머릿속으로만 음악을 헤아렸다. 그렇게 조율을 다 마칠 즈음 자연스레 남자가 떠올랐다. 어디서 피어올랐는지 모르지만 그 눈보라 휘날리던 냉랭한 이목구비가 가슴에 쏙쏙 박혔다. 의외로 감미롭던 목소리까지.

"역시 잘생긴 미친놈이거나 장난이었어. 연봉은 내가 원하는 대로? 그건 진짜 미친 거지. 암."

승혜는 자리에서 일어났다. 장시간 쪼그리고 앉아 있었더니 팔다리가 쑤셨다. 성실하게 조율한다고 미묘한 음색 차이를 알아챌 이아도 아니고 그녀가 연습을 자주 하는 것도 아니지만 피아노를 생각하면 그럴 수가 없었다. 이아의 피아노는 그 값만 몇천만 원대였지만 값의 문제가 아니라 피아노의 질이었다. 장인의 손길이 군데군데 묻어나 있어 보기만 해도 흐뭇한 피아노. 승혜는 다정하게 피아노를 쓸었다.

"몇 시나 됐으려나……."

이제 연습하러 학교에 가야겠다는 생각이 들어 승혜는 핸드폰을 켰다. 그런데 그때 기다렸다는 듯 진동벨이 울렸다. 평소에는 받지 않는 모르는 번호임에도 승혜는 반사적으로 전화를 받고 말았다.

"나 기억나죠?"

다짜고짜 기억나냐니…… 하지만 승혜는 본능적으로 상대가 누군지 깨달았다. 남자였다.

"나 김준태입니다."

느닷없이 통성명이야? 어쩌라구.

승혜는 수화기를 든 채 멍하니 서 있었다.

"나 김준태라고요. 그랜드 피아노 주인. 기억 안 나?"

기억 안 난다 그러면 토라질 분위기네? 승혜는 픽 하고 웃었다.

"왜 웃는 거야."

들켰구나. 일순 등줄기가 싸하게 얼어붙었다. 승혜는 흠흠 목소리를 가다듬고 대답했다.

"무슨 용건이세요?"

"좀 보죠. 나 당신 필요해요."

순간 승혜의 심장이 쿵 내려앉았다. 누군가에게 원한다는 말을 듣는 건 처음이었다. 한데 이 남자, 김준태라고 했지. 김준태 씨는 왜 이렇게 무뚝뚝할까. 필요하다면서 간절해 보이지 않는 건 무슨 이유지?

"왜요?"

"질문 있음 만나서 물어봐요. 바쁘니까. 안 볼 거면 그런 질문 필요 없잖아."

준태의 면박 주는 솜씨가 상당했던 나머지 상대방의 모습이 보이지 않는데도 승혜의 뺨은 뜨겁게 달아올랐다.

"그런데 왜 자꾸 반말……."

"A대 피아노과죠? 음대 건물 카페에서 보는 걸로. 지금부터 20분 뒤."

자기 용건만 밝힌 준태는 전화를 끊어버렸다. 어이없이 끊겨버린 핸드폰을 승혜는 한참 동안 바라보았다. 20분. 20분 뒤라고 했지. 아직 BB크림조차 안 발랐는데. 큰일 났다. 예쁘게 하고 나가야 하는데. 점점 조급해지는 마음과는 상관없이 그 순간에도 시간은 빠르게 흐르고 있었다.

결국 40분이 흐르고 나서야 승혜는 엘리베이터를 탈 수 있었다. 그녀가 1층에 다다랐을 때, 아파트 입구에 대기 중인 커다란 세단이 보였다. 당연히 승혜는 그 차를 지나쳤는데 가벼운 경적 소리가 그녀의 발길을 잡았다.

설마 나한테 울리는 경적 소리일까? 승혜는 설마 하면서 검게 코팅된 운전석 쪽을 힐끗거렸다. 그러자 그녀의 생각이 옳다는 듯 차의 비상등이 켜졌다. 망설이다가 가까이 다가가니, 뒷좌석 창문이 열리고 준태가 모습을 드러냈다.

언짢은 표정이지만 준태의 날카로운 옆모습은 시공간을 멈추게 하는 힘이 있는 것 같았다. 승혜는 멍하게 그를 응시했다.

"뭘 봐?"

사실 준태도 승혜를 오래도록 보고 있었다. 그러나 그가 승혜보다 먼저 이성을 찾았다. 다만 멋쩍은 마음에 평소보다 더 무뚝뚝할 뿐.

"네?"

"너무 늦잖아. 데리러 오라는 거야?"

"네?"

"누가 A대 출신 아니랄까 봐. 공주가 따로 없군."

"네?"

당황한 나머지 승혜는 "네?"라는 말만을 연발했다. 가는 눈초리로 그녀를 보던 준태는 이윽고 한숨을 내쉬더니 창문을 닫았다. 승혜는 얼떨떨한 기분으로 엉거주춤 서 있었는데, 이내 운전석에서 선글라스를 낀 남자가 나와 그녀를 뒷좌석으로 에스코트했다.

"감사합니다."

문을 닫으면서 남자가 승혜를 향해 미소를 지었다. 표정을 볼 수는 없었지만 승혜는 그에게서 친절한 느낌을 받았다. 반면 준태는 달랐다. 시베리아 북풍을 일으키는 남자와 나란히 앉아 있자니 가시방석이 따로 없었다. 승혜는 문 쪽에 달라붙어 가방을 추스를 때만 잠깐 그를 훔쳐보았는데, 깨끗한 연못에 가라앉은 돌처럼 차분한 눈초리와 새하얀 피부가 다시금 그녀를 긴장하게 만들었다. 눈빛과 창백하기까지 한 혈색의 조화가 어쩐지 그를 음울해 보이게도 했던 것이다.

"감사하다는 인사는 이 실장 말고 나한테 해야 하는 거 아냐?"

혼잣말인지 꾸짖는 건지. 친절한 건지 무례한 건지. 도무지 종잡을 수 없는 준태 앞에서 승혜는 한없이 작아지는 것 같았다.

"지하철 쪽이 더 편한데⋯⋯."

승혜도 준태를 따라 속마음을 혼잣말처럼 중얼거렸다. 그러자 준태는 심술궂게도 나는 되고 너는 안 된다는 식으로 그녀를 흘겨보았다.

"벤츠 세단이 불편할 정도로 귀한 몸이라는 건가요? 지하철이 더 낫다고 비꼬는 거냐고?"

"지하철을 탈 만큼 전 귀한 몸이 아니라는 뜻인데요. 공주도 아니고요. 전 자가용보다 대중교통이랑 더 친한 서민⋯⋯."

"A대 피아노과 전공자께서 퍽도 겸손하시군. 거기 등록금이 올해 대학 등록금 순위에서 당당히 1위를 차지했는데 말이야. 또 지금 사는 주상복합주택은 싸구려 아파트인가 보지? 고작해야 평당 5천만 원밖에 안 되는."

이 남자는 참 말 끊는 데 재주가 있단 말이야. 심지어 남 말도 끝까지 안 듣고. 돈 많은 사람들의 특징일까? 저번부터 계속 멋대로 오해를 하고 있어. 하긴 모든 걸 다 가질 수 없겠지. 이 사람의 인생이 얼마나 실속 있게 흘러가는지는 몰라도, 얼굴과 돈만으로 충분한 삭막한 세계에서 살고 있는 건 틀림없으니까.

역시 미친 사람이야. 돈에.

승혜는 어깨를 으쓱했다. 애들 같은 남자지만 동정할 필요는 없겠지? 생각하면서 눈길을 던지는데 공교롭게도 준태 역시 그녀를 보고 있었는지 두 사람의 눈이 마주쳤다.

준태가 쏘아붙이듯 말했다.

"그렇게 서민 코스프레 하지 않아도 나를 겪어보면 그쪽이 자연스레 서민이 될 테니 오버하지 않아도 돼요."

충격으로 승혜는 입을 벌렸다가 이내 웃음을 터트릴 뻔했다. 트렌디 드라마에서 갓 튀어나온 것처럼 오만한 남자가 세상에는 확실히 있는 모양이구나. 준태는 쓸모없는 외모만큼이나 지나치게 위풍당당했고 자신의 언동에 한 점 부끄러움이 없었다. 승혜가 보기에 그것이 단지 돈의 힘만은 아닌 것 같았다. 뭐가 됐건 솔직히 그녀는 준태가 궁금했다. 그가 어떤 사람인지, 왜 자신에게 접근하는지 알고 싶었다.

이른 아침이고 여름방학이 시작된 지 얼마 되지 않았기 때문에 카페에는 사람이 없었다. 준태는 계산대로 다가가더니 다짜고짜 플래티넘 카드를 내밀고는 말했다.

"30분 정도 이 카페를 통째로 빌리고 싶은데. 얼마죠?"

서민체험이 아니라 상류층 강제 체험이었네.

승혜는 준태의 비상식적인 사고방식에 기함해 재빨리 그에게 다가가 팔을 잡아끌었다. 급한 마음에 한 행동이었는데 준태가 눈에 띄게 놀라 그녀의 팔을 쳐 냈다. 승혜는 손목을 움켜쥐었다. 아프기보다 부끄러웠다.

"이 친구한테는 마음대로 카페를 폐쇄할 권한이 없어요. 근로장학생이라구요."

창피함을 이겨내고 승혜는 짐짓 사무적으로 말했다.

"그래요? 그럼 담당자가 누굽니까? 음대 학장인가?"

이 남자 정말 세게 나오네. 승혜는 이 체험학습이 재미있기도 하고 창피하기도 했다. 준태에게는 응당한 상식들이 그녀에게는 황당하기만 할 따름이기 때문이었다.

승혜는 엄격하게 말했다. 먹힐지 안 먹힐지는 잘 모르겠지만.

"총장님을 모셔 와도 카페를 통째로 빌리는 건 안 돼요. 여긴 기본적으로 학생들의 공간이라고요. 공부를 하거나 연습을 하기 전에 각성하려고 찾아오는 곳, 없어서는 안 될 곳인데……."

준태는 새내기 대학생처럼 얌전히 승혜의 말을 경청하다가 갑작스레 말을 끊었다.

"난 학생이랑 둘만 있고 싶어요."

어느새 호칭이 당신에서 학생으로 전락하고 말았지만 승혜는 소년처럼 조급하게 우겨 대는 준태에게서 사랑스러움을 발견했다.

"둘만 있으면 되는 거죠? 이 장소가 마음에 드는 건 아니잖아요. 그렇죠?"

"이 장소가 마음에 드냐고? 정말 괜찮은 곳을 고르려면 고급 일식집 정도가 적당하겠지. 거긴 사생활을 보장받을 수 있으니까."

군사작전이라도 짤 기세였다. 그렇듯 거창하게 그지없는 준태의 말이, 그러면서도 위화감이라곤 찾아볼 수 없는 당당한 모습이, 승혜를 곤혹스럽게 만들었다.

"사생활까지 보장받으면서 하고 싶은 이야기가 있으신 거예요?"

"용건은 예전에 이미 말한 걸로 기억하는데. 당신이 필요하다고."

어쩜 이런 말을 아무렇지 않게도 하네. 볼이 달아오르다 못해 승혜는 눈가까지 뜨거워지는 걸 느꼈다. 나는 면역이 없다구요! 당신 같은 멋진 남자에겐……

"일단 가요. 사생활 보호해 드릴게요."

승혜는 준태를 잡아끌어 밖으로 나왔다. 그녀는 지하 3층에 있는 연습실로 갈 생각이었다. 준태는 아무렇지 않게 겹친 손을 빤히 바라보았다. 승혜의 손가락이 움찔거렸다. 그가 뿌리친 손목이 지끈거리며 통증을 호소했기 때문이다. 준태는 그녀의 고통을 알아채고 계단참에서 멈춰 섰다.

"한 층 더 내려가야 해요."

"알아요."

"그럼 왜 이러세요?"

"손목, 많이 아파요?"

준태가 승혜의 손목을 잡아 올렸다. 그가 약간 힘을 주자 승혜가 "아." 하고 짤막한 비명을 질렀다.

"아까 내가 밀어내서 그런 거죠?"

"네. 어쩌면요."

솔직하게 대답할 수 없는 승혜였다. 준태가 미안한 마음을 갖지 않길 바라는 걸까? 그래서 내게 무슨 득이 된다고.

"기다려요."

준태는 이 실장에게 전화를 걸어 붕대와 뿌리는 파스를 가져오게 했다. 이 실장이 올 때까지 승혜는 좁은 계단에서 그와 나란히 서 있어야 했다. 어색한 나머지 승혜는 준태에게 말을 걸었다.

"지금 저희가 기다리는 사람, 아까 차에 태워 준 분이세요? 뒷자리로 에스코트도 해 주시고."

"이 실장? 차에 태워 준 건 나고, 이 실장이 한 건 에스코트가 아니라 안내입니다."

질문도 못 하나. 대답 한번 불친절하네. 승혜는 입술을 내밀며 벽에 기댔다.

"먼지 묻어요."

준태가 승혜의 등을 감싸더니 벽에서 떨어질 수 있게 자신 쪽으로 당겼다. 승혜는 준태의 목덜미를 보게 되었다. 힘줄이 선 단단한 목 근육에서는 은은한 향기도 났다. 그 향기는 승혜의 감각을 깨우고 그녀의 온몸에 오소소한 닭살이 돋게 했다.

그녀가 자발적으로 느끼는 육체의 변화를 알아챘는지 준태의 손에 일순 힘이 들어갔다. 그녀의 옆구리가 뜨거워졌다. 승혜는 고개를 들었다. 어느샌가부터 준태가 자신을 내려다보고 있었다. 그의 단단한 시선에서 흘러나오는 에너지가 그녀의 뺨에 발그스레한 생기를 주었다.

준태의 입가에 흥미롭다는 듯 미소가 감돌았다. 내 어디가 신기해서 저럴까? 알 수 없었지만 승혜는 그에게서도 자신과 같은 반응을 엿본 것 같았다. 손끝 발끝까지 열이 오르고 조금 더 가까워지고 싶은 욕구. 만약 준태도 똑같기만 하다면 이 순간, 그녀는 이 실장이 나타나지 않기를 간절하게 바랐다. 적어도 몇 시간은 나타나지 않았으면 좋겠다고 생각했다.

"죄송합니다. 늦었습니다."

이 실장, 그 남자가 계단에 모습을 드러냈다. 조명이 어두워서인지 그는 선글라스를 벗고 있었다. 어디서 본 듯한 얼굴이었다. 승혜는 그를 무심히 지나칠 수가 없어 자세히 보느라 무심결에 준태의 손을 놓아버렸다.

"이승일! 너 승일이지!"

준태는 인상을 찌푸렸다. 승일도 승혜를 필요 이상으로 오래 응시했는데 그게 준태의 심기를 퍽 거슬렸다.

"너…… 심승혜야?"

"넌 아까 나 보고도 몰랐니? 내가 너 보고 웃었잖아."

"알아. 알아. 그런데 너무 예뻐서 몰라봤어. 정말로."

어물어물 승일이 변명했다. 적어도 이 순간 그는 준태를 의식하지 않았다. 준태는 그 점도 못마땅했지만 어디까지 가나 싶은 마음으로 그들을 주시했다. 함께 일한 지 어느덧 5년여가 되어가지만 평소 과묵한 성격이고 특별히 대화를 나눌 일도 없었으므로 승일은 이제는 목소리조차 가물가물한 고용인이었다.

저 여자와 어떤 관계인지 자세히 알아봐야겠다고 생각하던 준태는 그걸 조사할 장본인이 승일임을 깨닫고 일순 어리둥절했다. 얼마나 승일에게 기대고 살아왔는지 새삼 깨달았을 뿐만 아니라 그가 꽤 유능한 비서라는 사실도 깨달았던 것이다. 마치 죽은 김 회장의 비밀 비서인 낙광처럼. 한데 평소라면 자랑스러울 일이 지금은 왜 이렇게 불쾌한지.

"동창회는 여기서 그만하지."

준태가 차갑게 말했다. 승일은 재빨리 본분으로 돌아가 구급용품을 건네고 사라졌다. 그가 떠나자 묵직한 정적이 가라앉았다. 준태의 표정이 심상치 않았다. 가는 눈으로 일별하는 걸 보면, 화난 게 틀림없네! 승혜는 본능적으로 실수했다는 걸 알았지만 뭐가 문제인지는 알 수 없었다. 준태가 화를 낸다면 그가 속이 좁아서라고밖에 생각할 수 없었다.

"저 계속 내려갈까요?"

승혜가 조심스레 제안했지만 준태는 가타부타 대답하지 않았다. 물론 움직이지도 않았다. 그녀는 어깨를 움츠렸다. 방금까지는 겨드랑이가 간질거리고 웃음도 배시시 나왔는데 갑작스레 어색한 분위기로 돌변한 것이 섭섭했다.

먼저 움직이면 따라오리라 생각한 승혜가 몸을 틀자 준태는 움찔했다. 그는 황급히 그녀의 어깨를 잡았다. 일순 승혜가 중심을 잃고 비틀거리자 무심한 얼굴을 하고서는 아예 그녀의 가슴 아래를 휘감아 안았다. 그는 잠시 그대로 서 있었다. 승혜의 심장은 당장 터질 듯 쿵쾅거리는데 그는 전혀 개의치 않는 듯했다.

"손목 치료해야죠."

아. 그것 때문에? 김이 샜지만 승혜는 순순히 준태의 품에서 빠져나왔다. 어째선지 한기가 그녀의 몸을 싹 훑고 지나갔다.

"줘요. 장차 내 피아니스트가 될 사람인데 손목은 보호해야지."

승혜는 준태가 쥔 손을 물끄러미 바라보았다. 그는 능숙하게 그녀의 손목에 응급처치를 했다. 평소 손목에 무리가 가면 그녀를 비롯한 다른 피아노 전공자들이 종종 하곤 하는 방식으로. 어떻게 이렇게 잘 알까? 꼭 피아노를 전공한 것처럼.

"아, 그거 말인데요. 저는……."

"조율사였다면 더 좋았겠지만. 뭐, 아직 학생인 것도 괜찮지."

알쏭달쏭했다. 조율사였다면 더 좋다? 학생인 것도 괜찮다?

"제가 이 학교에 다니는 건 도대체 어떻게 아셨어요?"

"듣는 사람이 있을지도 모르니까 여기까지. 어디죠? 사생활 보호해 줄 장소는. 저 지켜 준다면서요."

갑작스럽게도 준태가 농담을 했다. 은근한 미소까지 덧붙이면서. 승혜는 그가 정성껏 감아 준 붕대를 한 번 보곤 묵묵히 돌아섰다. 그의 유머를 능숙하게 받아들이지 못한 자신이 바보처럼 느껴졌다. 하긴 나한테 어디 세련된 구석이 있나. 일단 돈이 없는데 그런 게 있을 리가. 그녀를 둘러싼 대부분의 동기들, 한창 달콤할 20대를 누리는 라이벌들의 면면을 떠올리며 승혜는 한숨을 내쉬었다.

아니지, 그게 문제야? 나는 유학은커녕 피아노 학원조차 차릴 형편이 못 되는걸. 아버지가 가르쳐 주신 조율과 조율 기능사 자격증만이 지금 이 순간, 승혜의 유일한 버팀목이자 무기였다.

대학 3학년, 갑작스러운 사고로 아버지가 돌아가시고부터 가세가 급격한 속도로 기울었다. 물론 그전에도 유복하고 넉넉한 형편은 아니었다. 무엇보다 고명딸 승혜가 피아노를 전공하는 것은 아버지의 오랜 소망이었다. 그녀가 진학한 대학은 경쟁률이 가장 높은 대학 중 하나이기에 예중·예고 출신이 장악하게 마련이었다. 물론 승혜는 둘 다 아니었다. 그럼에도 필사적으로 연습해 실기 시험에 합격했다.

그러는 와중에도 조율사 아버지를 따라 조율 기능사 자격증까지 꼼꼼히 챙겼다. 아버지는 자신의 뒤를 이을 필요 없다며, 고생뿐이라며 너털웃음을 지었지만 내심 기쁜 듯 술자리가 있을 때마다 그녀의 자격증을 들고 나갔다. 어머니와 승혜는 주책이라며 나무랐지만 아버지가 돌아가시고 음악을 그만둬야 하는 상황이 오자 그 일을 두고두고 후회하곤 했다.

타인의 이야기, 진부한 이야기일 뿐이라고 생각했던 슬픔이점차 현실이 되면서 승혜는 정신을 바짝 차려야만 했다. 그녀는 우선 당장 많은 돈이 들어가는 학교부터 그만두고 싶었다. 하지만 어머니가 격렬하게 반대했다. 아버지에게 한을 남기지 말라고 화를 내기도 했다. 결국 승혜는 방학 때마다 아르바이트를 했고 그간 살뜰히 모아놓은 돈과 어머니의 적금을 가지고 공부를 했다.

경사가 가파른 산을 오르듯 매일이 더디고 힘겨웠다. 그리고 마침내 졸업이 코앞으로 다가왔다. 미래를 결정해야 할 시기가 되었다. 여러 가지 선택지가 있었지만 그녀는 아버지의 뒤를 이어 조율사라는 직업을 골랐다. 이유는…… 없었다. 단지 계기만 있었을 뿐.

1년 전, 승혜는 주말을 이용해 오랜만에 집에 내려가 아버지 방에 들렀다. 돌아가시고 난 뒤로 청소할 때 외엔 아무도 들여다보지 않았던 곳이었다. 아버지의 따스한 묵은내가 가득 차 있던

방의 공기는 뜻밖에도 아팠다. 마치 독가스처럼 그녀를 에워쌌다.

공기가 탁해서일까. 어째서 가슴이 들먹들먹할까. 이런저런 생각을 하면서 승혜는 아버지의 피아노 뚜껑 위에 놓인 대학노트를 꺼냈다. 거기에는 아버지에게 피아노를 맡겨 왔던 사람들의 목록이 깨알 같은 글씨로 적혀 있었다. 그녀는 그 삐뚤빼뚤한 글씨를 더듬다가 그만 울음을 터트리고 말았다. 그렇게 울면서 결심했다. 조율사가 되겠다고.

계단을 내려가는 동안 승혜는 점점 더 침울해졌다. 항상 잊으려고 노력하지만 틈날 때마다 그녀의 머릿속을 침범하는 현실의 냉혹함과 아버지의 기억 때문이었다. 승혜는 머리를 풀었고 악몽을 떨치려는 것처럼 좌우로 흔들었다. 그러고는 머리카락을 한데 모아 포니테일로 묶었다.

여성에게서만 느낄 수 있는 향기가 준태의 후각을 아련하게 흔들었다. 그는 이런 느낌을 썩 좋아하지 않았다. 하지만 승혜는 달랐다. 다른 여자들에게서 느꼈던 차이를 실감하기도 전에 그녀는 준태의 감각에 자리 잡았다. 물론 쉽게 인정할 수 없는 기분이었다. 이미 그는 잠깐의 충동 정도로 마음을 정리했다. 더구나 승혜는 지금 가장 필요한 존재였다. 마담 윤을 곤란하게 만들 도구로써.

그러면서도 또 준태는 승혜의 머리 묶는 솜씨에 감탄했다. 그녀가 풍성한 머리카락을 움켜쥐고 높이 들어 올릴 때 드러나는 새하얀 목덜미는 늘 시선을 잡아끌었다. 자꾸만 보고 싶게 했다. 몸을 구부려 향기 맡고 싶게 했다. 더구나 지금, 아픔을 곱씹느라 울적해진 승혜의 뒤태에는 슬픔의 깊이만큼이나 이색적인 매력이 있었다.

"여기예요."

승혜는 커다란 연습실 방음문을 가리켰다. 지하 3층이라 사람들이 잘 다니지 않는 곳이었다. 게다가 환기가 잘 되지 않고 에어컨 조절이 여의치 않아 피아노의 음정이 불안정해 연습하기에 적당하지 않았다. 물론 그래서 그녀는 이 연습실을 가장 좋아했다. 음이 나쁜 것쯤은 직접 조율할 수 있으니까. 또 이런 곳을 준태에게 소개할 수 있다는 게 내심 자랑스러웠다.

"연습실 환경이 나빠서 연주하기 전엔 항상 음정을 확인해 봐야 되거든요."

묻지도 않았는데 승혜는 변명하듯 말했다. 준태는 자신의 턱을 매만지더니 이윽고 엄지를 이용해 입술을 쓸었다. 승혜는 소리굽쇠를 손에 든 채 우아하기 짝이 없는 준태의 행동을 지켜보았다. 왜 저렇게 인상을 찌푸릴까? 편두통이라도 있는 걸까?

"지금 연주하러 온 게 아니잖아요?"

승혜가 막 피아노 덮개를 열려고 하자 준태는 그것을 탁 닫아버렸다. 매정하기도 하지. 승혜가 '얄미워'라는 의미의 시선을 쏘아붙이려고 고개를 들었다. 하지만 감미로운 시선을 직시하고 말았다. 지나치게 감미로운. 꼭 키스하고 싶다고 말하는 듯한……

착각인지 마침 준태가 승혜 쪽으로 몸을 수그리는 것 같았다. 승혜는 엉거주춤 몸을 일으켰고 고개를 뒤로 젖혔다. 그 바람에 그녀의 입이 자연스럽게 벌어졌다. 준태는 승혜의 입술에 시선을 고정했다. 그 눈빛이 그녀를 끌어당겼고 그들은 서로에게 조금 더 가까워졌다.

"사생활, 보호받았으니 이야기 좀 해 볼까요."

이 여자와 키스하고 싶지 않아. 키스하면 안 돼. 준태는 승혜에게서 멀찍이 떨어져 벽에 기댔다. 그러고는 턱으로 의자를 가리켰다.

"앉아요."

갑자기 냉랭해진 준태에게 승혜는 섭섭함을 느꼈다. 그녀는 떠밀린 것처럼 피아노 의자에 주저앉았다.

"그 이야기라면 전 생각 없어요."

기분이 상하기도 하고 무슨 이야기일지 뻔히 알았으므로 승혜는 선수를 쳤다.

"내가 제안하는 자리는 호산나 챔버 홀의 피아니스트예요."

그래서요? 승혜는 그렇게 묻고 싶었다. 하지만 마음속 어느 한구석에선 어쩌면 키스의 실패로 토라진 건지도 모른다는 생각, 그 바보 같은 생각이 끔찍해져 아예 입을 다물었다.

"최고의 기회라구요. 국내파에게는. 4학년이죠? 아직 장래가 결정되지 않았을 텐데."

적선이라도 하는 듯 거만한 말투였다.

"보셨잖아요. 저 조율 기능사예요."

승혜는 가방을 뒤져 자격증을 꺼내 보였다. 준태의 눈빛은 조금도 흔들리지 않았다. 반드시 승혜와 계약하고 싶다는 것을 감추지 않았다.

"얼마 받았어요? 저번에 호산나에서 조율할 때."

"얼마가 됐건 그건 중요하지 않아요."

돈 이야기. 조금 부끄러웠다. 그렇다고 액수가 중요하지 않은 건 또 아닌데.

"직업은 안정적일수록 좋고, 돈은 많을수록 좋은 거예요. 취미로 딴 조율 기능사는 말 그대로 취미로 미뤄 둬요."

이 남자, 나를 부잣집 아가씨쯤으로 생각하나 봐. 물려받을 재산은 따로 있고 조율은 그저 취미로 하는 거라고 착각하는 것 같아. 승혜는 난감해졌다.

"전 진지하게 일하고 있거든요."

잘 알지도 못하는 남자에게 구구절절 기구한 사연을 늘어놓고 싶지는 않았다. 그냥 이쯤에서 정리해 주시지 하는 마음일 뿐.

"그 진지함에 합당한 가격을 매겨 주겠어요. 지금 버는 돈은 확실히 부족할 테니까. 한 달 내내 일해 봐야 작은 클러치 백 하나도 못 사잖아."

어째서 저렇게 달콤하게 제안하는 것일까? 능숙한 사업가의 사탕발림에 승혜는 휘청거렸다. 오해를 푸는 일도 요원해 보였다. 생각을 하면 할수록 시럽 한 컵을 들이마신 것처럼 어지러웠다.

"거절할래요."

"연봉은 당신이 원하는 대로 줄 수 있다고 했죠."

승혜는 움찔했다. 이제까지 '학생'으로 일관하며 아랫사람 대하듯 하던 준태가 담담하면서도 친밀하게 '당신'이라고 불렀기 때문이다.

"믿을 수가 없어요."

"왜?"

다시금 준태가 부드럽게 물었다. 반말이었지만 애인을 대하듯 다정했다. 게다가 입가에는 은은한 미소까지. 승혜는 어깨가 저절로 움츠러드는 것을 느꼈다.

"그 돈을 공짜로 주실 거라고 생각 안 하니까요. 노예계약이나 다름없을 거예요."

준태가 일순 눈을 크게 떴다. 아직 웃음을 거두지 않은 상태였지만 승혜의 말에 허가 찔린 것 같았다.

"노예계약은 아니에요. 물론 내가 원하는 건 있겠지만."

"봐봐. 노예계약 맞네."

승혜는 준태가 당황한 것이 재미있어 웃음기 가득한 얼굴로 말했다. 준태는 그녀가 그렇게 웃는 것을 처음 보았고 편히 말하는 것도 처음 보았다. 그는 하염없이 바라보고 싶다는 느낌으로 고개를 높힌 채 승혜를 오래도록 응시했다.

"그렇게 보셔도 안 돼요."

어쩐지 괜히, 떼쓰는 남자 친구와 알콩달콩 투닥거리는 기분으로 승혜가 쏘아붙였다. 준태의 표정이 딱 그랬다. '네가 필요해. 싫어도 안 돼'.

"내가 어떻게 봤는데?"

갑자기 준태가 묵직한 음성으로 묻더니 성큼 다가왔다. 그는 기민하게 피아노 뚜껑을 닫더니 능숙하게도 승혜의 허리를 잡아 한 번에 그 위에 앉혔다. 그의 손길은 너무도 가벼워 승혜는 신비한 힘이 일어나 일순 자신이 허공에 붕 뜬 줄로만 알았다.

"내가 어떻게 봤냐고 물었잖아요."

준태가 힘주어 물었다. 그는 승혜의 허벅지 양옆에 손을 짚고서 그녀를 직시했다. 키가 큰 탓에 그의 눈높이는 앉은키가 제법 높아진 승혜와 딱 알맞았다.

"대답 좀 해 보죠."

껄렁대는 말투로 준태가 종용했다. 승혜는 괜히 그의 어깨를 밀어보았다. 당황스럽게도 거리가 지나치게 가까웠다. 하지만 승혜가 당황하면 할수록 준태는 끈질긴 응시로 그녀의 시선을 지배하고 그녀에게 밀착했다.

"아, 아무것도……."

시선을 내리깔며 승혜가 어물거렸다. 준태는 그녀의 뒷덜미를 확 잡아채더니 다른 손으로 그녀의 턱을 잡아 올렸다. 승혜는 날카롭게 숨을 들이마셨다. 역시, 지나치게 가까워. 이 거리는 치명적이야.

"말하기 싫음, 도대체 학생을 어떻게 봤는지 내가 알려줄게요. 당신이 필요하다고 말했어요. 절실히. 아주 절실하게."

이렇게 담담한 고백이 다 있을까. 그러면서도 효과적인 고백. 딱딱한 말투로 학생이랬다가 갑자기 감미롭게 당신이라고 부르다니. 울컥한 승혜의 눈가가 당장에라도 눈물을 흘릴 것처럼 파르르 떨렸다. 준태가 한 말은 세상 그 어느 고백보다 달콤했지만, 그의 강렬한 시선 뒤에 감춰진 알 수 없는 냉소 때문에 승혜는 칼에 찔린 듯한 느낌을 받았다. 그녀가 알지도 못하는 사이에 독이 묻은 칼끝이 심장을 깊숙이 파고든 듯했다.

거짓말이잖아.

— 아니, 거짓말이면 어때.

적어도 내가 좋아서 이러는 건 아니야.

— 무슨 상관이람. 나도 이 남자 좋아하지 않아.

승혜의 머릿속에서 두 가지 목소리가 엇갈렸다. 그녀가 그렇게 갈등하는 동안에도 준태는 침착하게 대답을 기다리고 있었다. 정말이지 얄미웠다. 들었다 놨다 하는 솜씨가 제법이라고 비아냥거릴 배짱이 있다면 얼마나 좋을까?

"계약서는 여기에."

준태는 재킷 안주머니에 넣어 두었던 아이패드 미니를 꺼냈다. 그는 그것을 기민하게 조작하더니 이윽고 승혜에게 내밀었다.

"이건 뭐예요?"

무슨 마법처럼, 준태가 내민 아이패드 미니 화면에는 수표가 놓여 있었다. 금액이 적혀 있지 않은 수표. 갑자기 승혜의 심장이 쿵쾅거리기 시작했다.

"보면 알잖아요?"

"금액이 공란이네. 백지수표인가요?"

백지수표라는 말을 발음하는 것조차 떨렸다. 승혜는 태어나 백지수표를 처음 보았고 앞으로도 볼 일이 없었으므로 아직까지도 자신의 눈을 믿을 수가 없었다.

"마음대로 적어요. 스케일이 얼마나 되는지 보죠."

준태는 승혜의 손을 잡아 그녀의 손에 펜을 쥐어 주었다. 승혜는 움찔하더니 펜을 떨어트렸다. 도대체 왜 이렇게 심장이 덜커덕대는지. 천하의 바보처럼 백지수표에 벌벌 떨고 있는지. 숫제 자신이 미워져 그녀는 고개를 떨어트렸다. 준태가 자신의 스케일을 어떻게 가늠하고 있을지 훤히 보였다. 못나기가 짝이 없겠지.

"전 1억에 0이 몇 개나 붙는지도 몰라요."

승혜가 용기를 내어 말했다. 하지만 준태의 반응은 담담했다.

"이해해요. 카드만 썼을 테니까. 플래티넘."

"그런 게 아니라……."

그때 준태의 핸드폰이 진동했다.

"시간이 없어요. 어서 사인부터 해요. 금액은 나중에 생각날 때 적는 걸로."

준태는 다시금 승혜의 손을 잡아당겼다. 붙잡힌 손에서 찌르르 전류가 흘렀다. 승혜는 쩔쩔매며 준태를 올려다보았다. 눈가에 눈물이 그렁그렁 매달려 있었다. 준태는 이런 순진한 반응을 보이는 승혜를 귀엽게 여기다가도 한순간에 마음을 다잡았다. 무슨 생각을 하는 거야. 나는 이 여자가 어떤 여자인지 몰라. 여자들은 겉과 속이 다르니까.

마담 윤이 떠오르자, 돌연 여자에 대한 불신이 치밀어 올랐다. 그는 쏘아붙였다.

"이 이상 몸값을 올리기에는 타이밍이 좀 늦었는데. 이미 충분히 날 애태웠고. 그러니까 적당히 좀 해 줘요."

찬물을 뒤집어쓴 듯 정신이 번쩍 들었다. 승혜는 아이패드 미니를 피아노 덮개 위에 두고 피아노에서 내려왔다.

"어딜 가요."

준태가 붙잡으려 했지만 승혜는 위험지대에서 벗어나려는 듯 재빨리 그에게서 물러났다. 그 순간 백지수표가 든 아이패드가 눈에 번쩍 띄었다. 백지수표. 그래, 그건 확실히 위험했다. 하지만 그보다 더 위험한 건 바로 준태였다.

"다른 사람 찾아보세요. 저 같은 애 우리 과에 엄청 많아요."

승혜는 단호히 쏘아붙이고선 밖으로 뛰어나갔다. 앞으로 절대, 절대 마주치지 않기를.

2

생계형 조율사

승혜는 전단지를 쥔 채 과 게시판을 하염없이 보고 있었다.

"선배님 안녕하세요? 손에 들고 계신 그건 뭐예요?"

지나가던 후배들이 승혜에게 알은척을 했다. 승혜는 아무것도 아니라며 손사래를 치고는 재빨리 전단지를 등 뒤에 감췄다. 혹시 이 내용을 봤을까? 등줄기에서 식은땀이 났다.

혼자 남은 승혜는 조심스럽게 전단지를 펼쳐 보았다.

피아노 소리가 이상하신가요? 건반이 잘 눌러지지 않거나 조율 핀이 풀린 것 같나요? 여기 절대음감의 소유자, 음감의 연금술사가 있습니다. 여러분의 악기를 출고된 상태 그대로 깔끔하게 튜닝해 줄 수 있는 A여대의 유일무이한 생. 계. 형. 조율사! 지금 전화 주세요. 추신: 현악기 조율도 가능해요! 만약 피아노를 조율하시면 현악기는

덤입니다. 1+1찬스! 일거양득! 완전 개이득!

맙소사. 승혜는 한숨을 내쉬며 전단지를 반으로 접었다. 이건 흡사 홈쇼핑이었다. 어젯밤까지만 해도 '생계형 조율사가 이 정도는 해야겠지'라면서 야심차게 홍보문구를 적어 내려갔는데 정신을 차리고 보니 그렇게 유치하고 또 저렴해 보일 수 없었다. 게다가 뭐가 이렇게도 치렁치렁 말이 많은지.

"조율사가 무슨 장사꾼도 아니고 이런 멘트로 어린 후배들이나 낚으려고 하다니……."

"그러게. 후배들에게 공짜로 해 줘도 모자랄 판에 벗겨 먹을 생각부터 하고 있구나, 너."

등줄기가 싸늘하게 얼어붙었다.

이 얄미운 목소리는, 도이아?

"그거 내놔!"

언제 나타났는지 이아는 승혜가 만든 전단지를 큰 소리로 읽더니 또 그만큼 큰 소리로 웃음을 터트렸다. 물론 전단지는 돌려주지도 않았다. 오히려 사람들 보라는 듯 머리 위로 높이 쳐들고는 깃발 흔들듯 흔들어 댔다.

"너 진짜 애가 갈수록 지지리 궁상이구나?"

얼굴이 달아올랐지만 승혜는 도무지 반박할 수가 없었다. 이아가 쿡쿡 찌른 양심이 아직도 얼얼하니 아팠고 부끄럽기도 했다.

"나한텐 절박한 일이야."

당당하게 말하고 싶은데 목소리는 자꾸만 작아졌다. 승혜가 그러면 그럴수록 이아의 표정은 점점 더 오만해졌다. 그녀는 타인의 자존감을 먹고 무럭무럭 건방져지는 듯했다.

"너도 참 한심하다. 피아노 학원이나 차려. 왜? 자본이 없니? 한 5억이면 되려나? 내가 빌려줄게. 무. 이. 자. 로."

이 계집애도 돈에 미쳤나? 왜 있을 만큼 있고, 또 알 만한 사람들이 돈에 더 환장하고 난리지? 일순 이아와 준태가 겹쳐 보여 승혜의 기분이 확 나빠졌다. 5억은 고사하고 오백만 원도 직접 만져 본 적 없는 승혜였다. 5억? 설령 당장 그 돈을 만져 볼 수 있다고 해도 결국엔 그녀와 무관한 것이었다. 우주 공간을 떠다니는 먼지처럼 무의미한 것이었다.

"너 갑자기 왜 그래? 혹시 어제 파티인가 나가서 어르신한테 용돈 받았니? 껌 값치곤 좀 센 것 같은데."

오랜 경험으로 터득한 것이지만 이 정도 독설로 이아를 잡기엔 어림도 없었다. 아닌 게 아니라 그녀는 뭘 모른다며 승혜를 비웃었다.

"나 청혼 받았잖아."

이아가 말했다.

"청혼?"

"어제 마담 윤 파티 갔더니 그 여자가 우리 집이랑 사돈 맺고 싶대."

"그건 청혼이 아니잖아. 남자가 프러포즈하는 게 청혼 아냐?"

승혜의 말에 이아의 얼굴이 잔뜩 찌푸려졌다.

"하겠지! 조만간."

뭔가 불안한 구석이 있는 듯 조급한 대답이었다. 승혜는 어차피 남 일이려니 싶어 전단지를 챙겨 자리에서 일어났다.

"야! 어디 가. 내 자랑 좀 더 듣다 가지."

"바빠. 이따 집에서 얘기해."

남들 하는 돈 자랑, 결혼 자랑에 허비할 시간조차 없는 승혜였다. 당장 20분 뒤에 일렉트릭 기타의 튜닝을 해달라는 사람의 문자 메시지를 받았다. 현악기는 튜닝 어플리케이션만으로 음을 잡을 수 있지만 승혜가 절대음감이라는 사실이 알게 모르게 퍼져 특별히 그녀의 귀를 빌리고 싶어 하는 사람들이 있었다. 앞으로 그들이 어떤 고객이 될지는 몰라도 승혜는 그들 하나하나에 집중하는 편이었다.

"집은 무슨 집. 나 오전 수업 끝나자마자 친구들 만나러 갈 거야."

이아의 표현은 꼭, 승혜는 친구가 아니라는 식이었다. 하기야, 그럴지도 몰라. 승혜 역시 이아가 친구라는 게 썩 달갑지 않았다. 이아가 어울리는 사람들은 자신과 비슷한 부류가 아닌가. 적선하듯 집을 나눠 쓰기로 한 승혜를, 아마도 이아는 무수리쯤으로 생각할 것이 분명했다.

"그럼 친구들 만나고 나서…… 아."

갑자기 승혜는 평소에 이아가 했던 이야기를 떠올렸다.

"그 마담 윤이라는 사람하고 아들하고 사이 나쁘다고 하지 않았어? 자기가 낳은 것도 아니고 나이 차도 얼마 안 나서 김 회장인지 최 회장인지 하는 분을 두고 하루가 멀다며 재산 쟁탈전 벌이는, 그런 사이라고 했잖아. 그런데도 아들이 찬성한대? 싫어하는 어머니가 주선하는 결혼은 아무래도 싫을 것 같……."

"무슨 상관이야. 어쨌든 엄마가 까라면 까야지."

이아가 다급히 승혜의 말을 잘랐다.

"그리고 너도 생각이 있음, 어? 우리 집안이 어디 보통 집안이니? 쫌. 이 머리 좀 굴려 봐라. 난 지금 청혼을 받는 입장이야. 마담 윤은 지금 나한테 무릎 꿇고 빌어도 모자라."

아깐 내일이라도 결혼할 것처럼 이야기하더니. 승혜는 오락가락하는 이아의 말에 혼란을 느꼈다.

"알았어. 축하해. 근데 나 진짜 가 봐야 돼. 일이란 말이야."

"너 그러고 돌아다니다 성적 안 나온다. 연습 좀 해."

동기들 중에서 가장 연습을 안 하는 사람이 있다면 이아였다. 그녀는 '악보를 외우기 어렵다'라는 이유로 아직까지 대입 때 외워 두었던 레퍼토리를 고수하고 있었다. 어차피 성적은 신경 쓰지 않았다. 게다가 이아의 삼촌이 음악대학 학장이어서인지 그녀의 성적은 적당히 'C' 학점을 유지 중이었다. 늘 노는 것치고는 후한 점수이지만 누구도 거기에 이의를 제기할 수 없었다.

"그래. 연습 좀 할게."

발끈했지만 승혜는 성질을 꾹꾹 눌러가며 대답했다. 이아와 반대로, 동기들 중에서 가장 연습을 많이 하는 사람이 있다면 그것은 승혜 자신이었으니까.

"좋아. 그럼 이따 저녁에 나랑 술 한잔하면서 얘기 들어 주기다?"

이아가 승혜의 등 뒤에 대고 소리쳤다. 승혜는 한숨을 내쉬었다. 이럴 때만 친구인 척. 정말, 울고 싶었다.

♪ ♪ ♪

지하 3층의 허름한 연습실에서 승혜가 걸어 나왔다. 그녀는 맞은편에 주차된 중형 벤츠 세단을 발견했다. 비좁은 골목에 어울리지도 않을뿐더러 통행도 방해하고 있었다. 자기 노는 동네 아니면 가지 말자는 표어 같은 거 어디 없나? 승혜는 고개를 설레설레 저으며 그 곁을 지나갔다.

"저기, 아니 저기요!"

차에서 검은 그림자가 휙 빠져나와 승혜를 향해 손짓했다. 그러나 자신을 부를 거라곤 생각조차 하지 않은 그녀는 이미 골목 모퉁이를 돌 참이었다.

"스, 스, 승혜야!"

그때야 승혜는 뒤를 돌아보았다.

"승일이?"

승혜가 이름을 부르자 승일은 제자리에 우뚝 멈춰 섰다. 그러고는 가슴에 꽂아 두었던 선글라스를 황급히 썼다.

"왜 시선을 피해?"

어린 시절의 기억 때문에 승혜는 승일에게 다정했다. 승일은 헛기침을 했다. 그녀의 질문에 한순간 할 말을 잊고 말았다.

"아."

뒤늦게 승일은 용건을 떠올렸다.

"이사님이 너 모셔오라고 했어…… 아니, 했습니다."

오락가락하는 표현에 승혜는 피식 웃었다. 승일은 아직도 자신이 어색한 건지 아니면 준태를 의식하는 건지 말투뿐만 아니라 행동도 로봇처럼 삐걱거렸다. 승혜는 그가 그러지 않았으면 했다. 초등학교, 중학교 때까지 단짝친구처럼 붙어 다닌 사이인데 정 없게…….

"편하게 얘기하면 안 돼?"

그렇게 물었다가 일순 승혜의 머릿속으로 승일이 했던 말이 스쳐갔다. 예뻐져서 알아보지 못했다는 말. 승혜는 고개를 푹 숙였다. 익숙하지 않은 예쁘다는 말. 갑자기 열이 확 끓어올라서 승일을 똑바로 볼 수가 없었다. 그녀가 그렇게 머뭇거리자 승일도 따라서 쑥스러워졌다. 그들은 한동안 어색한 분위기를 탔다.

"잘 지냈어?"

침묵을 깨려 승혜가 입을 연 순간이었다.

"대체 뭐 하는 거야? 내가 지금 잡담 나누라고 했나?"

준태가 인상을 잔뜩 쓴 채 다가왔다. 그는 유난히 신경 쓴 옷차림이었는데 특히 구두가 눈에 띄었다. 부드러운 가죽으로 만들어진 옥스퍼드화는 지저분한 골목에 도무지 어울리지 않았다. 그럼에도 그는 조급한 걸음으로 접근해 다짜고짜 승혜의 손목을 잡아챘다.

"아."

아직 다친 곳이 아렸다. 고작 이틀밖에 지나지 않았으니까. 승혜가 인상을 찡그리자 준태는 손 모양을 바꿔 그녀의 손목을 다시 쥐었다. 하지만 절대 놓지는 않았다. 수갑을 찬 기분이야. 승혜는 놓아달라는 말을 차마 못하고 승일을 흘끗 보았다.

"손 놓아주시죠."

저도 모르게 승일이 말했다. 그는 말이 끝나기 전에 자연스레 준태에게서 승혜를 떼어놓고 심지어 그녀를 자신의 등 뒤에 숨겼다. 준태는 한 대 맞은 기분이었다. 그것도 자신이 기르는 개에게 물린 셈이었다!

마침 승일도 자신이 저지른 실수를 깨달았다. 그는 승혜에게서 한발 물러섰다. 그러고는 그녀의 어깨를 살며시 떠밀어 준태에게 보냈다. 맡아두었던 물건을 반납하듯이. 하지만 표정은 썩 좋지 않았다. 준태 역시 좋을 리 없었다.

이 남자들, 이상하다. 왜 나 가지고 싸우는 것 같은 기분이 드는 거지? 승혜는 그들의 보이지 않는 신경전에 긴장했다. 더구나 준태는 왜 다시 자신을 찾아온 건지. 한가한가? 고작 대학생에 불과한 나도 조율 아르바이트 하랴, 연습하랴 바쁘기 짝이 없는데. 이 사람은 이사라면서 여대생이나 졸졸 쫓아다니고. 혹시 이사는 이사인데, 영업이사인가?

"무슨 생각하는지 모르지만 아직 웃을 때 아니에요."

승혜의 어깨를 감싸 안으며 준태가 경고했다. 이 사람 좀 봐? 승혜는 화를 내고 싶었지만 생각과는 반대로 입가에 미소가 돌았다.

"그렇게 웃으면 화내기 싫어지기도 하고. 어라, 또 웃네?"

준태는 승혜의 어깨를 잡은 손에 꾹 힘을 주더니 그녀의 입가를 손등으로 훑었다. 예상치 못한 친밀한 행동. 승혜는 빳빳하게 굳어버렸다. 동시에 심장이 쿵덕쿵덕 뛰기 시작하는데 그녀의 반응을 배반하듯 준태는 어느덧 멀찍이 떨어져 걷기 시작했다.

"가시죠."

게다가 승일까지 딱딱하게 굴어 승혜는 순식간에 서운해졌다. 들고 있던 사탕을 빼앗긴 기분이 이런 걸까. 더구나 난 사탕 달라고도 안 했는데 너희 남자들끼리 멋대로 줘 놓고. 또 빼앗아 가고…….

승혜는 승일의 안내를 받아 얼떨결에 뒷좌석에 올라탔다. 준태는 어느새 자리를 잡고서 무거운 분위기를 연출하고 있었다. 승혜는 옹색한 자세로 문 쪽에 붙어 앉았다. 준태는 그녀를 흘끗 보았다. 다리에 딱 달라붙는 스키니 진이 보기 좋으면서도 불편했다. 무엇보다 승일이 마음에 들지 않는데 그가 준태 자신과 똑같은 것을 보고 똑같은 기분을 느끼는 것 같아서였다.

저 남자, 왜 저렇게 화를 내는 걸까. 심지어 포기하지도 않고. 가시방석이 따로 없다고 느끼는 승혜였다. 그녀는 원래 자신감이 없는 데다 요즘엔 아예 바닥을 기는 상태여서, 준태를 믿을 수도 없을뿐더러 점점 더 그가 의심스러워지기만 했다.

"기회를 주겠어요. 이건 정말 마지막인데."

준태가 사납게 말했다. 입가에 띤 미소가 인상적이긴 했지만 승혜에게는 확실히 무서운 느낌이 들었다.

"기회는 제가 드려야 하는 것 아닐까요?"

무심코 받아쳤던 승혜는 준태의 표정을 보고 입을 다물어 버렸다. 그저 앞을 주시하고 있을 뿐인데도 왜 저렇게 날카로워 보이는지. 동시에 잘생기기까지 한 건 뭐야. 반칙이야? 승혜는 한숨을 포옥 내쉬었다.

"나도 한숨 쉬고 싶어요. 화만 덜 났다면 말이지."

"왜 화가 나셨어요?"

친밀하게 이런 대화를 나눌 사이가 아닌 것 같은데. 승혜는 저도 모르게 투덜거리는 준태에게 호응하고 있었다.

"동창회 때문이지."

은근히 말을 놓으며 준태가 몸을 틀었다. 그는 승혜 쪽으로 상체를 완전히 기울이더니 다리 꼬는 방향을 바꾸었다. 그 때문에 그들의 몸이 잠시 스쳤다. 온몸이 찌릿찌릿해지는 감각이 승혜를 휘감았다. 준태는 어떨까. 그녀는 그를 바라보았지만 얼어붙은 입매에서는 아무것도 느낄 수 없었다.

"승일이랑은 초등학교 때부터 친한 친구였어요. 부모님끼리도
알고 지냈고."

옆구리라도 찔린 듯, 말이 많아지는 승혜였다. 준태는 알고 싶
지 않다는 표정으로 무심히 듣고 있었다. 거봐. 내가 괜히 떠들
었지. 괜히 눈치를 본 승혜가 입을 다물었다. 그러자 준태는 계
속 이야기해 보라고 그녀를 종용했다.

"같은 학교를 다녔단 말이야? 초등학교, 중학교를? 도대체 어
떻게?"

"그게 그렇게 놀랄 일인가요?"

승혜의 질문에 준태는 운전석을 흘끗 보았다. 그는 승일의 면
접을 직접 보았을 뿐 아니라 이력서도 확인한 장본인이었다.

"그렇지 그럼. 이 실장은 듣보잡 출신이니까."

시원시원하게도 말하네. 승혜의 얼굴이 또다시 달아올랐다.
그 말은 나도 듣보잡이라는 이야기잖아.

"말 안 들어서 집에서 쫓겨나기라도 했던 건가? 아니면 서민
체험?"

"그게 무슨 소리예요?"

"내 친구들 중에는 그런 녀석들이 종종 있었거든. 말 안 듣는
애들. 사립인데 쫓겨나서 공립 가고 그랬지. 아주, 품위 떨어지
는 일이긴 하지만. 뭐……."

은근히 옹호하는 품새가 이상스레 승혜의 촉을 자극했다.

"설마 본인 이야긴 아니겠죠?"

일순 태준은 헛기침을 하더니 갑자기 창문 쪽을 바라보았다. 자기 이야기 맞나 봐. 당황하는 모습이 어쩐지 귀여워 승혜는 웃고 말았다.

"웃지 말라니까."

장난스러운 말투로 태준이 타박하면서 승혜의 입가에 엄지를 가져왔다. 그는 괜히 그녀의 입술을 쓸어 보고는 그 손을 그대로 자신의 입가로 가져가 훑었다. 갑자기 다리의 힘이 풀려 와 승혜는 종아리를 연신 훑어 올렸다. 긴장감에 온몸이 잠겨버릴 것 같았다.

"그런데 우리 어디 가는 거예요?"

"학생을 설득할 수 있을 만한 곳."

승혜는 흘러내리는 머리칼을 귀 뒤로 넘겼다. 나를 설득한다고…… 도대체 어떻게? 적극적으로 방어를 하려면 마음의 준비를 해야 할 텐데도 준태가 무슨 방법으로 자신을 설득할지 그녀는 궁금해졌다.

"이제 호기심이 좀 생겼어?"

시선이 마주치자 준태가 눈웃음을 치며 물었다. 아. 아니야. 궁금해 하면 안 돼. 승혜는 차창 밖으로 고개를 돌렸다.

"태워 주셔서 감사한데요, 저는 그냥 여기에서 내려 주세요."

멀리 학교 정문이 보이자 승혜가 말했다. 하지만 준태는 승일에게 차를 세우라고 지시하지 않았다.

"이렇게 가면 납치가 될 텐데."

승혜가 걱정스레 중얼거렸다. 그러나 그녀의 말대로 준태가 그녀를 납치했다면, 당장 승혜는 그 납치를 당하는 장본인이면서도 태평했다. 준태라면 하루쯤 납치를 당해도 상관없지 않을까 하는 나른한 생각이 들었던 것이다. 그는 매력적인 남자였고 아직까지도 정체가 불분명했지만 벌써 몇 번이나 그녀를 설레게 만들었다. 뿌리쳐야 한다고 이성은 말하고 있었지만 이미 준태와 쉽게 헤어지고 싶지 않다는 감정을 온몸으로 느끼고 있었다.

"커피라도 마시면서 이야기할까요? 데이트라면 납치가 아니겠지."

이미 카페 주차장으로 들어서고 있으면서도 준태는 태연하게 물었다.

그런데 이 사람, 지금 데이트라고 한 거야?

승혜는 방금 한 말을 다시 반복해 달라고 부탁하고 싶어졌다. 하지만 이건, 어쩌면 주도권 싸움이 될 것만 같았다. 지면 턱도 없는 위험에 발을 들여놓게 되는 것이고 이기면 지금까지처럼 망가진 인생이지만 그럭저럭 조금이라도 더 연장할 수 있을 거였다. 어느 쪽이 더 나은 걸까?

……물론 후자지!

조금 늦게 결론을 내리긴 했지만 가까스로 승혜는 매혹과 신비가 가득한 비현실적인 세계 대신 지금의 안전하고 지루한 현실 세계를 택할 수 있었다. 그리고 마음을 잡고 또 다잡았다. 하지만 준태의 우아한 에스코트를 받으며 카페 안으로 들어가면서 금세 흔들리기 시작했다. 최소한 그녀는 준태가 어떤 사람인지 알고 싶었다.

"정 바리스타 있죠?"

테이블로 안내되자마자 준태는 여자 서버에게 물었다. 서버는 꾸벅 인사하고 떠났는데 그렇게 예의 바를 수가 없었다. 게다가 여자임을 부정할 수 없다는 듯, 준태의 얼굴을 흘끗 보고는 환하게 웃었다. 승혜는 언제 저렇게 깍듯한 대우를 받아 본 적이 있었던가 생각해 보았다. 물론 이런 카페 자체도 처음이었다. 한눈에도 고급스러운 장소임을 알 수 있었으니까.

"잠깐만."

준태는 승혜가 편히 앉을 수 있도록 의자를 빼 주었다. 어……. 승혜는 속으로 중얼거렸다. 이런 대우를 받는 건 처음인데. 남자라고는 거의 만날 일이 없는 그녀였지만 간혹 가뭄에 콩 나듯 소개팅을 받기는 했었다. 대부분의 사람들은 호감을 보냈고 애프터 신청도 받았지만 그래도 이 정도로 자연스럽게 친절하지는 않았다.

"김준태 이사님. 죄송한데 정 바리스타님께서 준비 중이시거든요. 잠시만 기다려 주시겠습니까. 기다리시는 동안 이것을. 저희 카페 수석 쇼콜라티에가 이번 시즌에 낸 신작이랍니다."

서버가 와서 차갑게 얼려 둔 도자기 접시를 테이블에 내려놓더니, 들고 온 쟁반에 놓인 쇼콜라를 핀셋으로 집어 접시에 옮겼다. 승혜의 눈이 휘둥그레졌다. 쇼콜라는 장미꽃잎을 형상화한 것이었는데 언뜻 보면 예쁜 하트로도 보였다. 여자 서버는 마무리로 직사각형 모양의 접시 귀퉁이를 식용 꽃으로 장식했다.

서비스 메뉴가 분명한데도 코스 요리의 일부 같았다. 승혜는 손을 대기조차 어려워 쇼콜라를 한참 동안이나 바라보았다. 그러는 사이 그 서버는 또 한 번 준태에게 미소를 보냈다. 은밀하면서도 자신의 매력을 십분 발휘하는, 그런 미소. 승혜는 괜히 자신이 부끄러워져 얼굴을 붉혔다. 준태는 확실히 VVIP가 맞는 모양이었다. 한데 단순한 부자가 아니라 잘생기고 분위기 있는 부자였다. 더구나 질투가 날 정도로 관심을 한 몸에 받는 남자.

하지만 준태는 심드렁한 반응을 보일 따름이었다. 오히려 그는 서버가 아직 자리를 다 떠나지도 않았는데 승혜 쪽을 향해 몸을 기울이고 그녀와 눈을 맞추려 했다. 승혜는 저 여성분 좀 보시라고 말해 주고 싶었다. 이봐요. 저기, 저 언니가 당신이 뭔가 대답을 해 주길 간절하게 기다리고 있다구요.

"아. 아직 안 갔어요? 고마워요. 이제 장 바리스타를 불러 줘요."

승혜가 서버를 의식하는 바람에 준태는 그녀가 아직도 거기 있다는 것을 알게 되었다. 서버는 딱딱한 미소를 짓고 휙 돌아섰다. 세상에. 민망하겠다. 승혜는 그녀에게 괜한 미안함을 느꼈지만 자신이 괜한 걱정을 한다는 것도 알고 있었다. 그저 시선을 피할 수밖에. 그러자 그 서버는 이 모든 것이 승혜의 탓이라는 듯, 테이블로부터 몇 걸음 떨어지자마자 그녀를 사납게 쏘아보았다. 공교롭게도 승혜는 서버와 눈이 마주쳤고 그 질투 어린 시선에 고스란히 노출되었다. 뭔가 잘못했다는 기분에 풀이 죽었다.

"내 심기를 불편하게 만들면 곤란해질 텐데."

어느새 쇼콜라를 집어든 준태가 중얼거렸다. 승혜는 무슨 뜻일까 하고 고개를 옆으로 기울였다. 준태에게 집중하고 있느라 입은 동그랗게 벌린 채였다. 준태는 그녀의 모습이 퍽 귀엽다고 생각되어 웃었고 승혜는 준태가 짓는, 남자임에도 아름다운 그 미소에 방심해 버렸다.

그 순간 준태가 손을 불쑥 내밀어 승혜의 입안에 쇼콜라를 넣어주었다. 그리고 손가락에 묻어난 쇼콜라를 보란 듯 빨아냈다. 승혜는 너무 놀란 나머지 입안에서 녹는 쇼콜라를 한동안 내버려 두었다. 몸의 온도가 너무 빨리 올라가는 바람에 혀도 뜨거웠고 쇼콜라도 순식간에 녹아버렸다. 아깝다는 생각이 든 것은, 달콤하면서도 산미가 가득한 맛이 식도로 넘어갔을 때였다.

"맛이 어떠세요, 이사님?"

순식간에 녹아버린 쇼콜라의 뒷맛을 승혜가 혀로 핥아내고 있을 때, 한 남자가 다가왔다. 훤칠한 키에 검은색 앞치마를 약간의 주름도 없이 빈틈없이 매고 있었다. 검은색 뿔테 안경은 지적인 인상을 주었다.

"장 바리스타."

준태는 턱을 끄덕여 보였다. 그것으로 인사가 다 됐다는 듯했다. 장 바리스타 역시 그것으로 충분한지 오픈키친으로 들어가더니 트레이를 밀고 나왔다. 그 위에는 핸드드립 도구가 가지런히 놓여 있었다. 그리고 새 쇼콜라도. 드립커피도, 그 도구도 익숙하지 않았던 승혜는 보석처럼 반짝거리면서도 색은 봄을 닮은 듯한 쇼콜라에 호감이 갔다.

"아까 그 장미 쇼콜라는 새 블렌딩과는 어울리지 않아서 따로 서비스로 낸 것이지만 이쪽은 확실히 좋을 겁니다. 스프링 에메랄드라고 이름 붙였지요. 강하지 않은 단맛이 특징입니다."

뿔테 안경 속에서 장 바리스타의 눈빛이 빛났다. 그는 끓인 물이 알맞은 온도로 식을 동안, 분쇄기에 원두를 넣고 갈았다. 은은한 커피 향이 테이블 가득히 퍼졌다.

"여기 있습니다. 그런데 새 블렌딩이 어떨지 궁금하네요. 이사님."

장 바리스타가 갓 드립한 커피를 준태와 승혜에게 각기 주었다. 뜨겁지도 식지도 않은 적당한 온도에 승혜는 입천장이 델 걱정 없이 아주 신선하게 즐길 수 있었다. 하지만 준태는 뭔가가 못마땅한 듯 커피잔을 잠깐 입에 댔다가 금세 떼어냈다.

"저 서버가 내 아가씨를 노려보더군."

"예엣?"

노려봤다는 말 쪽보다 '내 아가씨'에 더 놀란 것처럼 보이는 이유가 왜일까. 승혜는 준태가 거기까지 파악하고 있었다는 사실에 조금 감동했다.

"금세 조치하겠습니다."

"그건 장 바리스타, 아니 장 사장 선택이지. 내 고용인은 아니니까."

냉랭함이 뚝뚝 묻어났다. 승혜의 등줄기가 서늘하게 얼어붙었다. 하지만 이내 그녀에게 고개를 돌리는 준태의 표정이 많이 누그러져 있었으므로 그녀는 못내 안도의 한숨을 내쉬었다. 하지만 아직 여운이 남아 있었다. 준태가 지나가듯 입에 올렸던 '내 아가씨'…….

"무슨 생각해?"

준태가 넌지시 물었다. 그의 눈빛은 투명해서 승혜 자신의 머릿속도 다 들여다보고 있는 것만 같았다.

"내 아가씨라는 말이 무슨 뜻인지 생각했어요."

승혜는 어물어물 대답했다. 얼굴이 빨개졌을까? 물론이었다. 그녀의 걱정은 몸의 반응을 앞질러가지 못했다.

"아가씨라는 말 앞에 '동행한' 이라는 말을 생략했을 뿐이에요."

준태는 또다시 냉랭해졌다. 그 순간 승혜의 명치 아래에 날카로운 통증이 지나갔다. 실망하면 안 돼. 그녀는 자기 자신에게 말했다. 저 남자의 아가씨가 되면 더 힘들어질걸? 별것도 아닌 걸로 왜 충격을 다 받는담. 내 편을 좀 들어줬다고 해서……. 하지만 어쩐지 자꾸 눈물이 날 것 같았다. 머릿속에서 '판단력' 이라는 말이 완전히 사라져 버린 걸까? 아니면 내심 저 남자의 것이 되고 싶은 걸까?

"이 실장 이야기를 마무리해 볼까."

승일이? 왜 그가 화제에 오르는 것일까.

"이 실장과 친구였든 아니든 앞으로는 조심해야 할 거예요. 같이 일하는 동안 불미스러운 일이 생기는 건 참을 수가 없어. 난 그 친구가 필요하고 계속 일하고 싶거든."

갑자기 준태는 선생님처럼 굴었다. 승혜는 반발심에 쏘아붙였다.

"전 하겠다고 하지도 않았고 승일이랑은 불미스러운 일이 생길 일도 없어요."

그 말에 준태의 입가에 은밀한 미소가 퍼졌다. 승혜는 뜻밖의 미소에 깜짝 놀랐고 곧 그 미소에 빠져들었다. 매번 볼 때마다 느끼고 놀라지만 사람 심란하게 하는 얼굴이었다. 심란할 정도로 싱숭생숭하게 만드는 얼굴.

어쩌면 저런 남자와 함께 일할 수 있다는 것만도 엄청난 행운 아니야?

승혜의 내면에서 은밀한 질문이 떠올랐다. 그때였다. 준태가 승혜의 심장을 밟는 소리를 한 것은.

"글쎄. 전보다 예뻐져서 못 알아봤을 정도면 가능성은 충분하지."

"승일이가 그 얘길 했어요?"

정확하게 승일이 했던 이야기와 일치했다. 승혜는 설마……
싶은 마음으로 따져 물었다. 화난 기분과 설렘이 반반씩 그녀를
충동질했다.

"그 정돈 보면 알아요."

승일은 담담히 대꾸하더니 이렇게 덧붙였다.

"내가 느끼니까."

납작하게 밟혔던 심장이 다시 봉긋 부풀어 올랐다. 승혜는 붉
어져있는 뺨을 손바닥, 손등으로 꾹꾹 눌렀다.

"그럼 일 이야기를 좀 할까요."

사람을 이렇게까지 당혹스럽게 해 놓고 갑자기 일 이야기라
니. 준태를 따라가는 건 정말 어려운 일이었다. 하지만 화가 나
지는 않았다. 발끈하기는 했으나 잠깐이었다. 그가 약간의 미소
를 띠고 입가를 손끝으로 지그시 누르자 그 인상적인 모습에 정
신을 빼앗겼기 때문이다. 승혜는 매번 정신을 차리고 싶었지만
그러기에 준태는 지나치게 매력적이었다. 그가 제시하는 '백지
수표' 역시 미스터리하다는 점에서 승혜의 모든 관심을 잡아끌
었다. 벌써 몇 번이나 위험에 몸을 던지지 않겠다고 다짐했지만
쉽지 않았다.

다 준태의 매력 탓이었다. 그는 모든 측면에서 승혜를 매혹하
고 있었다.

"절 설득하려고 하지 말라고 말씀드렸잖아요."

"'부탁'이라고 정정하는 게 어때요?"

"예?"

"이미 나한테 끌린 것 같으니까. 제발 절 자극하지 말아주세요, 라고 부탁해야 하는 거 아닌가 싶은데."

"제, 제가 어딜 봐서요! 끌리긴 뭐가 끌렸다고!"

"'내 돈'에 끌렸다고 말하면 자존심이 상할까 봐 배려한 건데. 싫어요?"

승혜는 할 말을 잃었다. 준태는 완전히 그녀를 들었다 놨다 하고 있었다. 아. 이 남자를 어떻게 이길 수 있을까? 아니 버티는 것만으로도 힘겨운 걸……

"불쾌해하지 말아요. 나도 절박해서 이러는 거니까."

웃기지 말라구요. 절박한 사람이 어떻게 저렇듯 여유 있는 미소를 지을 수 있다는 건지. 승혜는 믿지 않았다. 믿을 수가 없었다. 이미 그녀는 준태의 손끝에서 마구 조종당하는 기분을 느꼈고 그것을 느끼기 이전부터 휘둘리고 있었다.

"그렇게 불신하는 표정을 지으면 나, 힘든데."

하지만 한편으로는 준태가 나약하게 중얼거리는 모습을 보이니 이쪽이 너무 차가웠나 싶어 승혜는 미안해졌다. 실제로 준태는 그 저의가 어떠했건, 그 자신이 얼마나 어둡고 비밀스럽건 그녀에게 믿을 수 없는 대우를 해주었다.

"무슨 특별한 사정이라도 있는 건가요?"

승혜가 용기를 내어 물었다. 그녀는 준태의 얼굴에 그림자가 휙 스쳐지나가는 것을 보았다.

"특별한 사정이라니, 말했잖아. 필요하다고. 그뿐인데."

준태는 더 이상 예의 바르게 말하지도 않았다. 승혜는 분명 문제가 있다고 생각했고 그것이 확고하게 틀리지 않았다고 생각했다. 하지만 도대체 어떤 종류의 일일까. 만약 그가 난처한 상황에 처한 거고 도움이 필요하다면…… 도와주고 싶었다.

곧 승혜는 자신의 생각에 화들짝 놀랐다. 왜 이런 생각을 하지? 내가 뭐라고. 봐봐. 저 사람은 부족함이라곤 없는 사람이야. 돈도 있고 능력도 있고 아마 학벌도 있겠지. 나와는 전혀 다른 세계에서 살고 있는 저 남자에게 무슨 도움이 필요하다는 거야? 승혜는 자기 자신을 나무랐다. 지금 남 걱정에 속앓이를 할 때가 아니라고 꾸짖었다.

"딱 한 번만 얘기할게. 나 정말 필요해요. 당신이. 이래도 들어주지 못하겠다면 글쎄. 내가 앞으로 무슨 짓을 해야 할까?"

뱃속이 아프도록 졸아들었다. 준태의 나른한 혼잣말 속에 들어 있는 달콤한 협박에 피가 빠르게 돌았다. 승혜는 귀를 기울이지 않을 수 없었고 아무리 위험하더라도 자신을 던지지 않을 수 없었다.

"나쁜 짓이라도 할 생각인가요?"

"지금까지 나빴던 게 있었나?"

승혜는 납득할 수밖에 없었다. 커피는 맛있고 쇼콜라도 달콤했다. 아니, 실은 달콤함이 지나쳤다. 비싼 위스키나 다름없었지. 아마 평생 그런 쇼콜라는 먹지 못할 거고, 눈앞에서 바리스타가 직접 드립해 주는 그윽한 향기의 커피 역시 먹지 못할 거야.

만약 이 남자를 거부한다면 말이야.

"계약서는 어디 있죠?"

승혜가 물었다. 모든 것이 그녀 하기 나름이고, 자신이 주도권을 가지고 있다는 생각이 들었다. 수석 피아니스트는 분명 무거운 자리이지만 일생일대의 기회일지도 몰랐다. 무엇보다 준태를 애태우는 것이 그녀에게는 어렵고 민망한 일이었다. 더 이상 그가 애처롭게 매달리도록 둘 수가 없었다.

"여기서 계약서를 쓰자는 거야? 그건 좀 곤란한데."

"어째서요? 그리고 전 일단 읽어볼 생각이에요. 계약하겠다는 게 아니라구요."

"그래. 그럼 내가 더 매달려야 한다는 소리로군."

입가에만 미소를 띤 채 준태가 중얼거렸다. 승혜는 그의 마음을 알 수가 없어 두려워졌다.

"일단은 한 걸음 나간 걸로 치고. 그런데 내 생각에는 장소가 적당치 않으니, 그럼 이만 일어나지. 밥 안 먹었죠?"

또 나를 어떤 마법 같은 장소에 데려가려고 이러는 걸까. 승혜는 지금도 충분히 어질어질했다. 내가 정말로 배고프기나 할까? 배고프다고 해서 많이 먹을 수는 있을까? 이미 그런 사소한 감각 따위는 완전히 잊어버렸다. 하지만 어느 순간 그녀의 몸은

푹신한 좌석을 만끽하며 목적지를 향해 달려가고 있었다.

♪♪♪

차가 외곽도로를 달려 나가는 동안 승혜는 차창 밖으로 해가 지는 모습을 볼 수 있었다. 어느새 시간이 이렇게 흘렀다는 걸 믿을 수가 없었다. 순식간이었다. 커피도, 쇼콜라도. 하지만 분명 시간이 흘렀던 거겠지. 엔진소리조차 들리지 않는 고요한 차 안에서 그녀는 생각을 정리했다. 최대한 준태를 보지 않으려고 조심하면서. 그와 눈이 마주치기라도 하면 기껏 차곡차곡 쌓아 둔 이성적인 판단들이 와르르 무너져 내릴 테니까.

다행인 것은 준태 역시 별말 하지 않았다는 점이다. 아니 그는 차에 올라타자마자 태블릿 PC로 일을 시작했다. 그제야 승혜는 이 남자, 이사가 확실하고 그래도 자기 일을 제법 하는 사람이구나 생각했다. 다행인지 아닌지, 글쎄……. 확실히 신원보증은 된 셈이지만 결과적으로 승혜에게는 독이나 다름없었다.

집중하는 준태의 모습이 지나치게 근사했기 때문에. 아주 오래도록 그를 보지 않을 수 없었기 때문에.

"도착했나 보군."

차가 멈추자 준태가 입을 열었다. 긴 이동 시간 동안 침묵을 지키다 처음 입을 뗀 것이었는데 지나치게 묵직하고 음울하게까지 들렸다. 승혜는 괜히 긴장했다. 일을 할 때 이따금 미간을 깊게 찡그리던 모습이 떠오르고, 그것이 원인이 되어 뭔가가 잘 풀리지 않았다거나 마음이 불편해졌다거나 하는 속사정이 생겼나 하고 걱정이 됐다.

"기다리면 돼요. 이 실장이 열어줄 때까지."

승혜가 어색함을 이기지 못하고 밖으로 나가려 하자, 준태가 엄격하게 쏘아붙였다. 야단을 맞는 기분이라, 승혜는 어깨를 움츠렸다.

곧 문께로 승일이 다가왔다. 그는 문 밖에서 약간 망설이는 듯했다. 기다림에 지친 승혜가 고개를 들었다. 사실 승일은 그녀를 바라보고 있었다. 거의 넋을 잃은 듯이. 승혜는 그 강렬한 시선에 놀랐고 승일에게서 단 한 번도 본 적 없는 표정을 봤다는 이유 때문에 똑같이 그를 마주 응시했다.

"이만 나가지 그래요. 멍 때리지 말고."

준태가 그런 승혜를 보다가 시비를 걸었다. 공교롭게도 차창에 그녀의 얼굴이 고스란히 비쳤던 것이다.

"이 실장이 열어줄 때까지 기다리라면서요."

옆을 돌아보며 승혜가 말했다. 예상치 못했는지 준태는 부글부글 끓는 얼굴이었다. 도대체 저 남자 왜 저럴까. 승혜는 난감해졌다. 다행히도 그때 승일이 차문을 열어주었다.

"고마워."

밖으로 나가며 승혜가 자그맣게 중얼거렸다. 승일은 살짝 미소 지었다. 그녀가 그것을 봤는지 안 봤는지는 확실치 않았지만 사랑에 빠진 사람처럼 바보스럽기는 했다.

"승혜야! 잠깐만."

준태는 승혜를 에스코트했다. 한데 그런 그들 뒤로 승일이 바짝 다가와 승혜를 불렀다. 준태가 먼저 뒤를 돌아보았고 승일을 사납게 노려보았지만 마치 그는 고의인 것처럼 그 시선을 무시했다.

"저 이걸……. 차 안에 있던데."

승일이 승혜에게 준 것은 예의 '전단지'였다. 아무래도 차에서 떨어트린 모양이었다. 승혜의 뺨이 확 붉어져 왔고 창피함이 확 끓어올랐다. 그녀는 승일에게서 전단지를 낚아챘다. 이걸 읽었을까? 당연히 그랬겠지! 그렇다면 내 사정이 얼마나 찌질해졌는지도 알았겠구나. 너무 당혹스러웠던 나머지 승혜는 승일에게서 냉랭하게 돌아서 버렸다.

"당신한테 뭘 준 거죠. 이 실장은?"

준태가 은근히 물었다. 승혜는 재빨리 전단지를 구겨 주머니에 넣어버렸다. 준태가 그것을 집요하게 훔쳐보았지만 일단은 아무 말도 하지 않았다. 그는 승혜를 에스코트 하는 데에 집중했다.

무려 3m에 이르는 거대한 문이 열리고 샹들리에가 눈부시게 빛나는 현관이 모습을 드러냈다. 입구의 바로 맞은편에는 계단이 있었는데 좌우에 아름다운 조각상이 놓여 있었다.

"마치 비밀의 성 같네요. 유럽에서나 볼 법한."

승혜가 속삭이듯 말했다. 한국에 이런 레스토랑이 있다는 것도 놀라웠지만 이런 곳에 한 번도 온 적 없다는 사실이 더 놀라웠다. 물론 엄두도 못 낼 곳이긴 해. 하지만 이 남자가 그런 사실을 몰랐으면 좋겠어. 그녀가 속으로 생각했다.

"뭐라구요?"

너무 조그맣게 중얼거린 까닭일까. 중앙계단을 거의 다 올랐을 때쯤 준태가 승혜 쪽으로 몸을 기울이며 물었다. 지나치게 가까웠다. 그래선지 그에게서 은은히 풍기던 좋은 향기가 승혜에게 영향을 끼쳤다. 정체를 정확히 알 수는 없지만 일단 좋았다. 그게 어찌나 좋았는지 승혜는 입안에 침이 고이는 놀라운 경험을 했다.

"식당이 멋지다고요."

준태에게 받은 영향 때문에 승혜의 음성은 또 한 번 기어들어갔다. 혹시나 그가 또 가까이 얼굴을 가져와 당황하게 만들지 몰라 그녀는 미리 뒷걸음질을 쳤다. 하지만 그것이 실수였다. 덕택에 다리가 꼬인 그녀는 뒤로 넘어질 뻔했고 그 아슬아슬한 순간에 준태가 허리를 안아 받쳐주었다.

"고마워요."

이번에는 속삭이지 않았다. 하지만 준태의 시선이 승혜에게 꽂혔을 때, 그녀는 그의 목을 끌어안고 싶었고 그것이 키스하기에 적절한 신호가 될 것임도 본능적으로 알았다. 하지만 준태는 그녀가 팔을 뻗기 무섭게 떨어졌다. 타이밍이 너무나 교묘했고 승혜는 자신이 거부당했다는 느낌에 부르르 떨었다.

"이쪽으로 가죠."

방금처럼 아슬아슬한 상황이 있었음에도 준태는 여전히 친절했다. 아니, 사무적이었다. 친절한 것과 그것을 가장한 딱딱한 태도는 분명 달랐다. 승혜는 중앙계단이 끝나고 양쪽으로 갈라진 길 중, 준태가 에스코트하려고 한 방향과 다른 곳을 택했다. 유치한 짓이었지만 그녀는 자신의 다리를 막을 수가 없었다.

준태는 거기에 대해서도 이렇다 할 말을 하지 않았다. 그는 태연히 승혜와 반대쪽 계단을 걸어 올라간 다음, 발코니 중앙에서 그녀와 만났다. 걸음이 다소 빨라진 것은 사실이지만 참으로 냉랭하기도 했다.

"잡아요."

팔을 뻗으며 준태가 말했다. 그의 팔에 팔짱을 끼면서 승혜는 문득 자신의 복장이 고급 레스토랑에는 적절치 않다는 것을 깨달았다. 준태는 그녀의 손등에 손을 얹었다. 마치 머뭇거리고 난처해하는 마음을 짐작하고 있는 것처럼. 난 바보일까. 뭘까. 승혜는 오늘 이해할 수 없는 자기 자신을 너무나 자주 만났다.

레스토랑 안으로 들어가자 가르송이 재빠른 걸음으로 그들 곁에 붙어 섰다. 눈치를 보아 하니 잘 아는 사이 같았다. 아마 준태가 이 식당의 주요 고객이라서 그럴 터. 승혜는 작게 한숨을 내쉬었다. 그녀의 한 달 생활비가 이곳에서는 한 끼 식사일 텐데, 그런 생각을 하니 마냥 철없이 즐거워할 수만도 없었다.

더구나 준태도 문제였다. 그는 등장만으로 타인의 이목을 집중시켰고 승혜도 거기에 노출되었다. 수군대는 사람들. 준태는 이따금 그들에게 눈짓으로 인사를 했다. 그렇게 인사를 주고받고 나면 사람들은 의아하다는 눈빛으로 승혜를 바라보았다.

내가 이 남자에게 어울리지 않나 봐. 승혜는 자꾸만 자신의 모습을 돌아보게 되었다. 어색했고 숨이 꽉 막힌 것처럼 괴로웠다. 나는 왜 이 모양인지. 그녀는 최대한 허리를 곧게 펴고 걸으려고 했지만 한 걸음 내디딜 때마다 땅이 진동하는 것 같았다.

"김 이사님. 이번 달에 들어온 새 와인입니다. 한 번 시음해 주시지요. 영광일 겁니다."

테이블에 착석하자마자 소믈리에가 새 와인을 가지고 나타나 디켄팅해 주었다. 카페에서도 그렇고 레스토랑에서도 그렇고 신작이 나오면 다들 소개해 주려고 앞다투어 난리인 걸 보면 이 남자는 그 정도로 셀러브리티라는 이야기일까. 어쩐지 이 사람이랑 있자니 자꾸만 풀이 죽는단 말이야. 승혜는 괜히 냅킨을 만지작거렸다.

"여성분 먼저."

사람 민망하게 준태가 딱 잘라 말했다. 그러자 소믈리에는 큰 실수를 했다는 듯 난처한 표정을 짓더니 승혜를 향해 꾸벅 절했다.

"아, 네. 이쪽 여성분도. 죄송합니다. 정말 죄송합니다."

이렇게까지 할 필요 없는데. 승혜와 소믈리에는 동시에 미안해졌다. 준태는 소믈리에나 승혜가 뭘 하건, 어떤 기분이건 자신의 일만 신경 썼다. 메뉴판을 열고 자연스럽게 와인을 골랐다. 오늘의 스페셜 코스를 꼼꼼히 살폈다. 그런 다음 승혜를 흘끗 보곤 말했다.

"파인 다이닝은 처음이겠지. 내가 알아서 고르겠어."

참 도도하기도 하단 말이야. 너무나 당연하다는 듯 말했기 때문에 승혜는 부끄럽지도 않았다. 그녀는 단지 궁금할 뿐이었다, 준태의 속사정이. 하지만 이 남자가 그걸 말해 줄 수 있을는지. 가르쳐 주기는 할는지.

언제 말을 꺼내면 좋을까? 달콤한 와인을 홀짝거리며 눈치를 보고 있자니 첫 번째 코스가 나왔다. 대구 살을 이용한 전체요리였는데 셔벗처럼 차갑고 아삭거리는 식감을 살려 입맛을 돋웠다. 너무나 맛있었다. 승혜는 음식에 대해 이야기를 꺼낼까 하다가 관두고, 또 관두곤 했다. 무슨 말을 해도 준태에게 강한 인상을 심어주긴 어려울 테니까.

승혜는 얼굴을 찡그렸다. 난 너무 어리고, 너무 아는 것도 없어. 이곳엔 어울리지 않아. 무섭도록 촌스러워.

"표정이 나쁜데 이유가 뭐죠? 와인 때문에?"

새 와인이 도착하고 난 다음 준태가 물었다. 서비스로 나온 와인에 비해 새 와인은 쓰디썼다.

"얼른 집에 돌아가고 싶어서요."

"음식이 맛이 없어요?"

그럴 리가. 메인 요리는 송아지 고기였다. 승혜는 송로버섯이 들어간 가니쉬에서 나는 향만 맡고도 이미 그 요리에 반해 버렸다.

"셰프를 부르지. 조언을 해 줄 이유가 충분하군."

승혜의 심장이 쿵 내려앉았다. 오늘 나 때문에 도대체 몇 명의 사람이 혼나는 거야. 더 이상은 안 돼. 분명 준태가 한마디 하면 지금 먹고 있는 요리는 이 레스토랑에서 사라질 확률이 높았다.

"아뇨. 아뇨! 그러실 필요 없어요. 음식 문제가 아니에요."

그녀는 준태를 만류했다.

"그럼 뭐죠?"

그는 나이프와 포크를 내려놓았다. 은빛 식기에 반사된 그의 길고 섬세한 손가락에 승혜는 잠시 시선을 빼앗겼다. 그러다 이내 정신을 차리고 우물쭈물 대답했다.

"제가 여기에 어울리지 않으니까요."

"도대체 어디가?"

진심으로 궁금한 듯 준태가 물었다. 승혜는 어째서 모르지, 라고 생각했다.

"전 지금 캔버스화를 신고 있어요."

최대한 비유적으로 승혜가 설명했다. 이런 이야길 해야 한다니. 그것도 군침 도는 송아지 고기를 눈앞에 두고서.

"아. 의상이 문제인가?"

"네?"

"원한다면 지금 당장 이곳에 어울리는 옷을 가져다주죠."

"하지만 지금 식사 도중이잖아요……."

"꼼짝도 하지 말아요. 그래도 완벽하게 갖출 수 있을 테니까. 이 실장의 안목은 믿을 만하지. 내가 아는 소호숍에 보내면 그가 알아서 가져다줄 거예요."

어떻게 이렇게 받아들일 수가 있지. 사고방식 좀 봐. 승혜는 준태를 따라갈 수가 없을 것만 같았다.

"하지만 사이즈를 좀 말해 줘야겠는데."

준태가 다시 나이프를 집어 들었다. 고기를 한 번 썰었음에도 그의 나이프는 놀랍도록 깨끗했다. 승혜는 그 나이프에 언뜻 비치는 자신의 모습에 풀이 죽었다. 사이즈를 얘기하라니. 어떻게 그렇게 할 수 있어, 내가? 매력이라고는 없는 몸인걸. 그리고 저 남자 주변에는 나 따위는 압도할 만한 여자들이 우글거릴 테고.

"아니면 내가 짐작하는 게 좋아요?"

좋다니…… 신기할 뿐인데.

"눈짐작으로도 맞출 수 있나요?"

호기심이 생겨 승혜가 물어보았다. 준태는 픽 웃더니 가볍게 한 마디 했다.

"25."

승혜는 입을 동그랗게 벌렸다. 역시 허리를 말하는 거겠지? 대단해……. 그녀는 갑자기 준태 앞에서 옷을 벗은 기분이 들었다.

"허락해 준다면 그 외의 부분도 맞춰 볼게요."

준태가 음험한 눈빛을 빛내더니 으스댔다. 농담임이 틀림없었지만 그가 맞추지 못할 거라는 생각은 들지 않았다.

"옷은 됐어요."

"아니. 망할 옷 때문에 내 계약을 망칠 수 없지. 나는 내 클라이언트가 요구하는 바를 완벽하게 맞춰주고 싶어요."

"하지만 옷은…… 괜찮아요. 정말이에요."

그렇게 말하면서도 승혜는 무심결에 주변을 두리번거렸다. 시선이 집중되는 느낌은 여전했다. 아마도 준태 때문이리라.

'내 피아니스트'에서 시작해 '내 아가씨'를 거쳐 '내 클라이언트'라. 소유욕이 굉장히 강한 사람 같아. 승혜는 괜히 뾰로통해져 준태를 쏘아보았다.

"거봐, 지금도 불편해하는 게 훤히 보이는걸."

뜻밖에도 준태가 빙글거렸다. 승혜에게 어떻게든 옷을 입히고 싶다는 의지가 엿보였다. 역시 이 사람도 내가 부끄러운 건지도 몰라. 그렇다면 난 뭘 해야 하는 걸까? 말로 따져 봐야 소용이 없어. 고집쟁이 같으니까.

"이걸 보여 주면 또 겁을 먹고 도망가겠지. 지난번처럼."

우아하기 짝이 없는 동작으로 백지수표를 꺼내 테이블에 내려놓으며 준태가 중얼거렸다. 이번엔 실제로 백지수표를 가지고 오다니. 그의 말대로 승혜는 긴장했다. 그게 눈에 띄자 준태는 또 빙글거렸다. 승혜는 깨달았다. 아니, 정신이 확 들었다. 이 남자는 백지수표 정도로는 눈썹 하나 까딱하지 않는 세계에서 사는 사람이었지. 돈에 미치기도 했고.

아. 갑자기 뱃속이 부글부글 끓어오르고 자존심이 상했다. 이 남자 뭐야. 정말 뜬금없는 타이밍에 나타나서는 나더러 얼떨결에 돈지랄에 어울려 주게 만들었잖아. 그녀는 깨닫지 못했지만 준태가 마음에 드는 만큼 그와 자신 사이를 가로막는 듯한 돈이 미워졌다. 그는 돈이면 다 될 거라 생각하고 있었다. 가진 게 돈밖에 없는 남자라는 걸 감추지도 않고 그것으로 모든 것이 다 해결될 거라고 생각하고.

이윽고 승혜는 어떻게 하면 준태의 생각을 고쳐 주고 한 방 먹일 수 있을까 고민했다. 결코, 결단코 이대로 넘어가고 싶지 않았다. 그래. 난 이 남자를 이미 한 번 포기시켰는걸. 두 번은 왜 못 해? 저 빌어먹을 백지수표를 찢어버릴까? 아냐. 백지수표는 저거 말고도 수십 장은 더 있을걸. 심지어 아이패드에도 있는데 뭐.

고민하던 승혜는 이윽고 그랜드 피아노를 발견했다. 그래, 피아노라면. 그녀는 그것을 주시하다가 준태를 향해 휙 얼굴을 돌렸다.

"솔직히 말해 저는 그 일을 할 수가 없어요. 아직 학생이고 수상 경력도 부족하고."

"내가 인정했잖아."

불쾌한 듯 준태가 입술을 씰룩거렸다.

"그것만으로는 부족해요? 내가 찬양을 해야 하나? 연주회라
도 열어 줘?"

승혜가 기겁할 만한 발상들을 늘어놓으며 준태는 잘도 웃었
다. 연주회 한 번에 돈이 얼마나 드는지 저 사람은 알고나 있을
까? 승혜는 '웃기지 마시오' 라는 시선을 보냈지만 여북하게도
준태는 '내가 모를 리가' 라는 말을 입가에 단 채 미소를 지었다.
그래. 돈이 무슨 문제가 되겠어. 승혜는 한숨을 내쉬며 두근거리
는 가슴을 손으로 꾹 눌렀다.

준태가 짓는 미소에는 마력이 깃들어 있었고 모든 약속을 하
는 듯했으며 실제로 할 준비를 마친 뒤의 여유가 만만했다. 으.
약올라. 승혜는 이것이 기싸움임을 다시금 떠올렸다. 언제까지
풀죽어 있을 수 있을까? 그건 안 돼. 나는 나름대로 악바리라구.

그녀는 자리에서 일어났다.

"당신을 단념시키겠어요."

"정말?"

장난기 가득한 말투로 되물은 준태는 두 손을 들어 보이더니
어깨를 으쓱했다. 승혜는 미소를 띤 채 그를 노려보았다. 참 자
신만만하기도 하셔라. 준태는 느긋하게 승혜의 시선을 되받았다.
그러자 그녀는 복부에 날카로운 통증을 느꼈다. 도대체 저 사람
은 왜 저렇게 여유가 있는 걸까. 백지수표 때문인가?

고통을 꿋꿋이 이겨내고 승혜는 피아노 앞에 앉았다. 그곳에
걸어가는 동안 무릎이 후들거렸지만 백만장자의 치열처럼 가지

런한 건반을 목도하고 있노라니 자신감이 솟았다. 그녀가 건반 뚜껑에 손을 올리자 매니저가 접근했다. 그는 승혜를 제지하려고 했다.

"내버려 둬."

거친 음성이 등 뒤에서 들려왔다. 승혜는 매니저를 사납게 노려보는 준태를 볼 수 있었다. 매니저는 곧바로 고개를 푹 숙이더니 그녀에게서 물러났다. 괜한 미안함에 얼굴을 붉혔더니 준태가 키득거리는 것을 승혜는 볼 수 있었다. 놀리는 거야. 놀리는 거. 승혜는 눈에 힘을 주고 피아노 건반을 보았다.

흔들리자 마. 멘탈 잡자.

잡고, 정 흔들릴 것 같으면 검은색 건반을 손끝으로 톡 건드려 주고.

그러면…… 이제 시작.

승혜가 연주를 시작하려 하자 준태에 의해 레스토랑 안에 흐르던 음악이 끊겼다. 이윽고 그녀는 가장 좋아하는 리스트를 연주하기로 했다. 승혜가 건반을 가볍게 누르며 상태를 확인할 때까지도 사람들은 그녀에게 관심을 갖지 않았다. 덕택에 다소 풀이 죽긴 했지만 관객 없는 연주를 한 적이 훨씬 많았던 승혜는 시간이 지나자 오히려 마음이 편안했다.

그래도 지금은 준태가 있었다. 그리고 지금은 그의 코를 납작하게 해 주기 위해 연주하는 거였다. 승혜는 처음으로 자기 자신 때문이 아니라 타인 때문에 연주하게 된 셈인데, 이상하게도 기분이 좋았다. 얼른 연주하고 싶은 마음에 손가락이 쿡쿡 쑤시기까지 했다.

연주는 물 흐르듯 흘러갔다. 승혜는 자신의 귀로 듣기에도 연주가 평소보다 훨씬 더 좋다는 것을 느낄 수 있었다. 이마와 입술 위쪽에 조금씩 땀이 배어 나오기 시작하고 그녀는 점점 주변에 대한 느낌을 잃어갔다. 그렇게 주변의 모든 감각들이 차단되는 순간, 연주는 절정에 이르렀고 연주가 끝났을 때 승혜의 온몸은 땀에 흠뻑 젖었다.

만족스러운 공연이었다. 그 증거로 레스토랑 안에 있던 사람들이 박수갈채를 보냈다. 그 쏟아지는 박수 세례에 놀란 승혜는 그제야 제정신을 차렸다. 벅찬 감동이 심장을 채웠다. 그 감동이 너무나 컸기에 급기야는 흘러 넘쳐서 피가 다른 색으로 물들 것 같았다.

그때 준태가 다가왔다. 착각이겠지만 한순간 승혜의 눈에 그는 꽃다발을 들고 있는 것 같았다. 만면에 핀 화사한 미소는 사실상 꽃다발이나 다름없다고 그녀는 확신했다. 다른 모든 것을 차치하고라도 벅찬 연주의 끝을 마무리하는 이 순간이 승혜에게는 너무나 소중했다.

"내가 사람을 잘못 봤군."

하지만 그녀가 받은 감동을 준태는 받지 않은 것 같았다. 여전히 미소를 띠고 있었지만 말투는 차갑기 그지없었다. 급기야 준태는 승혜가 보는 앞에서 백지수표를 쫙쫙 찢어버렸다.

"이 일은 없던 걸로 하죠."

그런 다음 얼어붙은 말 한마디를 남긴 채, 그녀를 레스토랑에 버려 둔 채, 준태는 그곳을 나가버렸다.

3

그이는 변덕쟁이

도대체 왜? 승혜는 어안이 벙벙했다. 어째선지 눈물이 흘러내렸고 우는 모습을 감추려 고개를 숙이니 발끝에 갈가리 찢긴 백지수표가 보였다. 그녀는 순간 그것을 집으려고 몸을 숙였다가 멈칫했다. 다 끝난 것이다. 어차피 이런 수상쩍은 일, 받아들이지 않기로 하지 않았던가.

하지만 뭉개진 자존심이 회복될 것 같지 않았다. 부정당한 마음은 또 어떡하고. 승혜는 어째서 자신의 연주가 마음에 들지 않았는지 물어볼 권리는 있다고 생각했다. 그래서 남겨진 번호로 전화를 걸었지만 신호가 몇 번 가는가 싶더니 이내 부재중 통화 메시지가 나왔다.

망연자실한 채로 승혜는 레스토랑을 나왔다. 그녀는 이곳이 어디인지도 모른 채 입구 앞을 서성거렸다. 버스정류장은 찾을 수도 없었을 뿐더러 마침맞게 비가 내리기 시작해, 그녀는 금세 물에 젖은 생쥐 꼴이 되었다. 그런 승혜를 두고 사람들이 수군거리며 지나갔다. 모두 레스토랑에서 본 손님들이었다.

창피해서 서 있기조차 힘들었다. 승혜는 내달리듯 도로변으로 나가 택시를 찾았다. 이상하게도 그녀처럼 비를 맞는 사람은 하나도 없었다. 다들 우산을 받쳐 들고 서 있거나 승용차로 움직였다. 물론 비에 흠뻑 젖은 그녀를 도와줄 사람 역시 하나도 없었다.

"그렇게 비를 쫄딱 맞고 어떻게 택시를 타요?"

비참했다. 겨우 잡은 택시에 타자마자, 택시기사가 그녀에게 면박을 주었다. 승혜는 고개를 밑으로 떨어트렸다. 눈가가 화끈거려서 똑바로 들고 있을 수가 없었다.

"아니 이런 부자 동네에서 차도 없이 다녀요? 시트 다 젖겠네."

택시기사는 행선지를 듣자마자 승혜가 가난한 동네에 산다고 판단했는지 면박을 주었다. 그게 사실이긴 했지만 면박을 줘도 되는 건 아니었다. 하지만 생각이 그렇다고 발끈해 택시기사에게 따질 수도 없는 노릇이니, 승혜는 혼자 상처받은 마음을 다스릴 수밖에 없었다.

엎친 데 덮친 격이라고 승혜는 얼마 안 가 지갑에 남은 돈이 별로 없다는 걸 알게 되었다. 도대체 얼마나 먼 거야? 평생 가도 한 번 구경할까 말까 한 곳에 다녀왔다는 기분이 들어 승혜는 또다시 괴로워졌다. 어쩌면 나란 애는 일생일대의 기회를 발로 차 버린 걸지도 몰라. 비참하고 씁쓸했다.

기회라는 것은, 직접 말해주지 않는 이상 그것이 정말 기회인지 아닌지 알 수 없는 것 아닌가? 준태는 너무나 치사하고 비겁했다. 아니, 성질이 더러운 거지 암. 승혜는 정정했다. 자기가 데려와 놓고선 버리고 떠나다니. 역시 사기꾼인 걸까. 그렇다면 사기당한 건, 아직도 두근두근 뛰고 있는 내 심장이네.

멍청이.

바보.

촌년.

깊은 한숨을 내쉰 뒤 승혜가 물었다.

"저, 기사님. 이쯤에서 내려주시면 안 될까요?"

"뭐, 여기서?"

택시기사는 창밖을 흘끗 보았다. 차는 한강 한가운데, 다리 위를 달리고 있었다.

"비 오는데, 걸어가려구?"

은근하게 물어오는 것이 걱정이 배어 있기도 해, 어쩌면 속사정을 밝혀도 괜찮을까 싶어 승혜는 실은 돈이 없는데 그 동네 지리를 잘 몰라 무작정 택시를 잡아탄 거라고 말했다. 그랬더니 택시기사의 안색이 돌변하더니 그녀에게 얼마를 들고 탔냐고 물었다.

"10원 하나까지 말해 봐."

왜 이렇게 고압적이람. 물론 기름 값이 비싸다는 건 알지만……. 순간 승혜의 눈에 눈물이 핑 돌았다.

"그럼 조금 더 가서 내려야겠네. 길은 알고?"

정확히 10여 미터를 더 달리고 나서 택시기사는 차를 세웠다. 승혜는 우물쭈물 여기서부터는 안다고 대답했다. 비록, 차가 다니는 길이긴 해도.

"그럼 비도 오는데 조심해서 걸어가. 젊으니까 감기 걸려도 삼 일이면 나을 거야."

승혜는 귀를 의심했다. 진심으로 걱정해서 하는 말은 결단코 아니겠지? 만약 그런 거라면 나는 저 택시를 쫓아가서 번호판이라도 걷어차 주겠어. 승혜는 멀어져가는 택시의 뒤꽁무니를 노려보며 생각했다. 점점 더 굵어지는 빗줄기에 시야가 흐려졌다.

"그래. 차라리 잘 됐어! 이쯤 돼야 잊어버리기 좋잖아?"

괜히 한 번 큰 소리로 승혜가 외쳐 보았다. 준태가 치명적이라는 건 너무 자명한 사실이고 저항하기 힘든 것도 사실이니 아예 정이 뚝 떨어진 지금이 나을 수도 있었다. 그녀는 저항할 수도 없고 저항해 봤자 소용없는 난처한 상황에 빠지는 일에 익숙했다. 그러니까 이번 일도 그런 것이다. 벗어난 걸 기뻐해야 할 때였다.

그런데 왜 이렇게 가슴이 답답하지?

승혜는 영문을 알 수 없었다. 도무지 그 남자에게 반했다고 생각하고 싶지 않은데, 만약 그런 거라면 어떡해야 할지. 머릿속에 떠오르는 준태의 얼굴을 지우고 싶어 승혜는 눈가를 문질렀다. 그래 봐야 그 사람 눈에 난 촌년일 뿐이고 아마추어 피아니스트야. 바보처럼 무시당했다고. 지금 난, 그런 사람이 좋아할 여자가 못 돼. 생계형 조율사일 뿐인걸.

그렇게 생각하면 생각할수록 준태의 모습이 사라지지 않았다. 그와 나누었던 가벼운 커뮤니케이션들이 드라마의 극적인 한 장면처럼 새삼스레 그녀의 뇌리를 휙 스쳐갔다. 너무나 가슴이 아팠다. 뺨을 쉴 새 없이 때리는 빗줄기가 승혜의 기분을 한층 더 다운시켰다. 다리가 아픈 것조차 잊어버릴 정도였다.

등 뒤에서 울리는 경적소리에 승혜는 걸음을 멈췄다. 돌아보니 준태의 차가 그녀를 향해 서서히 다가오고 있었다. 승혜는 발끝까지 퍼지는 전율을 느꼈다. 그녀는 얼굴을 황급히 가렸다. 얼굴 근육이 멋대로 춤추고 있었기 때문에 표정을 감춰야 할 것만 같았다.

"승혜야!"

하지만 차에서 황급히 뛰어나온 사람은 준태가 아니었다. 승일이었다. 그는 우산을 펼치더니 허겁지겁 그녀의 머리 위에 씌워주었다. 승혜는 그가 너무나 고마웠지만 어째선지 활짝 웃을 수가 없었다. 오히려 서러운 마음에 눈물이 쏟아졌다.

"괜찮아? 이사님 모셔다 드리고 뒤쫓아 오느라 늦었어."

"뭐 하러 왔어."

승혜가 모질게 쏘아붙였다. 그녀는 자기가 그렇게 말해놓고도 깜짝 놀랐다. 화풀이를 하는 걸까. 그녀는 자기 스스로에게 그러지 말라고 타일렀지만 자꾸만 기분이 사나워졌다.

"돌아가는 길을 모를까 봐 그랬지. 차에 타. 데려다줄게."

"됐어."

그렇게 돌아서다가 승혜는 문득 의문이 들었다. 내가 왜 얘한테 화를 내야 돼? 잘못은 그 남자가 했는데. 나는 일생일대 최고의 연주를 했고 그 점에 대해선 한 점의 의심도 없다구. 더구나 인정한다고 한 건 본인이잖아? 인정하는 사람의 태도가 뭐 그래?

"그러지 말고 가자."

눈치를 보던 승일이 조심스레 승혜의 어깨에 손을 얹었다. 승혜는 몸을 휙 틀어 어깨에 닿은 그의 손길을 가볍게 털어냈다.

"가긴 어딜 가?"

"집. 너네 집에 바래다줄게."

"우리 집? 우리 집 없어."

"없다구? 그럼 어디로 가지? 그거 정말이야?"

승일이 어눌하게 더듬더듬 물었다. 물론 승혜는 거짓말을 한 건 아니었다. 일단은 얹혀사는 곳이니까 집이라고 할 수 없었다. 무엇보다 승일에게 사는 곳을 가르쳐주기도 꺼려졌다. 그녀는 잠시 생각하다가 뭔가를 결심한 듯 그를 향해 눈을 확 부라렸다. 그러자 승일이 움찔하며 주춤거렸다. 우산이 움직였고 승혜는 다시 비를 맞았다.

"그 사람한테 데려다 줘."

"그 사람이라니? 이사님?"

"그래."

이대로 넘어갈 순 없었다. 그러니까 가서 확실하게 따져볼 생각이었다. 연주의 어디가 잘못됐는지. 왜 아 다르고 어 다르게 말하는지. 심장이 강철로 만들어지지 않은 이상, 감동받지 않았을 리 없으니까.

"이사님이 널 무시할 거야. 방금 당했잖아."

"그건 내가 알아서 해. 만약 또 그러면 나도 똑같이 무시해 줄 거구."

시간이 갈수록 승혜의 다짐은 단단해졌다. 그녀가 피아노 건반을 어루만져 온 시간들과 아버지와의 추억이 모두 바스러진 악보가 되도록 둬서는 안 됐다.

"사람 바보 만드는 타입이야."

승일은 승혜가 또 한 번 준태를 만나기를 바라지 않았다. 괜한 상처만 입을 뿐이니까. 하지만 승혜는 강경했다.

"널 생각해서 하는 말이라고. 성질이 얼마나 더러운데. 그 사람이 다시 널 보면 어떻게 할지 너무 당연하잖아."

"내가 다치지 않으면 돼. 다치지 않는 거. 그리 대단한 일도 아냐."

"멍청한 짓이라니까!"

꾸짖듯 소리치며 승일은 승혜가 무척 낯설다고 생각했다. 바보 같다고도. 준태의 곁을 몇 년째 지키고 있지만 그는 자신의 고용인이 무슨 생각을 하며 살아가는지 알 길이 없었다. 승혜를 만난 것은 너무나 반가운 일이지만 그녀가 거미줄 같은 준태의 변덕에 걸려 버둥거리게 두고 싶지는 않았다.

"너 내가 멍청해 보이니?"

승혜가 단도직입적으로 물었다.

"그렇다는 게 아니라 지금까지 당했으면 충분하잖아."

승일이 중세시대의 기사처럼 걱정해주는 것은 고마웠지만 승혜는 생각했다. 나는 공주가 아니라고, 레이디도 아니고, 보호를 받기엔 지나치게 악바리라고.

"당했다고? 아직 멀었어. 날 포기시키려면 지금보다 더 독하게 굴어야 할 걸?"

오히려 웃고 있는 승혜를 승일은 도무지 이해할 수가 없었다. 혹시 돈 때문에 저러는 거라면 너무나 실망스러울 것 같았다.

"왜 굳이 만나려고 하는 건데."

"내 실력을 인정하지 않았으니까. 내 연주, 감동받았을 게 뻔한데 거짓말을 하잖아. 변덕을 부리는 것도 마음에 안 들고."

그래. 감동. 그것이 너무나 확실했기 때문에 승혜는 현실을 받아들일 수가 없었다.

"네 말대로 이사님은 그냥 변덕을 부리는 거야. 그 인간 고집을 바로잡으려고 해 봐야 먹히지도 않는다고. 오히려 반대로 행동할걸. 너도 당해서 알잖아."

더구나 승일이 그녀를 타이르려고 하자 더욱 화가 치밀었다.

지금 승혜가 바라는 것은 그녀의 행동을 막거나 설득하는 것, 심지어 위로해 주는 것도 아니었다. 묵묵히 믿어줄 게 아니라면 그냥 내버려 두길 바랐다. 그게 최선이었다.

"나 데려다줄 거 아니면 돌아가."

냉랭히 승혜가 몸을 틀었다. 승일은 찬바람이 부는 뒷모습에 섭섭해졌다. 악바리가 아닌, 때 묻지 않은 그녀의 모습이 그리웠다.

돌연히 승일이 물었다.

"승혜 너 왜 이렇게 변했냐?"

"변했다고? 내가?"

"예전에 넌 이러지 않았어. 순진하고, 겁쟁이에, 항상 내 바지자락에 매달려선…… 울었잖아. 지금 너무 달라. 낯선 사람 같고."

승혜는 인상을 찌푸렸다.

"그게 언제적 이야기야. 나 이제 그런 바보 같은 심승혜 아니야. 낯선 게 당연하지."

"어쩌다 이렇게 됐냐?"

다그치는 말에 기분이 확 상한 승혜는 승일을 아래위로 훑어보았다.

"넌 지금 인생에 만족하니?"

"그게 갑자기 무슨 소리야?"

"난 만족 못 해. 우리 아버지 돌아가시고 생활 어려워지면서 돈 많이 드는 음대 등록금 감당하기 힘들어지고, 지금은 만 원짜리로 코 풀면서 사는 동기네 오피스텔에 몸종처럼 얹혀사니까. 남들은 나더러 정신 못 차리고 사치스럽게 연주한다고 하지만 그러니까 더더욱 끝까지 피아노 치고 싶고 피아노로 만족을 얻고 싶어. 김준태 이사라는 그 남자, 처음엔 이런 내 연주를 듣고 인정한다고 했고 내 능력 보고 계약하고 싶다고 했어. 또……내가 필요하댔어. 어쩌면 도움이 필요한 걸지도 모르고. 그래서 혼신의 힘을 다해 쳤는데 갑자기 아니라잖아. 그러니까 가서 따져보고 싶다구. 이대로 끝낼 수는 없어."

"너 이러는 거 돈 때문이야?"

승일은 승혜의 말을 다 소화시키지도 않고서 물었다.

"뭐?"

승혜의 두 어깨에 힘이 쪽 빠져나갔다. 잘 되진 않지만 노력해서 진심을 전하려고 했는데 승일은 그녀의 마음을 단 한마디로 일축해버렸다.

'돈'.

세상에 이보다 더 사람을 절망하게 만드는 일이 있을까?

"처음엔 백지수표 싫다고 하더니, 갑자기 왜 이래?"

승일이 승혜의 두 어깨를 감싸 쥐더니 앞뒤로 흔들었다. 두 눈에 실망감과 분노가 가득했다. 승혜는 갑자기 지독하게 피로해졌고 승일에게 실망할 것 같았다.

"난 그냥 따지고 싶은 것뿐이야. 충분히 말했잖아."

"난 부족해. 솔직하게 말해 봐. 돈 싫어하는 사람이 어디 있어?"

듣고 싶은 이야기가 돈인 걸까? 승혜는 승일이 원하는 대답을 해 줄 마음이 없었다. 그건 자신의 진심이 아니었으니까.

"아까부터 왜 자꾸 다그쳐!"

"나 네가 만든 전단지 읽었어. 그 궁상맞은 광고 문구들까지."

한순간 승혜의 뺨이 붉게 물들었다. 무슨 말을 해도 승일은 절대 자신을 이해하지 못할 거란 직감이 들었다. 그리고 솔직히 말해 그녀도 그를 이해할 수 없었다. 그저 이만 이 대화를 끝내고 싶을 뿐이었다.

잠시 고민한 뒤, 승혜는 여보란 듯 말했다.

"그래. 나 돈 좋아해. 하지만 처음엔 분명히 거절했고 지금도 돈 때문은 아니야. 그런데 넌 내 말 알아들을 수 있을 것 같지가 않다. 안녕. 이만 가 볼게. 너한테 정말로 실망하기 전에."

아직은 승일이에게 실망하지 않았으니까 다행이라고 생각하자. 납득은 안 되지만 언젠가 이성적으로 이해할 날이 오겠지. 승혜는 생각했다.

"혹시 이사님이 마음에 드는 거냐?"

승혜의 등 뒤로 승일이 다급하게 물었다. 준태의 매력에 빠진 것이 부정할 수 없도록 확실하기에 승혜는 더욱더 화가 났다. 앞으로도, 언제라도 그에게 반했다는 것만으로 '돈에 환장한 여자' 취급을 받을 것 같다는 생각이 뇌리를 강렬하게 지배했다.

"네가 무슨 상관인데?"

"마음에 든다면, 그건 아냐. 차라리 돈 때문이라고 말해."

도대체 뭐야. 승혜는 화가 치밀어 승일에게 다가갔다. 그리고 그의 뺨을 힘차게 때렸다. 승일의 고개가 돌아가고 우산이 떨어졌다. 빗줄기가 사선으로 튀면서 그의 젖은 머리칼을 흔들어댔다. 승일은 눈을 부릅뜬 채, 앞을 쏘아보았다.

"한 대 더 때려줄까?"

그런 승일을 죽일 듯 노려보며 승혜가 씩씩댔다. 승일은 천천히 고개를 돌려 그녀를 직시했다. 또 한 번 강렬한 시선이 승혜를 꿰뚫었다. 이승일. 이 애는 도대체 왜 이런 눈으로 나를 보는 걸까. 그런 의문에 사로잡혀 있을 때, 승일은 갑작스레 그녀를 끌어안았다.

"질투가 났어. 미안해."

승혜는 숨이 막혔다. 승일이 힘주어 그녀를 다시 한 번 더 세게 포옹하자 눈앞까지 깜깜해졌다. 승일에게서 거침없이 뿜어져 나오는 남성적인 힘이 그녀를 짓눌렀다. 승혜는 두렵기도 하고 심장이 쿵쿵 울려 어지럽기도 했다.

"화가 나면 더 세게 쳐도 돼."

"이, 이러면 때릴 수가 없잖아……."

"하지만 김 이사에게 너 보내고 싶지 않아. 그 사람, 너 이용하기만 할 거야. 그리고 버릴 거라고."

승일은 준태가 어떤 사람인지 너무나 잘 알고 있었다. 준태는 여자에게 마음과 꽃다발을 주는 그런 남자가 아니었다. 승혜가 생각하는 것처럼 피아노 연주에 감동을 받을 사람도, 그녀의 음악을 인정해 줄 사람도 아니었다. 그는 냉혈한이었다. 승혜를 꼬드긴 백지수표도 검은 속내가 있기 때문일 뿐. 승일은 준태 곁에서 남녀노소를 가리지 않고 얼마나 많은 사람들이 버림받았는지 오래도록 지켜봐 왔었다. 어쩌다 보니 순서가 이상해지고 말았지만 늦건 빠르건 그는 언젠가 승혜에게 꼭 경고를 해 줄 생각이었다.

하지만 그보다 승혜를 다시 만나니 반가운 마음이 앞섰다. 그리고 예전에도 그랬듯, 아니 예전보다 더 예뻐져 있는 승혜를 보고 말았다. 그만 또 한 번 반해버려서, 그는 혼란에 빠지고 말았다. 준태와 함께 있을 때의 표정, 행동들. 지금의 자신으로서는 해 줄 수 없는 것들을 받고 기뻐하던 승혜의 모습……. 언제까지나 뇌리에서 사라지지 않을 것 같았다.

결국 승일은 저도 모르게 진심을 내뱉어버리고 말았다.

"널 다시 만나서 너무 기뻤는데, 하필이면 이사님과 얽혔다는 게 어찌나 화가 나던지."

이런 상황은 생각지도 못했다. 승혜는 어물거렸다.

"왜 기쁜 건지 난 도무지…….”

포옹을 푼 승일은 승혜를 진지하게 응시했다. 준태의 곁에서 그의 수족이 되어 일하며 감각을 억누르고 사는 데 익숙했던 그는 갑자기 감정이 봇물처럼 터져 나오는 것을 감당할 수가 없었다.

"널 좋아했었어. 오래전부터. 몰랐어?"

진지한 고백에 승혜는 충격을 받았다. 그의 얼굴은 빗물에 젖어 있어 눈물로 얼룩진 것처럼 보였다. 이 상황이 사랑을 고백하기에는 못내 어울리지 않지만 어쩔 수 없다는 듯 미간을 찌푸리고도 있었다.

"다시 만나서 또 반했다구. 그러지 않으면 해고당할 걸 무릅쓰고 널 쫓아오지 않았을 거야. 너에게 경고를 하고 싶었어. 이 사님은 위험해. 무엇보다 너랑 어울리지도 않고."

승혜는 준비가 되어 있지 않았다. 승일은 물론 준태에게도. 하지만 왜 이렇게 상처받은 기분이 드는 걸까? 승일이 하는 말은 지극히 이성적인 이야기였다.

"잠깐 꿈을 꾼 거라고 생각해. 내가 보기엔 악몽이지만. 그러니 집에 가자. 어디야?"

생각이 있는 사람이라면 승일의 말을 고맙게 받아들일 것이었다. 또 해고를 감수하고 여기까지 온 그의 배려에 감동을 받아 어쩔 줄 모를 것이었고. 그런데 승혜는 어쩐지 그렇지가 않았다. 마음이 기울지 않았다.

"승혜야."

승일이 팔을 잡은 순간, 갑자기 심장이 쿵 내려앉았다. 빗줄기가 이토록 차디찬데도 그의 손은 뜨거웠다. 섬광이 지나가는 듯한 짧은 시간이었지만 승혜는 승일이 얼마나 믿음직한 남자인지,

재미라고는 없을지 모르지만 평생 자신을 지켜줄 수 있을 남자임을 직관적으로 깨달았다.

만약 아버지라면 준태 따위는 손가락 사이로 흘러가게 내버려두되 승일만큼은 놓쳐서는 안 된다고 말할 것 같았다. 당신이 그랬으니까. 크고 굵직하지만 섬세한 손가락으로 과묵하게도 가정을 지켰으니까.

"이거 놔."

승혜는 승일을 밀치려다 그의 뺨이 부풀어 오른 것을 알았다. 그러자 마음이 약해지면서 더 이상 고집을 부리는 것이 무의미하다는 생각이 들었다. 도로 위에서는 차들이 쌩쌩거리며 지나가고 있었다.

"일단 우리 집에 가자. 너 뺨이 너무 아파 보여."

♪ ♪ ♪

"일단 씻어. 감기 걸리겠다."

오피스텔에 도착하자마자 승일은 승혜가 하라는 대로 뜨거운 물에 샤워를 했다. 물을 맞는 동안 머릿속이 조금 정리되었다. 승혜가 이런 좋은 오피스텔에서 얹혀산다는 게 무슨 의미인지 조금 혼란스러웠지만 그런 것과 별개로 여전히 용서할 수 없는 게 있었다. 승혜를 무책임하게 내쫓은 준태와, 그런 준태에게 다시 찾아가겠다는 승혜의 생각.

"다 씻었어? 여기 얼음 팩 있어. 얼굴 좀 식혀."

승혜는 아직도 쫄딱 젖은 채로 승일의 부어오른 뺨을 얼음 팩을 싼 수건으로 두드려 주었다. 그때였다. 이아가 집으로 돌아온 것은. 그녀는 아일랜드 식탁을 사이에 두고 앉은 승일과 승혜를 흘끗 보더니 새된 목소리로 외쳤다.

"너는 얹혀사는 집에 남자까지 끌어들이니?"

순간 승혜는 창피해 얼굴을 붉혔다. 승일도 발끈해서 이아를 쏘아보았다. 하지만 그녀는 승일의 매서운 눈빛에 그다지 겁을 먹지 않았다. 오히려 저속한 호기심에 가득 차, 두 사람을 요모조모 뜯어볼 뿐.

"어머. 꼴에 잘생기셨네. 꼭 어디서 본 것처럼. 그런데 여기가 어딘지는 알고 오셨어요?"

집주인의 위엄을 뽐내며 이아가 날카롭게 물었다. 승일은 자기 때문에 승혜가 난처해지겠구나 싶어져 이만저만 미안한 게 아니었다.

"이만 가 볼게. 미안해."

승일이 할 수 있는 최선은 이아를 무시하는 것뿐이었다. 그는 서둘러 일어났다.

"저기요."

이아가 승일을 잡았다. 승일은 돌아보고 싶지 않았다. 좌절한 승혜와 의기양양해하는 이아의 모습이 대조될 테니까. 하지만 그는 돌아보지 않을 수 없었다.

"승혜가 이 오피스텔이 자기 집이라고 한 건 아니겠죠? 요즘엔 그런 양심 없는 군식구들이 하나씩 꼭 있거든요. 노파심에 하는 얘기긴 해도 귀 잘 파고 들어봐요. 얘, 나한테 얹혀살아요. 그러니까 행여나 찾아올 생각은 하지 말라구요."

재수 없는 여자. 승일은 주먹을 꽉 쥐었다. 여자를 때려서는 안 되지만 적어도 입술 정도는 손가락으로 튕겨 주고 싶었다.

"알아. 도이아. 그 사람, 내 친구인데 갑자기 비가 내리는 바람에 온 거야. 다치기도 했고. 그런데 너 말 이상하게 한다. 나도 월세를 부담한다는 얘기도 해 줄 순 없니?"

승혜 역시 화가 난 듯 가시 돋친 말을 쏘아붙였다. 하지만 이아는 승일에게 겁먹지 않았던 것처럼 승혜의 말에도 그다지 양심의 가책을 느끼거나 자신의 막말이 불러 올 파장을 두려워하는 것 같지 않았다.

이런 곳에 살다니. 승일은 승혜가 안쓰럽고 그녀에게 돈 운운했던 자신이 한심해졌다. 당장에라도 승혜의 손을 잡고 이곳을 나오고 싶지만…… 이 와중에 그를 배려하느라 비에 젖은 상태 그대로 이아의 수모를 당하고 있는 승혜에게 방금과 같이 제멋대로 기사도를 발휘할 순 없었다. 그녀만 상처를 입는 결과가 생길 것 같았다.

"이봐요. 어디서 나 본 적 없어요?"

"단언컨대 없습니다."

승일은 차갑게도 대꾸했다.

"이상해. 내가 그쪽 기억하는 것보다 그쪽이 나 기억하는 게 더 쉬울 텐데."

마침 승일의 핸드폰이 울리기 시작했다. 준태였다. 승일은 잠깐 망설이다가 승혜에게 말했다.

"승혜야. 난 이만 가 본다. 정말로 미안하다. 감기 걸리지 마라."

승혜는 아무 대답도 하지 않고 그를 배웅했다. 그리고 어쩔 수 없이 이아의 눈치를 보았다. 그녀도 분명히 월세를 내고 이 집의 한자리를 배당받았건만 하다못해 레슨 선생님이 집에 올 때에도 이아는 '얹혀사는 사람' 운운하곤 했다. 아무리 정정해 주어도 소용이 없었다.

이아의 말로는 계약자가 자신이고 보증금은 전부 그녀가 부담하고 있으니 어떻게 하건 승혜는 더부살이를 하고 있고 잘 봐줘야 하숙생인 셈이었다. 승혜는 한숨을 내쉬었다. 돈, 돈. 그놈의 알량한 돈. 돈만 있으면 사람을 발깔개로 봐도 괜찮다는 생각. 지긋지긋했다.

"맞아. 그 사람이야!"

승혜가 욕실에서 막 나올 무렵, 이아가 손뼉을 치더니 외쳤다. 아마도 승일을 말하는 모양이었다. 아까부터 '어디서 본 듯한' 타령을 하더니 결국엔 찾아낸 듯했다.

"네가 말하는 그 사람이 누군데? 너 정말 승일이 알아?"

젖은 머리에 수건을 감으며 승혜가 물었다.

"잘생겼다는 건 확실히 알지. 눈에 보이니까."

이아가 당당하게도 말했다. 오늘 낮만 해도 선을 볼 거라며 설레어하더니 지금은 승일에게 온 정신이 다 팔려 있었다.

"잘생겼다…… 승일이가?"

승혜는 승일의 얼굴이 얼마나 잘생겼는지 헤아려 보았다. 글쎄. 준태의 얼굴이 겹치는 건 괴로운 착각일 뿐일까?

"그리고 넌 알 거 없잖아. 몰래 남자나 데려온 주제에. 도둑고양이처럼."

"도둑고양이?"

이걸 확 할퀴어 버릴까. 승혜는 이아가 말하는 것처럼 도둑고양이답게 처신할지 말지 고민했다. 하지만 오늘은 더 이상 골치 아픈 일을 늘리고 싶지 않았기에 그냥 방으로 돌아갔다. 승일과 무슨 관계건 내가 알 게 뭐람. 이제부터는 침대에 누워 오늘 연습 못 한 곡을 들을 생각이었다. 그녀는 침대 위에 누웠다. 하루가 너무나 길었다는 생각이 들었다.

♪ ♪ ♪

낙광은 차 안에서 윤 마담을 기다리고 있었다. 회장이 죽고 나니 그는 공교롭게도 윤 마담의 비서 노릇을 하게 되었다. 어디까지나 임시라고는 해도 낙광은 그녀의 수족 노릇이 그리 즐겁지 않았다. 조만간 거취를 정하고 싶은데 낙광의 희망대로 될 가능성이 적어 고민이었다. 준태와 함께 일하고 싶어도 그는 지금 가진 것이 너무 적었다.

그때 윤 마담이 별장에서 막 나오고 있었다. 그녀는 이아와 이아의 친모를 거느리고 우아하게 웃고 있었다.

사실 지금 어느 때보다 윤 마담은 즐거웠다. 함께 있는 사람들이 좋아서가 아니었다. 그녀는 준태를 이아와 결혼시키고 이아의 전공 공부를 핑계로 두 사람을 함께 유학길에 보낼 생각이었다. 그렇게 준태가 외국에 있는 동안 사업에서 조금씩 손을 떼게 만들고 그가 가진 모든 것을 빼앗아야겠다고 그녀는 마음먹었다.

"낙광 씨. 우리 이아 좀 집까지 바래다줄 수 있어요?"

윤 마담이 운전석 차창을 통해 낙광에게 말했다.

"제가 할 일이 아닌 것 같은데요. 사모님. 제 연봉을 생각해 보시죠."

낙광은 자신이 고급인력임을 우회적으로 어필했다. 하지만 이 아는 '왜 못 해?' 라는 표정으로 그를 뚱하게 응시하고 있었다. 참으로 눈치 없는 아가씨라고 낙광은 생각했다.

"낙광 씨 연봉이 아무리 세도, 우리 이아는 커버될 정도로 특별한데. 우리 준태 예비 마누라거든."

윤 마담의 말에 이아와 이아의 친모는 감탄사를 터트렸다. 꼭 방청객 아르바이트처럼.

"예?"

낙광으로서는 금시초문이었다.

"준태랑 이아랑 결혼시키려고. 잘 어울리겠지?"

"본인 의사는……."

"본인 의사가 무슨 상관예요. 부모가 까라면 까는 거지. 낙광 씨는 좋아서 지금 내 비서 해요? 우리 회장님이 돌아가시기 전에 까라니까 깐 거 아냐?"

여전히 우아한 미소를 지은 채 윤 마담이 낙광을 신랄하게 비판했다. 낙광은 일순 방심한 자신을 탓하며 고개를 끄덕였다. 여기서 괜히 더 반항을 하다가는 윤 마담의 입에서 더한 말이 쏟아져 나올 수도 있고 또 그 변덕이 어디로 튈지 몰랐으므로 알아서 피하는 것이 오랜 경험상 좋았다.

"타시죠."

낙광이 마지못해 허락하자 이아와 이아의 친모는 기다렸다는 듯 차에 올라탔다. 그들은 마치 택시라도 탄 양 능숙하게 행선지를 말했을 뿐더러 내비게이션에 주소지를 뭐라고 입력해야 하는지도 일러주며 오지랖 넓은 지적을 했다.

"예전 그분이 더 멋있었는데. 여러모로 준태 씨 따까리 한다던 분."

심지어 이아는 사람을 앞에 두고 품평까지 서슴지 않았다. 승일을 이야기하는 것이었다. 그런데 언제 봤다고 준태 씨라는 거지. 두 사람, 통성명은 했나? 어쩐지 그건 아닐 것 같긴 한데……. 궁금해진 낙광이 넌지시 물어보았다.

"아가씨께서는 이사님 뵌 적 있으십니까?"

"물론 아니죠. 하지만 그분이 부모님 집까지 운전해준 적 있거든요."

"그랬지. 그 청년 때깔이 참 좋더구나."

이아의 친모는 아무 때에나 추임새를 넣었는데 낙광에게는 무척 짜증스러운 타이밍이었다. 더구나 대대로 국회의원직을 지낸 집안에 부친은 3선 국회의원이라는데 표현 하나하나가 평범한 집에서 평범하게 자라 온 준태가 듣기에도 천박했다. '따까리'니 '때깔'이니.

낙광은 한숨을 내쉬었다.

어떡하시려나. 이사님은…… 저 악녀의 손아귀에 떨어져서는, 앞으로.

♪ ♪ ♪

윤 마담은 집 안으로 들어오자마자 다짜고짜 사진을 내밀었다. A4 용지 크기의 사진에서는 포스터처럼 인위적인 냄새가 났다.

"이게 네 약혼녀란다. 어떠니? 예쁘지?"

준태의 어깨 너머로 사진을 본 승일은 깜짝 놀랐다. 사진 속 여자는 방금까지만 해도 자신에게 시비를 걸던, 승혜가 사는 집 주인이라던 이아였기 때문이다. 승일의 마음은 복잡해졌다. 이아가 어디서 본 듯하다고 말했을 땐 코웃음을 쳤지만 생각해 보니 그녀의 친모를 집에 바래다준 적이 있었던 것이다.

정말 재수 없게도 엮였군.

승일은 저도 모르게 승혜를 동정했다. 부자들과 함께 일하면서 느끼는 것이지만 이들과 관계가 깊어지면 언제나 다치는 건 이쪽이었다. 몇 번을 경고해도 부족했다. 상생이란 없었다. 그들은 사람을 이용가치가 있는가 없는가로 구분했고 여자는 알지만 사랑에 대해서는 무뇌아였다. 따라서 그는 경멸하는 적들로부터 승혜를 지켜야 했다.

하지만 그걸 이해해 주지 못하는 승혜가 이상하고 답답했다. 만약 준태가 좋아서 그런 거라면 그것은 단연코 돈 때문이라고 승일은 철석같이 믿었다. 하지만 사랑을 믿지 못하는 것은 어쩌면 그일지도 몰랐다.

"결혼 생각 없습니다. 일 때문에 바빠서요. 그리고 어머니와는 되도록 이런 대화는 하고 싶지 않군요."

준태가 무신경하게 대꾸했다. 얼마나 무심했는지 그는 승일이 있는 것조차 신경 쓰지 않았다. 늘 그랬듯이.

"일 이외에는 싫다, 이거니? 나는 일보다는 너랑 가족적인 대화를 더 많이 하고 싶은데. 이 하늘 아래 남은 회장님의 핏줄은, 준태랑 나 둘뿐이잖아?"

윤 마담이 눈웃음을 치며 준태의 어깨에 손을 얹었다. 준태는 못마땅하게 윤 마담의 화려한 손을 보았다. 인조 손톱이 그의 뺨을 찌를 듯 치솟아 있었다.

"우리 사이에 비즈니스 말고 뭐가 더 필요해서요."

나직이 쏘아붙이며 준태는 윤 마담의 손을 밀어냈다.

"우리 준태 아직도 심통 났니? 아버지가 호산나 챔버 홀만 물려주셔서?"

준태의 입술이 씰룩거렸다. 그는 묵비권을 행사했다. 윤 마담은 자신의 노력이 먹히지 않는 듯하자 준태에게서 떨어져 소파 맞은편에 앉아 그와 마주보았다. 그러고는 한참 침묵을 지키고 있다가 그제야 승일의 존재를 발견하고는 말했다.

"커피 한 잔 내와."

승일은 입술을 깨물었다. 그것은 자신의 일이 아니지만 지시를 따라야 했다. 그는 잠시 지체한 다음, 부엌으로 갔다.

"이 결혼에는 조건이 있어."

윤 마담은 승일이 사라진 걸 확인하고 음성을 낮추어 말했다.

"조건이오?"

"결혼하면 결혼 선물로 호산나 챔버 홀과 호민 장학재단을 바꿔줄게."

선심을 쓰는 것처럼 말하고 있었지만 사실 윤 마담에게 호산나 챔버 홀처럼 중요한 곳은 없었다. 그녀는 호산나 챔버 홀을 돈세탁하는 용도로 쓰고 있었다. 그래서 회장이 살아 있는 동안에는 지금까지 쏠쏠하게 그 덕을 봐 왔는데 그가 유언장에 호산나 챔버 홀을 빼 버리는 바람에 곤란하게 되었다.

"우리나라에서 가장 많은 자산을 보유하고 있는 호민 장학재단을요?"

준태가 호들갑스럽게 되물었다.

"그건 어머니의 가장 큰 돈줄 아닙니까!"

유난히 화사하게도 웃으면서 준태가 덧붙였다. 평소에는 못
잡아먹어 안달인 데다 틈만 나면 독설을 내뱉던 그가 무슨 생각
으로 저러는지 몰라, 윤 마담은 순간 섬뜩해졌다. 하지만 그녀는
이내 준태가 돈에 너무 환장한 데다 몇 푼 안 되는 재산을 늘리
려다 보니 미쳐가는 모양이라고 쉽게 생각했다.

"뭘 그렇게 놀라니? 그깟 몇 푼 가지고."

"몇 푼요? 어머니. 그건 정말 어마무시하게 큰돈입니다!"

"어머. 우리 준태. 요즘 많이 힘들구나. 내가 가진 게 얼마나
되는데 그깟 돈에 벌벌 떨어. 하기야 회장님이 너한테 돈 한 푼
안 주고 나한테는 가진 거 모~두 주시고 떠나긴 했지."

윤 마담이 간드러지게도 떠들었다. 준태는 눈을 내리깔고 픽
웃었다. 뭔가 꿍꿍이가 있는 듯한 웃음이었다.

"그만큼 어머니를 사랑하신 거겠지요."

"넌 돈이 그렇게 중요하니. 사람이 사는 데 돈이 전부가 아니
란다."

윤 마담은 안달이 나 어쩔 줄 몰랐던 나머지 준태의 말속에
들어 있는 빈정거리는 기색을 알아차리지 못했다.

"그리고 호산나 챔버 홀이 최고지. 예술, 문화, 산업의 집약체
잖니? 그렇지만 정 네가 바란다면 호민 장학재단 정도는 너 줄
게. 그러니까 하루 빨리 장가들어서 이 어머니 좀 안심시켜 주

렴. 회장님 돌아가시니 가족은 우리 둘만 남고, 집안이 삭막해서 견딜 수가 없어. 며느리라도 들이면 내 마음이 안정될 것 같아."

"……안정이요?"

웃기지 마시지. 당신이 안정되지 않는 건, 내게서 모든 걸 빼앗고 싶은데 그게 안 돼서잖아. 준태는 싸늘하게 생각했다.

"그래. 그러니까 내가 엄마 노릇 하듯이 너도 아들 노릇 좀 하렴."

"곤란한데요."

준태는 윤 마담의 반응을 재면서 느릿느릿 말했다. 마침 승일이 차를 내왔다.

"왜? 뭐가 곤란해?"

"결혼할 여자가 있어서요."

승일은 순간 차를 쏟을 뻔했다. 윤 마담은 승일에게 눈치를 주었다. 약간 흘렸을 뿐이지만 그녀는 마시지 않겠다며 가지고 나가라고 명령했다. 하지만 승일은 제자리에 못 박혀 움직이지 않았다.

"이야기하고 있는 거 안 보여?"

"결혼할 여자라뇨. 이사님? 제가 알기로는 그런 여자 없는 것 같은데요."

윤 마담의 질문을 무시하고 승일이 물었다. 불길한 예감이 넝쿨 같은 손을 내뻗어 그를 휘감기 시작했다.

준태가 무심한 시선을 승일에게 돌렸다. 그는 입가에 비웃는 듯한 미소를 띠고는 속삭이듯 말했다.

"대답해 줄 의무는 없지만, 이미 알고 있을 거라 생각하는데. 난 오늘 하루 종일 그 아가씨랑 데이트했잖아?"

승혜를 말하는 건가? 어떻게 저렇게 제멋대로……! 혼담을 피하려고 약삭빠르게 승혜를 끌어들이는 파렴치한 모습에 승일은 화가 치밀었다. 그녀를 빗속에 버려두고 떠난 주제에 이제 와서는 결혼할 여자로 위장시키다니.

"정말이니? 데이트를 했다고? 준태, 네가?"

계획이 틀어졌다는 생각에 당황하는 윤 마담의 얼굴은 볼만했다. 준태는 미소로 대답을 대신한 다음 말했다.

"이 실장, 이만 나가 봐. 어머니도 돌아가시죠. 제가 좀 피곤해서. 아. 이 실장한테 데려다 달라고 하시죠."

준태는 승일에게 따질 기회조차 주지 않았다. 아니, 사실 그렇지 않더라도 승일은 준태에게 따질 수가 없었다. 그가 책임질 가족들을 생각하면 절대. 승혜를 집에 바래다준 것만으로 그는 이미 큰 실수를 한 셈이었다. 만약 준태가 그 사실을 안다면 자신을 자를 수도 있었다.

결국 승일은 준태가 시키는 대로 윤 마담을 에스코트했다.

"나 꼭 보여줘. 내 눈으로 직접 확인해야겠어. 알았지? 김준태. 날 꼭 잡아야 해!"

윤 마담은 문지방을 넘기 직전까지 준태의 속을 뒤집었다. 준태는 미간을 찌푸렸다. 승일이 짐작한 대로 승혜를 끌어들이긴 했으나, 스스로도 왜 그런 행동을 했는지 이해가 되지 않았던 것이다. 그에게는 앞으로 그녀를 만날 생각이 전혀 없었다. 이용가치가 떨어졌기 때문이다.

처음 승혜는 서툰 연주로 준태에게 가능성을 열어주었다. 그러나 레스토랑에서는 그렇지 않았다. 그런 식으로 감동을 주는 연주는 호산나 챔버 홀에 보탬이 되었으면 되었지 실이 되지는 못할 터. 준태는 승혜를 이용해 호산나 챔버 홀의 명성을 추락시킬 계획이었다. 그리고 가능하다면 그녀를 빌미로 호산나 챔버 홀의 비리도 밝힐 생각이었다.

그래서 이제 다른 여자를 찾을 생각이었는데…… 어째서 승혜를 불쑥 들먹인 것인지. 아무리 상황이 급했다고 해도 약혼녀 대행을 해줄 만한 여자는 어디서든 간단히 찾을 수 있었다. 준태는 짜증이 났다. 백지수표도 마다하는 멍청한 여자를 도대체 왜. 가뜩이나 속이 서커면 윤 마담 때문에 피곤한 이 마당에……. 그는 자리에서 일어났다. 이대로 잠들 수가 없을 것 같았다.

"드디어 생각났어! 야. 심승혜. 일어나 봐. 아직 자는 거 아니지?"

이아는 승혜의 방문을 멋대로 벌컥 열더니 그녀의 귀에서 이어폰을 얄밉게 쏙 빼내 갔다. 승혜는 순간 울컥했지만 꾹 참고 일어났다.

"뭐가."

"네가 끌어들인 그 잘생긴 남자 말이야."

"넌 말 한 마디로 천 냥 빚 갚는다는 속담 모르니?"

승혜가 우회적으로 이아를 나무랐다.

"알긴 하는데 왜 뜬금없이 속담 얘기야?"

하지만 이아는 승혜의 말을 이해하지 못했다. 승혜는 한숨을 내쉬었다. 말 좀 예쁘게 하라는 얘기야, 이 기집애야. 네가 이러니까 음악 하는 여자애들은 돈만 많고 골은 비었다는 이야기를 듣는 거잖아.

승혜는 따지지 않았다. 말해 봐야 이아의 의무 없는 권리에 기름을 끼얹는 격이 될 뿐이었다. 더구나 그녀는 성격이 더러워서 승혜가 조금이라도 기분 나쁘게 만들면 반드시 복수를 했다. 가령 잠든 승혜 몰래 일부러 알람시계를 서너 개씩 맞추고 나가 잠을 자지 못하게 방해한다든가 하는 것 따위.

악랄하고 집요한 이아의 성격은 정말이지 악몽처럼 끔찍했다. 처음 함께 사는 것이 결정되고 자신을 받아주었을 때만 해도 은인처럼 고마웠는데 그건 그냥 이아의 변덕이었을 뿐, 승혜는 지속적인 정신적 학대를 당하게 되었다. 지금은 하루라도 빨리 졸업일이 앞당겨져 오피스텔에서 빠져나가고 싶은 마음뿐이었다.

"그 남자. 내 남편 될 사람 비서였어."

"뭐라구?"

어떻게 이런 악연이. 승혜는 가슴이 조여드는 것을 느꼈다. 그런 그녀의 마음도 모르는 채 이아는 준태와 결혼할 거라는 확신을 가지고, 마치 이미 그와 약혼까지 끝낸 양 떠들기 시작했다. 사정을 알 리 없는 승혜는 이아의 말에 끊임없이 상처를 입었고 급기야는 눈가에 눈물이 어룽졌다. 이런 자신의 반응이 낯설었던 차에, 이아가 승혜를 보고 부럽냐며 놀려대기 시작했다.

"넌 결혼하기 쉽지 않겠지? 요즘은 3포인지 뭔지 그런다며. 연애 포기, 결혼 포기, 출산 포기. 맞나?"

잘도 속을 긁는 이아였다. 승혜는 눈물을 꾹 참으며 그녀에게 짜증을 냈다.

"몰라. 계집애야. 나가."

"어머. 왜 짜증이야? 역시 넌 성격이 나빠. 같이 살아 주는 내가 얼마나 힘든지."

"나가라니까!"

"얼굴도 얼굴이지만 일단 돈이 없어서 힘들겠구나. 우리 준태 씨한테 돈이 마를 일은 없으니 다행이야."

준태 씨?

심장이 덜컥 내려앉았다. 그렇게 비를 철철 맞았는데도 가슴에 남은 그의 얼굴은 아직 씻겨 나가지 않았다. 그런 상태에서 이아가 다정하게 그의 이름을 부르니 미칠 것만 같았다. 결혼할 여자가 있었잖아. 그런데 그렇게 이상한 느낌을 줄 건 뭐야……!

갑자기 화가 치밀어 승혜는 닫힌 문을 향해 베개를 집어 던졌다. 화가 풀릴 리 없었다. 오히려 승혜는 자신이 착각한 것뿐이고 어차피 준태는 자신과 계약하기 위해 그런 것뿐이라는 생각이 들었다.

이사님은 위험해. 무엇보다 너랑 어울리지도 않구.

승일이 했던 말들이 가슴에 사무쳤다. 그는 확실히 틀리지 않았다. 오히려 승혜에게 적당한 조언을 해 주었다.

어쩌면 나는 취집이라도 하고 싶었던 걸까. 괴로운 마음에 승혜의 머릿속 비약은 점점 더 심해졌다. 이제 스스로를 믿을 수가 없어졌다. 만약 그렇다고 해도 그녀는 지푸라기라도 잡는 심정으로 스치듯 한 무의식의 토로일 터. 승혜는 상상할 수도 없을만큼 지치고 괴로웠다. 승혜는 털썩 누웠다. 너무 아파서 앉아있기도 힘들었다. 심장에서 꽉 뭉친 피가 느릿느릿 흘러 온몸을 저리게 만들었다.

그때였다.

준태에게서 전화가 온 것은.

가슴이 내려앉았다. 도대체 무슨 이유로? 의문에 사로잡힌채, 핸드폰 액정화면에 뜬 번호를 무심히 응시하던 승혜의 눈가에서 눈물이 주르륵 흘러내렸다. 핸드폰에 저장된 준태의 이름은 '백지수표남'이었다. 하지만 이제는 그를 '도이아의 약혼남'로 바꾸어야 할 판이었다.

이아야, 왜. 하필이면.

다른 많은 사람 다 놔두고 왜 도이아냐고.

승혜는 눈물을 닦으며 핸드폰을 받았다.

"나와요. 집 앞 공원으로. 급한 일이야. 부탁해."

준태는 자기 용건만 밝히고 전화를 끊었다. 승혜는 일어나 주섬주섬 옷을 갈아입었다. 화 낼 기회도 주지 않은 그가 미웠지만 그보다 더 가슴 아픈 사실이 그녀를 움직이게 했다.

그것은 준태가 보고 싶어 견딜 수 없다는 사실이었다.

미치도록.

공원 입구에 다다라서야 승혜는 준태가 어떻게 자기 집 앞 공원을 알고 왔는지 의문이 들었지만 이내 그런 것 따위 무슨 상관이냐는 생각이 들었다. 희미한 가로등 불빛 아래에 서서 흘러내린 머리칼을 신경질적으로 넘기고 있는 그의 모습을 본 순간, 어떤 고민과 의문보다도 반가움이 성큼 앞섰던 것이다. 승혜는 잠시 걸음을 멈추고 심호흡을 한 뒤 준태에게 다가갔다.

"용건이 뭐예요?"

준태가 돌아보았다. 그는 평소처럼 예의 때문에라도 웃지 않았다. 딱딱하게 굳은 얼굴. 뭔가 심각한 일이라도 당한 사람 같았다. 승혜는 움찔 놀랐고 그녀 자신도 무척 화가 난 상태였기 때문에 마음이 혼란스러워졌다.

"빨리 이야기해요. 집에 들어가게. 당신을 만나는 게 나한테는 악몽 같으니까."

최대한 감정을 억제하며 승혜가 종용했다.

"악몽이라고? 내가?"

준태가 언짢은 어조로 되물었다. 아. 말싸움하기 싫어. 승혜는 준태와 이 이상 더 나빠질 수 없을 거라고 생각했지만 만나면 만날수록 상황은 최악으로 치닫는 느낌이었다.

"심하다고 생각되면 끔찍한 꿈의 주연 정도라고 해 두죠. 용건이 뭐예요? 다 끝난 것처럼 날 내쫓았잖아요. 말꼬리 잡지 말고 그것만 말해요."

슬퍼하는 것처럼 보이지 마. 저 남자한테 그런 모습 보여주지 마. 승혜는 자기 자신에게 경고했다.

"나랑 만나는 게 악몽일 수 있겠다는 생각은 추호도 해본 적 없는데. 주연도 예상외고. 내가 그렇게 끔찍해요?"

뭐가 그렇게 대단한 문제라고, 준태는 심각하게 물었다. 승혜에게 잘 보이기 위해 사활을 건 사람처럼.

"그게 그렇게 중요한가요? 용건이나 말하라잖아요."

승혜가 날카롭게 쏘아붙였다. 준태가 자신의 감정을 신경 쓴다는 사실이 그녀를 예민하게 만들었다.

"너무 차가운데. 예전엔 이러지 않았잖아."

예전이라는 말을 왜 저렇게 달콤하게 하는 거야. 마치 사귄 적이라도 있었던 것처럼. 승혜는 기가 막혔다.

"비를 너무 많이 맞아서 좀 식었어요. 왜요?"

가슴이 너무 아팠다. 설마 이 남자도 내게 마음이 있었던 것인지 궁금해 하는 자신을 발견하니 화도 났다. 아냐. 승혜는 이내 부정했다. 그러지 않을 거야. 승일이가 했던 말을 떠올려 봐. 이 남자는 인간을 교환가치로 파악하는 사람이야. 쓸모가 있다,

없다는 식의 차갑고 돈 냄새만 풀풀 나는 이분법적인 세계 속에 살고 있는 남자라구.

"멍청하게 걸어갔단 말이야? 그 빗속을?"

정떨어지게도 말한 준태는 성큼 승혜에게 다가오더니 차가운 말투에도 불구하고 그녀의 뺨을 걱정스럽게 건드렸다. 체온을 확인하려는 것이었다. 승혜는 멈칫했지만 너무나도 자연스럽게 준태의 손길에 자신을 맡겨버렸다. 눈을 감았다.

"정말 차갑잖아."

준태가 귓가에서 걱정스레 속삭였고 승혜는 부르르 떨었다. 그의 음성은 낮에 먹었던 쇼콜라를 떠오르게 했다. 심장이 기계로 만들어지지 않았으니, 너무나 당연하게도 승혜는 눈물을 억누를 수가 없었다. 마지막 자존심으로 그녀는 준태를 마주 끌어안지 않으려고 노력했다. 하지만 준태는 그런 필사적인 노력을 한순간에 너무나 간단히 무너트렸다.

단 한 마디 말로.

"나랑 연애할래요?"

4

은밀하게 위대하게

"뭐라구요?"

승혜는 두근거리는 왼쪽 가슴을 손가락 끝으로 지그시 누르며 되물었다. 믿을 수가 없었다. 하지만 준태의 목소리는 가라앉아 있었고 눈빛은 진지했다.

"지금 뭐라고 했냐구요?"

준태는 눈을 가늘게 뜬 채 승혜의 반응을 쟀다. 그는 그녀가 당연히 좋아할 거라 생각했다. 승혜가 자신에게 빠진 것은 너무나 명백했기 때문이다.

"공짜로 하자는 건 아니에요. 계약연애야. 호산나 챔버 홀 수석 피아노 연주자는 텄지만 백지수표는 아직 한 장 더 있거든."

한순간 승혜의 입이 벌어지더니 그녀는 이내 매서운 속도로 준태의 따귀를 쳤다. 그 순간 준태의 고개가 옆으로 휙 돌아갔고 그는 아주 오랫동안 무슨 일이 벌어졌는지 깨닫지 못했다. 그러다 태어나 처음으로 여자에게 뺨을 맞았다는 것을 느릿느릿 인지하고 황당한 나머지 피식 웃었다.

"난 당신이 기뻐할 거라고 생각했는데."

준태가 느릿느릿 중얼거리자, 승혜는 나머지 한쪽 뺨도 마저 때리려 손을 올렸다. 준태는 미리 감지하고 그녀의 손목을 잡아챘다. 그의 힘은 압도적이었다. 승혜는 당황했고 혹시 보복으로 때리려는 건 아닌가 하는 생각에 긴장했다. 준태가 얼굴을 가져왔다. 바로 코앞에서 승혜를 응시하며 한 음절, 한 음절 힘을 주어 말했다.

"나한테 반했잖아."

"누가?"

승혜가 이를 악물고 되물었다. 하지만 이미 눈에서 눈물이 또르르 흘러내리고 있었다. 준태는 그런 승혜를 뚫어져라 응시하다가 이내 그녀의 뒷목을 감싸 쥐어 단단히 고정시킨 뒤, 이가 부딪쳐라 거칠게 입술을 눌렀다.

애프터 셰이브의 상쾌한 향기가 승혜의 입술을 벌렸다. 그는 아주 매끄럽게 혀를 밀어 넣었고 그 혀에는 타액이 실크처럼 휘감겨 있었다. 맙소사. 놀랍게도 준태의 타액은 달콤했다. 맞닿은 입술에서는 가벼운 경련이 일고 그 진동은 온몸으로 전달되었다.

승혜가 어깨를 비틀어 벗어나려 하자, 준태는 그녀의 민감한 허리를 휘감았다. 그녀는 숨을 헉 들이켰다. 준태는 절대 놓아주지 않을 기세로 승혜의 입술을 자신의 입술로 덧그렸다. 그녀는 고개를 돌렸다. 하지만 준태는 그녀의 턱을 억세게 쥐고 자신 쪽으로 돌렸다. 경고하듯 승혜가 눈을 뜨고 노려보았지만 그는 겁을 먹기는커녕 그런 그녀를 잡아먹을 기세로 뜨거운 시선을 되쏘았다.

눈을 끔벅거리던 승혜는 이내 견딜 수가 없어져 다시 질끈 감아버렸다. 그러자 준태는 그녀를 품에 잡아 가두고 더 깊게 입을 맞췄다. 그의 입맞춤에서 느껴지는 것들은 하나같이 압도적인 감정뿐이었다. 소유욕, 분노(어째서?), 필요, 절박함……. 승혜는 그 모든 기분을 자신이 느끼는 것처럼 감각할 수 있었다.

"왜 이래요, 나한테."

승혜가 벅차오르기 시작한 가슴을 손끝으로 누르며 물었다. 그녀는 준태가 버거웠다. 그래서 그에게 끌리는 것도 사실이지만 이제는 조금씩 두려워지기 시작했던 것이다.

"필요하다고 몇 번이나 말했던 것 같은데."

준태는 너무나 뻔뻔했고 그 뻔뻔함을 까맣게 잊을 정도로 잘생겼다. 그리고 비굴하지도 않았다. 승혜는 승일이 보여주었던 분노와 준태의 분노가 전혀 다르다는 것을 알았고 준태 쪽에 더 이끌렸다. 승일은 너무나 단순하고 간단했지만 준태는 복잡하고 매력적이었다.

"그게 다예요?"

"그럼 뭐가 더 필요해. 내가 필요하다는데."

다소 짜증스럽게 준태가 맞받았다. 절박한 것일까? 그가 하는 이야기는 맞는 말이었다. 하지만 사람이 어디 맞는 말만 하면서 살 수 있나? 오히려 거짓말을 하는 쪽이 훨씬 더 자연스럽고 상대적으로 수도 더 많지 않던가. 그것은 상대방의 비위를 맞춰 주기 위해서이기도 하고 때로는 자기 자신을 위한 것이기도 했다.

"키스는 왜 하는데요?"

그래야 나를 설득할 수 있을까 봐? 돈 다음엔 몸이야? 그렇게까지 묻지는 않았지만 승혜는 준태에 대한 의심을 접을 수가 없었다.

"기분 나빴나? 그랬을 리가 없는데."

당당하게 자신의 키스에 금값 낙인을 찍는 준태 때문에 승혜는 웃음이 날 뻔했다.

"제가 이미 다른 사람 찾으라고 말했잖아요. 수석 피아니스트 자리 먼저 거절한 쪽이 누군데요? 내가 두 눈 뜨고 보는 앞에서 백지수표 찢어놓고."

"백지수표는 아직도 많아요."

준태가 허스키한 음성으로 대꾸했다. 승혜는 저도 모르게 귀가 쫑긋 서는 느낌을 받고 몸서리를 쳤다.

"중요한 건 그런 게 아니지. 돈이야 나중 문제고. 돈이 중요하지 않다는 건 아가씨가 먼저 가르쳐준 거잖아. 백지수표는 단지 종이일 뿐이라고 몸으로 보여주지 않았던가?"

"그때 내가 혼신의 힘을 다해 연주를 하기 전까지는 그랬죠.

그런데 당신이 백지수표를 찢던 그때가 공교롭게도 제 프라이드와 돈이 일치한 순간이었어요."

"그 말은 내가 그때 찢은 게 단순히 돈이 아니다? 그런 게 있다면 말이지만, 내가, 이를테면 연주자의 자긍심? 예술성 따위를 훼손시켰다, 이 말이군."

"이제 알아들으신 것 같네요."

"한 가지는 확실히 해 두지. 난 예술에 대해서 알고 싶은 마음이 조금도 없어. 그러니까 그런 것 때문에 다쳤다고 말하지마. 내 눈에 안 보이니까. 솔직히 불편해진 건 내 쪽이라고."

"제 어떤 점이 그렇게나 마음에 안 들었는데요?"

"마음에 들지 않은 점은 없어. 솔직히 말하자면 그 반대지."

승혜의 심장이 두근거렸다.

"그럼 뭐가 불편한데요?"

"예술 따위를 이해하기 싫어. 그건 합리적이지 않아."

알쏭달쏭한 준태의 반응에 승혜는 점점 흥미를 느끼기 시작했다. 어쩌면 자신이 믿었던 것처럼 갈 데 없는 촌년이라서, 혹은 그게 마음에 들지 않아서 준태가 멀리한 게 아닐지도 몰랐다. 그녀는 이런 저런 추측을 해 보았다.

"예술은 돈이 되지 않으니까?"

"그 이상이지. 나한테는 미지의 영역이에요. 도대체가 짐작할 수가 없어. 솔직히 왜 그런 게 존재하는지 불가사의야. 그렇다고 굳이 파헤쳐야 할 필요성도 느끼지 못하겠고. 그게 무슨 새로 주식 상장된 벤처기업의 비밀 같은 것도 아니잖아."

진심으로 마음에 들지 않는 것인지 준태는 미간을 찌푸렸다. 승혜는 자신에게는 너무나 당연한 일을 저렇게 힘들게 받아들인다는 것이 이상했다.

그녀가 말했다.

"하지만 전 연주하는 걸 사랑해요. 그리고 아까 연주는 너무 좋았어요. 저 자신이 기뻤다구요. 그래서 왜 당신이 내 연주를 거부했는지 묻고 싶었어요. 아무것도 잘못되지 않았는데, 오히려 그쪽이 제시한 백지수표를 받아 줄 준비가 됐는데 갑작스레 나를 밀어낸 이유가 뭔지."

끝에 가서는 말이 떨렸다. 승혜는 콩닥거리는 가슴을 진정시키려 노력했다.

잠시 후 준태가 심사숙고한 다음 대답했다.

"보면 알아요. 나도 심장이 간질거렸으니까."

알고 있다고? 심장이 간질거렸다고? 승혜는 기뻐서 폴짝폴짝 뛰고 싶었다. 준태는 그녀가 음악을 통해 전달하고자 하는 것을 알았다. 그리고 자신은 인정하지 않고 있지만 어쩌면…… 감동마저 받았다. 반면 승일은 이해하지 못했었다. 그저 돈 때문에 혹은 준태의 매력 때문에 승혜가 운다고 생각했었다.

"하지만 그게 문제야. 그게 골치가 아파서 백지수표를 찢어버린 거야. 난 음악이니 예술이니 그런 걸 사랑하는 사람이 필요한 게 아니야. 나랑 '거래' 할 수 있는 사람이 필요해. 피아노는 엉망진창으로 칠수록 더 좋다구. 그게 내가 바라는 거니까. 그래야 호산나 챔버 홀의 명성에 먹칠을 할 수 있지 않겠어?"

승혜는 잠시 말을 잃었다. 준태의 세계를 엿본 듯한 느낌이 들었던 것이다. 그와 자신은 어쩌면 어울리지 않았다. 승혜는 아버지의 두 번째 이름이나 다름없는 조율사라는 직업과 피아노 전공자가 되길 바라던 꿈을 이어받았다. 다시 말해 그녀는 성실하게 살아나가는 동시에 꿈을 꾸는 연주자가 되고자 하는, 무리한 생활을 하고 있었다.

하지만 준태는 단순하고도 차가운 세계 속에 있었다. 숫자와 실적으로 이루어진, 삭막하고 딱딱한 세계 속에서 자신을 무장한 채, '거래'라는 말 따위를 키스를 하면서도 중얼거릴 수 있는 무시무시한 남자로 살아가고 있었다. 삶의 가치, 신념, 심지어 키스에 대한 생각조차 승혜와는 달라도 너무 달랐다.

착각이었어. 처음 준태를 만났을 때, 그가 소리굽쇠의 울림을 알아챈 것만으로 승혜는 멋대로 오해했던 거였다. 어쩌면 이 남자는 음악을 잘 알고 사랑하는 사람이라고. 호산나 챔버 홀의 격에 맞는 주인일 거라고. 하지만 이제 그녀가 깨닫게 된 사실은 자신이 뛰어나서가 아니라 오히려 자신이 부족했기 때문에 거액의 돈을 받고 수석 피아니스트가 될 예정이었다는 것이다. 다시 말해 하마터면 준태의 변덕에 놀아날 뻔했다.

"저랑 협상하고 싶은 거 맞아요? 저는 그 조건에 부합하지 않아요."

풀이 죽어 승혜가 중얼거렸다. 우리는 맞지 않아. 그 사실이 너무나 가슴에 사무쳤다. 사업에 대해서는 잘 모르지만 준태는 음악과 그녀의 연주를 이용해서 아름다운 호산나 챔버 홀을 망치려고 하는 파렴치한이었다. 그렇게밖에는 생각되지 않았다.

"키스한 것도 절 설득하려는 거였죠?"

스스로 이런 고백을 한다는 게 수치스러우면서도 괴로웠다. 김준태라는 이 남자. 순수하게 애정과 호감을 표현하는 키스를 해 본 적이나 있을까? 승혜는 눈을 가늘게 뜨고 그를 노려보았다. 따귀를 맞아야 할 쪽은, 이 순간 승일보다 준태가 더 적합하다는 생각이 들었다.

"무슨 소리야. 날 설득하려는 거였는데. 키스는 호산나 챔버 홀과는 상관없어."

"네?"

"솔직히 터놓고 말해드리지. 난 결혼하고 싶지 않아요. 그런데 어머니는 내게 약혼을 강요하고 있어. 그래서 불쑥 만나는 여자가 있다고 말해버렸지."

이아랑 결혼하고 싶어 하는 건 아니구나. 그 생각만으로 승혜는 어쩐지 입가에 웃음이 맴도는 것을 억누를 수가 없었다. 아니, 심지어는 이걸로 충분하지 싶어졌다.

"그거랑 키스가 무슨 상관이죠?"

"그때 떠오른 게 당신이었어요."

승혜는 놀라서 얼어붙은 채 준태를 응시했다.

"말도 안 돼."

"말도 안 된다고? 맞아. 나도 이해가 되지 않아요. 그래서 키스한 거야. 그 순간에 당신을 떠올린 나 자신을 설득해 보려고."

준태는 지금까지 본 중 그 어느 때보다 심각했다. 그는 말을 이었다.

"어머니가 말씀하시길 어떻게든 결혼할 여자를 보고 싶으시답니다. 날짜를 잡으라더군. 결론적으로 말해, 급한 일이라는 게 이거예요. 그러니까 나랑 계약연애를 좀 해줘요. 일이 진정될 때까지."

정확히 결혼할 여자라는 말을 썼지만 준태는 거기까지 밝히지는 않았다. 만약 그랬다면 승혜는 그가 한 말들을 간접적인 고백으로 받아들였을지도 모를 일이었는데……. 승혜는 기분이 상해서 말했다.

"그럼 어머니께서는 아직 당신과 결혼할 여자를 본 적 없는 거네요. 다른 사람에게 부탁하지 그래요? 왜 절 거부했는지 이유도 알았겠다. 전 더 이상 볼일 없네요. 그럼 안녕히 계세요."

"어딜 가."

준태는 돌아서는 승혜를 붙잡았다.

"난 혼신의 힘을 다해서 키스했어. 아무 감정 없는 여자에게. 그 정도의 키스를 받았으면 냉큼 도망갈 수는 없지. 양심이 있는 이상."

정말 사람 발끈하게 하는 남자잖아. 나한테 아무 감정이 없다고? 승혜는 눈을 가늘게 뜨고 준태를 휙 노려보았다. 그럼 나도 아무 감정 없이 대해줄 거야. 아니, 그건 어려우니까 그냥 미워해 줘야지.

"아, 네. 키스 잘해서 좋겠네요. 자존심이 상하신 모양인데 그렇다면 좀 더 홀딱 넘어갈 만한 사람에게 해요. 나한테 매달리지 말고요."

"매달려?"

준태 역시 발끈했다. 그는 승혜를 붙잡은 팔에 힘을 주었다. 승혜는 흠칫했다. 여전히 압도적이고 흔들림이라고는 없는 힘. 준태는 그녀를 가볍게 안아 들어 납치도 할 수 있는 사람이었다. 그리고 필요하다면 그렇게 하고도 남을 거였고.

"내가 매달렸다고?"

"그럼 아니에요? 키스까지 하면서 저한테 몸을 던진 건 좋은데 제 취향 아니에요. 죄송합니다."

"웃기지 마요. 내 키스 받아줬잖아."

"누가 받아줬다 그래요?"

승혜가 새침을 떨었다. 준태가 자신에게 휘둘리는 것이 조금 재미있었다.

"아. 그래?"

준태는 그녀의 어깨를 양손으로 붙들더니 지체 없이 입을 맞췄다. 승혜는 눈을 감았고 시야를 질끈 닫아버린 것처럼 입술도 닫으려 했다. 하지만 준태는 부드럽게 입술을 문지르는 것만으로 너무나 간단히 그녀의 빗장을 풀어버렸다. 그는 자신의 포니테일 머리를 풀고 손가락 사이로 휘감아 잡아당겼다. 뒤로 목이 꺾이자 승혜는 자연스레 입을 벌리게 되었다.

물을 맨발로 밟을 때처럼 찰박거리는 소리를 내며 준태는 승혜의 혀를 할짝거렸다. 솜씨 좋게도 그는 승혜가 고개의 각을 바꾸려 할 때, 혹은 공기를 확보하려고 입술을 뗄 때마다 "당신이 필요해요."라고 달콤하게 속삭였다. 어떻게 거부할 수 있을까? 승혜는 행인을 붙잡고 따져 묻고 싶었다.

'완벽한 남자가 당신 앞에 나타나 백지수표짜리 거래를 제안했어요. 그것도 무진장 매력적인 거래. 존재하는지조차 몰랐던 연애세포를 일으켜 세우는 거래. 진심으로 거부할 수 있겠어요?'

"내 소원은 어렵지 않아. 당신은 대접만 받으면 돼요. 수석 피아니스트 쪽보다 훨씬 더 그럴듯하잖아."

그 말에 승혜의 정신이 확 깨어났다. 그녀는 준태를 거세게 밀쳤다. 뱃속 깊은 곳의 은밀한 감각을 자극할 정도로 오만한 매력이 얄미운 나머지 그의 따귀를 때리고 싶은 충동도 느꼈지만 가까스로 참아냈다.

"정확하게 말해요. 수석 피아니스트 쪽보다 덜 못된 짓이라고. 적어도 연주자로서의 양심을 속이지는 않는다고. 고작 그 정도의 일일 뿐이잖아요."

"뭐가 됐건, 나랑 해요. 연애."

왜 '흉내'라거나 '계약'이라는 말을 붙이지 않는 것일까. 심지어 레스토랑에서는 '내 아가씨'라고 하더니. 승혜는 경계라곤 없이 훅 들어오곤 하는 준태가 무서웠다. 그에게 빠져 버릴까봐. 그의 것이라는 착각이 들까 봐. 이런 키스에 습관이 들까봐.

"아니면 이미 깊게 만난 것처럼 만들어 줄 테니까."

준태가 나직이 중얼거리자 그 순간 오싹한 기분이 승혜의 전신에 퍼져 나갔다.

"어떻게……?"

"깊게 만난 게 뭐겠어요. 키스 다음에 일어날 일들을 하는 거지."

무릎에 힘이 풀릴 만한 이야기를 준태는 하고 있었다. 그러고는 다시 승혜의 입술에 입술을 맞대고 유혹하듯 비볐다. 혀가 비집고 들어오는 걸 승혜는 거부할 힘이 없었다.

그의 혀가 부드럽게 승혜의 혀를 얽고 민감한 곳을 자극하며 부드럽게 얽어 들어갔다. 숨이 헐떡거리도록 입술을 집요하게 파헤치는 준태 앞에서 승혜의 욕망은 그 실체를 드러내기 시작했다. 푹신한 매트리스의 촉감과 땀에 흠뻑 젖은 준태가 퍼뜨리는 남성적인 체취……그런 종류의 망상이 쾌감의 실마리와 함께 승혜의 온몸으로 달려들었다. 잡아당기기만 하면 풀릴 욕망의 실타래. 승혜는 그 감각을 거부할 수가 없었다.

그가 천천히 입술을 떼고 눈을 가늘게 떠 승혜의 반응을 살폈다. 만족스러운 표정이었다.

"어쩜 그렇게 자신만만해요? 돈이 많으면 다 당신처럼 행동하나요?"

승혜는 기가 막혀 물었다. 자신의 반응이 낯설어 그녀는 화가 났다.

"연애하는 데에 있어서만큼은 적어도 돈 때문은 아니지. 그런 이야길 하고 싶다면 내 품을 뒤져서 백지수표부터 찾아봐요. 등신처럼 돈부터 내면서 여자 마음을 사려는 부류는 아니니까. 그리고 말했잖아요. 우리는 계약을 하는 거라니까."

준태는 기다렸다는 듯 대답했지만, 확실히 그는 그런 부류는 아니었다. 그리고 승혜 역시 지폐에 적힌 액수를 보고 몸이 달아오르는 여자는 아니었다. 그럼에도 그들은 서로를 향해 끊임없이 심장의 무게를 재고 있었다. 점점 더 묵직해지고 피가 몰린 듯 뜨거워지는 묵직함.

이건 도대체 어디서 오는 걸까? 그럼 지금 우리 사이를 정신 없이 오가는 이 찌릿찌릿한 전류는? 도대체 뭐라고 설명해야 될지…….

승혜는 입술을 어루만졌다. 뜨겁고 말랑말랑했다. 준태가 그녀의 움직임을 뚫어져라 응시할 동안 그 감도는 더욱더 짙어졌다.

"만약 심승혜 씨가 이대로 날 애태우면 이쪽도 멈출 수가 없을 것 같으니까 경고하겠는데, 나랑 끝까지 간 뒤에 계약을 했다가 울지나 말아요. 그때 가서 나한테 반하기라도 하면 곤란하니까. 서류로 맺어서 서류로 정리도 할 수 있는 관계가 가능할 때 기회를 잡으라고."

"누, 누가 끝까지 간대요? 반하긴 누가 반하고?"

준태는 피식 웃더니 승혜에게 성큼 다가섰다. 그러고는 그녀의 허리를 한 팔로 휘감더니 자기 쪽으로 바짝 당겼다. 승혜의 입에서 헉, 하는 숨소리가 튀어나갔다.

"그럴 조짐은 충분한데. 왜."

놀리듯 중얼거리는 준태에게 승혜는 결국 따귀 세례를 날렸다. 준태가 상상을 뛰어넘을 정도로 선수라고 해도, 실은 그렇지 않지만 일단 마음을 먹으면 여자를 들었다 났다 할 만큼 섹시한 남자라고 해도 이렇듯 멋대로 지껄일 권리는 없었다. 승혜의 마음은 그녀 자신의 것이니까.

"이 이상 사람 놀리지 마세요. 나랑 계약하고 싶으면."

"난 진지해."

고개를 돌린 채, 준태가 화난 듯 중얼거렸다. 어느새 그는 반말이었다.

"어떤 여자에게건 이런 적은 처음이라고."

"그게 나랑 무슨 상관인데요!"

승혜가 화가 나 소리쳤다.

"어머니가 결혼 운운했을 때, 심승혜 씨가 떠올랐기 때문이잖아! 처음엔 피아노 연주를 엉망으로 해서 사람을 헷갈리게 만들더니 나중에는 백지수표를 들고 졸졸 쫓아다니게 하질 않나, 사람 황당하게 갑자기 청중 눈물을 쏙 뺄 만한 대단한 연주를 해서 포기하게 만들더니, 그것도 모자라 이제는 내 혼삿길까지 막으려고 들잖아?"

준태도 지지 않고 속사포로 쏘아붙였다. 아니, 그가 그렇게 일장연설을 하는 동안 승혜는 아예 무장해제 되어 버렸다. 지금까지는 내내 여유 만만하던 거물급 남자가, 어딜 가든 최고의 대우를 받고 동행하는 여성까지 으쓱하게 만들던 남자가 이성을 잃고 감정에 휘둘리며 입에서 나오는 대로 떠들고 있는데 어떻게 그러지 않을 수 있을까?

"그게 왜 제 탓이에요? 결혼하고 싶으면 해요!"

승혜는 진심이 아닌 말을 쏘아붙였다.

이아는 안 돼. 도이아는 싫어. 그렇게 외치는 마음의 소리를 분명히 들으면서도 준태와 자신이 만난 지 얼마 안 됐다는 이유로, 또 그들 사이에서 흐르는 전류가 태어나 한 번도 경험한 적 없거니와 검증되지 않았다는 이유로 스스로를 속이고 있었다.

"그럴 수 없는 사정이 있어! 자세히 얘기할 순 없지만. 어쨌건 심승혜 씨가 필요해. 난 여자가 필요 없어. 사귀는 건 물론 결혼 따위도 하고 싶지 않았다고. 그런데도 심승혜 씨는 내가 자기에게 키스하게 만들었잖아. 더한 짓도 상상하게 만들고. 그래 놓고 이대로 날 내버려 둘 거야?"

이 남자 도대체 뭐야. 거절하기 힘들게…….

승혜는 눈을 크게 떴다. 그녀의 눈가에 눈물이 고였다.

꽃다발을 바치는 대신 백지수표를 내미는 남자와 연애 흉내를 내라니. 한 번도 남자 친구를 사귀어 본 적 없는 내가?

"설마 마음에도 없는 달콤한 고백이나 와인, 꽃 같은 걸 원하는 건 아니겠지. 이미 따귀를 때린 걸로 충분하지 않아?"

준태가 갑작스레 승혜의 머릿속을 꿰뚫었다. 승혜는 그를 노려보았다.

"이렇게 아이처럼 떼쓰는 협상가도 있나요?"

"처음부터 떼를 쓰지는 않았어. 나도 지금 제정신이 아니야. 미칠 것 같다구."

시간이 갈수록 점점 더 초조해지는지 준태는 다급히 말했다. 그러는 와중에도 그의 팔은 승혜를 절박하게 붙들고 몸은 더욱더 바짝 밀착하고 있었다.

"숨이 막혀요."

승혜가 애원했다. 하지만 정말 숨이 막히는 건 아니었다.

"나도."

준태도 그랬다. 그는 태어나 지금처럼 심장이 터질 듯 쿵쾅거린 적은 처음이라고 생각했다. 그래서 이 상황을 교정하고 싶었다. 그러기 위해 그가 택한 방법은 딱 하나였다. 승혜를 절대 품에서 놓지 않는 것. 순순히 집에 보내주지 않는 것.

"내일은 오후에 레슨이 있는 날이었지, 아마?"

"네."

승혜는 무심결에 대답해버렸다. 준태가 자신의 수업 시간표를 어떻게 알고 있는지조차 물을 겨를도 없었다.

"그럼 오후 레슨 끝나고 계약서를 작성하는 걸로. 대답하지 않으면 이대로 끌고 가겠어."

"어딜요?"

"우리 연애를 기정사실화시킬 수 있는 곳으로."

이를테면 호텔의 스위트룸이나 펜트하우스 같은? 승혜는 긴장했다. 뱃속이 조여드는 기분은 기대감 같았다.

"당신 정말 나쁜 사람이에요. 이렇게 난처하게……."

승혜는 정말로 쩔쩔맸지만 준태는 뚝심 있게도 그녀를 몰아세웠다.

"나쁘다고? 난 부탁을 하고 있는 거야. 심승혜 씨가 갑이고, 내가 을이라고. 그러니까 갑답게 너그럽게 들어주기만 하면 돼."

"그런 거, 해 본 적 없어요. 계약연애 같은 거 말이에요. 하지만 한 가지는 알아요. 그런 건 하는 게 아니에요. 입구도 출구도 없으니까. 빠지면 그냥 끝이라구요."

일리 있는 이야기였지만 준태는 여전히 승혜를 가질 생각에 활활 타오르고 있었다.

"무슨 소리. 계약서에는 시작과 끝이 있어. 말하자면 계약 날짜가 있다는 거지. 깔끔하잖아? 문제 될 건 아무것도 없다고."

"정말 문제 될 건 아무것도 없나요?"

"당연하지."

승혜는 고개를 들어 준태의 눈을 응시했다. 그의 눈빛은 믿음 직했다. 정력적이고 감출 수 없는 에너지를 발산하며 백 마디 말보다 더 설득력 있게 그녀를 설득하고 있었다. 승혜는 지금까지 준태가 자신에게 쏟아 부었던 노력들을 생각했고 단순히 그가 자신에게 도움을 요청하고 있다는 것에 초점을 맞췄다. 그리고 이제는 부정할 수 없게 된, 이토록 뜨겁게 끌리는 남자와 허무하게 헤어지고 싶지 않다는 사실을 깨달았다.

"좋아요."

가보는 거지 뭐. 처음엔 도망가려고 했지만 준태는 승혜에게 퇴로를 만들어 주지 않았다. 악랄한 남자. 승혜는 일순간 준태가 얄미워졌지만 계속 자신을 코너로 몰면 반대로 쫓아가 깨물어 주겠다는 심정으로 그의 제안을 수락했다.

"그러니까 이제 놓아주는 거죠?"

"왜?"

사실 준태는 이대로 승혜를 품에 안고 있는 게 좋았다.

"숨 쉬기 힘드니까요! 그리고 내가 당신을 좋아한다는 생각은 버려요. 착각이니까."

"그럼 육체적인 끌림 정도로 정리하지."

육체? 끌림? 확실히 준태의 말은 적확했지만 자신의 얄미운 태도를 덮어줄 정도로 깔끔하지는 못했다.

"은근히 수다스러운 성격이시네요."

승혜가 톡 쏘아붙였다.

"그리고 연애계약을 한다면 각오하는 게 좋을 걸요."

"뭘 각오해?"

"전 피곤한 스타일이니까요. 남자를 사귀는 데 있어선."

준태는 믿지 않았지만 겁을 내는 시늉은 했다. 왜냐하면 그의 눈에 승혜는 청정구역이었기 때문이었다. 남자와 1m 이내에 붙어 서서 함께 나란히 걸어본 적도 없는. 승일이 이따금 마음에 걸리긴 했지만 준태의 기준에서 그도 결국은 날파리에 불과했다.

"못된 아가씨로군? 내가 확실하게 교정해주지. 즐겁겠는데."

승혜는 짓궂게 말하는 준태의 음성에 가슴이 콩닥콩닥 뛰는 걸 느꼈다. 역시 이 남자는 적어도 여자를 백 명쯤은 사귀어 봤을지 몰라. 그게 벌써부터 억울하고 화가 나기 시작해, 승혜는 자신을 놓아주는 준태의 팔을 매섭게 쏘아보았다.

"막상 풀어주니 아쉬워?"

준태가 나긋나긋 물어 왔다. 그런 게 아니라고, 승혜는 되받고 싶었지만 그 순간 준태가 뺨에 입을 맞췄다. 깃털이 뺨을 간질이는 듯했고 승혜는 그 상태 그대로 얼어붙었다. 예상치 못한 다정한 베이비 키스였다.

"당장 납치하고 싶지만 그건 무책임한 일이겠지. 일단 계약서를 쓰고 나서."

승혜는 부르르 떨었다. 이 남자에게서 헤어 나오는 것은 이미 불가능했다. 그녀는 준태가 못내 얄미워 서둘러 돌아섰다.

"바래다줄게."

준태가 재빠르게 뒤따라왔다.

"싫어요."

"왜?"

"아직 사귀는 게 아니니까. 벌써부터 그런 간지러운 짓은 사절이에요."

나는 어째서 항상 마음과 다른 이야길 하게 되는 걸까. 승혜는 속상한 나머지 입술을 깨물었다.

"엄청 까칠한데. 우리가 사귀고 나서는 어떻게 될지 보자고."

그러면서 준태가 다시 승혜의 팔을 잡아 뒤로 돌렸다. 남자의 힘에 속수무책으로 당할 수밖에 없었다. 이렇게 자기가 여자라는 걸 일깨워주는 사람은 없었다. 승혜는 입술을 깨물었다. 그러나 준태는 그걸 혀로 부드럽게 쓸어 열었다. 단단히 두른 빗장을 어떻게 여는지 아는 남자였다.

이윽고 들어온 혀를, 승혜는 그냥 내버려두었다. 화가 났다는 걸 최대한 표현하고 싶었다. 그러나 준태도 만만찮았다. 그는 아까보다 더 부드럽게, 그러나 더 민감하게 느끼는 부분을 찾아 교묘하게 승혜의 욕망을 불러일으키고 있었다. 그의 손이 승혜의 등을 받치고, 한 손은 가슴 위로 천천히 쓸어 올라왔다. 승혜는 기겁했지만, 등을 받친 손이 그녀를 달래듯 살살 어루만졌다.

"하……하지 말아요. 바깥에서 무슨."

"실례였나? 미안하군."

준태는 뻔뻔하게 웃으면서 승혜를 놓아주었다. 화가 치밀어

오른 건지, 욕망의 불길 때문에 얼굴이 붉어진 건지 알 수 없었다. 그저 화끈거리는 얼굴을 가리면서 승혜는 마구 뛰었다.

"그러니까, 안 바래다줘도 된다 이거지? 잘 가요."

하지만 준태는 속도 모르고 승혜의 등 뒤에서 살갑게도 웃어 댔다. 정말 얄미워. 그녀는 힘껏 내달려 집으로 돌아갔다.

♪ ♪ ♪

다음날, 무슨 바람이 불었는지 이아가 오전부터 피아노 연습을 했다. 승혜는 그녀의 연주를 들으며 아침 식사를 끝마쳤다. 나쁘다고도 좋다고도 할 수 없는 연주지만 그래도 아침에 일어나 듣는 모차르트 소나타는 그녀의 마음에 안정을 가져다주었다.

"우리 그이가 호산나 챔버 홀 주인인 거 아니?"

승혜가 밖으로 나오자마자 이아가 연주를 멈추고 물었다.

"그걸 내가 어떻게 알아?"

순간 섬뜩한 기분이 들었으나 무심코 승혜는 모르는 척해버리고 말았다. 심장이 두방망이질을 쳤다. 아직 계약서를 쓰지도 않았는데 나쁜 짓을 하고 있는 기분. 아. 뒤늦게 떠오른 키스의 기억이 그녀의 양심을 자극했다.

"호산나 챔버 홀 주인이 정말 네 약혼자야? 언제 만났어? 아직 선도 안 봤다고 하지 않았어?"

승혜가 물었다. 그러자 이아는 악보 뒤에 두었던 패션 잡지를 꺼내 건반 위에 올려놓고 무심히 페이지를 넘기기 시작했다. 들었는지 아닌지 의심스러웠다. 승혜는 미간을 찌푸리고서 이아가 보고 있는 잡지를 노려보았다. 언제나 하는 말이지만, 피아노 건반 위에 물건을 올려놓는 건 안 될 일이었다. 하지만 이아는 한 번도 지킨 적이 없었다.

"부러워?"

이아가 종이를 팔랑팔랑 넘기며 느긋하게 물었다. 승혜는 팔짱을 끼고 생각했다. 아니, 전혀 아니지. 어쩌면 부러워해야 할 쪽은 도이아 너일지도 모를걸. 그러나 그녀는 이아에게 조금의 우월감도 느낄 수가 없었다. 머리가 너무나 복잡한 한편 오후에 준태를 만날 생각에 설레기도 했으므로 마음의 갈피를 잡기가 어려웠다.

"전혀."

"왜 부럽지 않아? 결혼을 포기해서 아예 감각이 무뎌졌니?"

머릿속에 결혼만 가득 찼구나. 승혜는 피아노 실력도 신통치 않고, 그렇다고 유학을 가기엔 겁이 많아 계속 한국에 머물러 있는 이아의 속사정을 알고 있었다. 그러니 결혼, 결혼 노래를 부르는 것을 이해할 만하다고 생각하면서도 한편으로는 거부감이 들었다. 하지만 그러면서도 준태의 성격을 생각하면, 그에게 속절없이 놀아날 게 뻔한 이아에게 동정심까지 느꼈다.

"네가 추구하는 행복이랑 내가 추구하는 행복이 좀 다르거든."

승혜는 피아노 건반뚜껑에 손을 올렸다. 이제 닫을 테니 잡지는 좀 치워주련? 라고 말하는 제스처였다. 그러자 이아는 보란 듯 팔꿈치를 건반에 올리고는 승혜를 방해했다. 이아가 즐겁게 눈동자를 반짝거렸다. 승혜는 깊은 한숨을 내쉬었다. 사람 속 뒤집기에 능하고 정말 얄밉다는 항목으로 커플을 만들 수 있다면 어쩌면 준태와 이아가 일등 신랑 신부가 되지 않을까.

아냐. 하지만 그런 생각도 잠시였다.

이왕 결혼할 거 나는 왜 안 돼? 승혜는 괜히 불쑥 화를 내 보았다. 마음 깊은 곳에서부터 질투가 나고 준태에 대한 소유욕이 끓어올랐다.

일단 계약서에 사인을 하면 그 사람은 내 남자가 되는 거잖아?

승혜는 입술을 매만지면서 준태와 키스했던 기억을 떠올렸다. 갑자기 얼굴이 붉어지면서 심장이 터질 듯 뛰기 시작했다.

"너 지금 표정 되게 멍청해 보인다. 원래도 멍청하지만."

이 멍청한 표정으로 무슨 생각을 하고 있게.

승혜는 이아에게 준태와 키스한 사실을 알려주고 싶어졌다. 하지만 그녀는 양심의 호소를 차마 저버리지 못하고 입을 다물었다.

"나, 내조하는 마음으로 호산나 챔버 홀 수석 피아니스트에 지원하려고. 미래의 남편이 생각하기에 내가 수석에 앉으면 얼마나 뿌듯하겠어? 또 사내 연애하는 기분도 날 거구."

"아 그거⋯⋯."

얼마 전까지 내가 앉을 뻔했던 그 자리였는데. 승혜는 무심코 사실을 고백할 뻔하고는 서둘러 입을 다물었다.

"'아 그거'라니? 설마 너 거기 지원하려고 했어? 주제파악 좀 해!"

이아가 깔깔거리며 웃었다. 그녀의 그런 웃음소리는 언제나 승혜의 마음을 불편하게 만들었다.

"내가 물어본 말, 아직 대답 안 했잖아. 그 결혼 상대 만나는 봤어?"

"네가 알아서 뭐 하려고?

이아가 얄밉게 쏘아붙이더니 피아노의 건반뚜껑을 획 닫아버렸다. 승혜는 얼른 손을 뺐다. 식은땀이 등줄기를 차게 식혔다. 하마터면 손가락이 껴 다칠 뻔한 상황이었다. 이아는 차라리 그랬으면 좋겠다는 듯이 자기 방으로 멀어져 가면서 혀를 찼다. 승혜는 황당함과 두려움에 질려 뒤를 돌아보았다.

"정말⋯⋯."

속이 부글부글 끓어올랐다. 이아는 도대체 뭐가 아쉬워서 저러는 것일까. 그녀와 승혜는 레슨 실력만 놓고 보면 엇비슷한 데다, 이아가 유학을 거부하는 바람에 모두 국내파에 속했다. 물론 이아가 좋은 집안에 시집을 가면 전공을 살릴 이유가 없지만, 그렇다고 하더라도 일단 동기 사이에서 두 사람은 자주 부딪치곤 하는 라이벌이었다. 신입생 때부터 쭉.

내가 미쳤지. 아무리 힘들어도 이아의 도움을 받다니.

게다가 이제 이아가 왕자님쯤으로 여기고 있는 남자와 계약 연애를 할 예정이었다. 이 사실을 이아가 알게 되면 어떻게 할까? 분명 머리끄덩이 잡는 것 정도로는 끝나지 않을 거였다.

승혜는 몸을 부르르 떨었다. 이아에게는 친구가 많았다. 1학년 때, 그녀의 남자 친구를 빼앗았다는 이유로 크게 혼이 났던 친구도 있었다. 그저 이아에게 지쳐 변심했을 뿐인데.

승혜가 옷을 다 갈아입고 나니, 준태에게서 메시지가 와 있었다.

「얼른 보고 싶은데, 어디?」

어쩔 수 없이 가슴이 뛰었다. 얼른 보고 싶다는 건 내 얘기가 아니잖아. 빨리 계약을 하고 싶다는 거지. 어디까지나 계약, 계약 연애야. 승혜는 마음을 다스렸다. 하지만 생각처럼 쉽게 설렘을 죽일 수가 없었다.

「아직 레슨도 안 갔는 걸요」

신발에 발을 꿰며 승혜가 답장을 보냈다. 괜히 이아의 눈치가 보였다. 가슴이 콩닥콩닥했다.

「기다리고 있을게」

이게 뭐람. 정말 사귀고 있는 것처럼. 승혜는 입술을 삐쭉거렸다. 하지만 그녀는 걸음을 서둘렀고 어쩐지 레슨도 평소처럼 집중해서 할 수가 없었다. 결국 엉망진창으로 오후를 보내고 약속 장소로 나갔다. 일전의 음대 건물에 있는 카페였다.

카페 입구에서 승혜는 승일과 맞닥뜨렸다. 예상치 못했기 때문에, 아니 승일을 까맣게 잊고 있었기 때문에 그녀는 솔직히 많이 놀랐다.

승일의 정직한 눈동자를 훔쳐 본 승혜는 괜히 뜨끔했다. 계약 연애를 하기로 했다는 걸 승일이 알면, 뭐라고 말할까. 분명히 비난할 거였다. 옳지 않은 일이라고 제정신이냐고 따지겠지.

심지어는 돈이 그렇게 좋으냐고, 또 한 번 물어볼지도 몰랐다.

승혜는 눈을 내리깔고 뺨을 붉혔다. 그런 질문은 생각만 해도 끔찍했다. 대답할 말도 없거니와 그렇다고 준태를 향한 마음을 속 시원히 밝힐 수도 없었다. 그녀 자신도 헷갈리기 때문이었다.

"안녕?"

조심스럽게 승혜가 인사하자 승일은 고개를 끄덕였다. 그녀는 사무적인 태도에 긴장했다.

"저…… 그날 잘 들어갔어?"

"이사님이 기다리십니다. 들어가시죠."

꼭 화난 것처럼 무뚝뚝하게 대답한 승일은 그러면서도 승혜 대신 자동문의 버튼을 눌러주었다. 그녀는 괜히 멋쩍어져 가슴 앞으로 악보를 꼭 끌어안고 승일을 올려다보았다.

"일하는 중이라서. 잘 들어갔어. 넌 감기 괜찮니?"

승혜의 마음을 알아차린 듯 승일이 재빨리 속삭였다. 승혜는 안심하고 괜찮다고 대답했다.

"그런데 왜 여기 서 있는 거야?"

"내 일이야. 이런 게."

다시금 승일이 딱딱하게 대꾸했다. 달팽이가 딱딱한 집 안으로 몸을 숨기듯 그의 감정도 사라져 보이지 않았다. 승혜는 괜한 말을 했나 보다 싶은 생각에 입을 다물고 안으로 들어갔다. 이상한 일이지만 자꾸만 돌아보게 되는 승일의 속사정. 한때 같이 어울렸던 친구라서일까. 승혜는 승일이 자기 자신처럼 안쓰럽다고 생각했다.

우리는 왜 이렇게 힘든 걸까. 못나게, 불행하게 태어나서는……

준태는 창가에서 조금 떨어진 구석 자리에 앉아 있었다. 파티션이 가리고 있어 잘 보이지 않았지만 날카로운 옆모습만큼은 한눈에 띄었다. 그러다 그 얼굴이 승혜 쪽을 휙 돌아보았다. 처음엔 무심한 표정이었지만 이내 입꼬리를 살짝 올리며 웃었다. 승혜는 무릎이 후들거리는 것을 느꼈다.

"사람이 많이 없네요. 오래 기다렸어요?"

주변을 돌아보며 승혜가 준태의 맞은편에 앉았다.

"통째로 빌렸으니까."

준태가 짤막하게 대답했다. 어느새 웃음기는 사라지고 없었다.

"아직도 포기 안 한 거예요?"

플래티넘 카드를 들이대며 막무가내로 카페를 빌리려 하던 준태의 모습을 떠올리며 승혜는 살짝 웃음을 깨물었다.

"포기 안 했고 결국엔 성공했지."

준태도 승혜를 따라 편안하게 웃었다. 그럼에도 승혜는 가슴이 여전히 콩닥콩닥 뛴다는 사실에 놀랐다.

"이번 계약도 그렇게 될 거고."

다시 한 번 준태가 눈빛을 날카롭게 빛냈다. 계약이라는 차갑고 딱딱한 말 속에 갇혀 있긴 했지만 그래도 뜨거운 열의만큼은 감출 수가 없었다. 그의 기대감이 승혜에게 고스란히 전달되었고 그녀도 괜히 달떴다. 승혜는 괜히 입술을 매만졌다.

"이게 계약서예요."

승혜는 준태가 내민 서류봉투를 물끄러미 바라보았다. 열어보고 싶었지만 아직도 무릎 위 악보에 올려놓은 손가락이 파르르 떨리고 있었다.

"확인해야지?"

준태가 넌지시 물었다. 다정했지만 강건한 말투. 승혜는 긴장했다. 바보처럼 떠는 모습을 보이고 싶지 않지만 이제 더 이상 그를 기다리게 할 수가 없었다. 그녀는 계약서를 향해 천천히 손을 뻗었다.

"잠깐만."

승혜의 손끝이 계약서에 닿기 직전 준태가 서류봉투를 도로 자기 쪽으로 빼앗아 갔다. 승혜는 놀람과 기대감이 뒤섞인 눈으로 그를 응시했다.

"한 가지 확인해 줄 게 있어요. 남자 친구 없죠?"

"뭐라구요?"

준태의 뻔뻔한 질문은 많은 감정들을 함의하고 있었다. 그중에서도 가장 강렬한 것은 '질투'와 '의심'이었다.

"이 실장과는 아무 사이도 아닐 거고요."

추측이 아니라 그래야만 한다는 강요였다. 강렬한 소유욕을 드러내면서 준태는 승혜가 무심히 서류를 향해 뻗은 손을 붙들었다. 승혜는 준태에게 팔을 놓으라고 하지 않았다. 그의 손등에 남성다운 핏줄이 불거졌다. 그녀에게 쏠린 집중력이 혈관 하나하나에까지 배어 있는 손은, 거부하기엔 조금 힘들었다.

"김준태 씨는 약혼자가 있잖아요."

승혜가 불만스럽게 대꾸했다. '웃기고 있네, 네가 하면 로맨스, 내가 하면 불륜이야?'의 또 다른 표현이기도 했다.

"그 약혼자가 아니면 우리가 이렇게 마주 앉아 대화라도 할 수 있을까. 그건 예외사항이죠."

태연히 준태가 대꾸했다.

"그래요? 그 얘긴 준태 씨 약혼자한테 감사하게 생각하라 이건가요?"

이아가 생각난 승혜는 울컥했다. 화를 내려는 그녀를 빤히 보던 준태가 갑작스레 입가에 미소를 띠었다. 도대체 왜 저렇게 알 수 없는 미소를 짓는담?

"처음으로 내 이름 불렀네. 준태 씨라고."

"네?"

승혜는 뺨을 붉혔다. 그러자 준태가 입을 가리며 나직이 웃었다. 그의 웃음소리에서는 가랑비가 내리는 듯한 잔잔한 느낌이 묻어났다.

"이런 사소한 일에 기분이 좋아지는 게 연애라면 거부할 필요는 없었던 것 같네요. 나쁘지 않아서."

준태가 기분 좋게 중얼거리는 말을 승혜는 믿어야 할지 말아야 할지 난처해졌다. 하지만 웃고 있는 그의 얼굴은 언제까지나 보고 싶게 잘생겨서, 그녀는 지금까지 늘 그랬듯 불안한 감각에 몸과 마음을 모조리 싣고 흐를 수밖에 없었다.

"난 죽어도 그 여자랑 결혼할 생각이 없어요. 그러니까 승혜 씨랑 계약서까지 쓰는 거지. 만나 본 적도 없는 사람. 사진을 한 번 본 적이 있긴 한데 기억도 안 나. 애초에 우리가 새 계약을 하기로 한 목적이 뭐였냐고. 기억해 봐요. 똑바로."

게다가 준태는 승혜의 불안감을 예언자에게서 듣기라도 한 것처럼 덧붙였다. 제발 그 말대로 됐으면 좋겠다고 승혜는 생각했다. 하지만 그게 정말 쉬울까? 이아는 벌써 호산나 챔버 홀 수석 피아니스트가 되겠다고 난리인데, 만약 이아가 준태가 짐작하는 이상으로 내조를 잘 해서 그의 마음에 쏙 들어버리면 어떡하지?

"아. 머리 아파."

"뭐가 그렇게 걱정이에요? 승혜 씨는 신경 쓸 필요가 없어. 알 필요도 없고. 내가 만나게 하지 않을 거야."

그 약혼녀랑 내가 한 집에 살고 있다면 믿겠어요? 승혜는 입술을 깨물었다.

"그렇다면 저한테 승일이에 대해 이러쿵저러쿵하지 마세요. 제 마음은 제 거잖아요."

준태가 입술을 씰룩거렸다. 승혜는 이어 말했다.

"왜? 뭐가 마음에 안 들어요? 김준태 씨는 약혼자도 있으면서 나한테 다른 사람 좋아하지 말라고 말하는 거잖아요."

"그건 안 돼."

"우기기 시작인가요?"

일순 승혜는 웃을 뻔했다. 그녀는 황급히 자신을 단속했다. 여기서 웃어 버리면 안 돼. 또 저 남자 페이스에 휘말릴걸.

"난 두 사람이 지난번에 그냥 친구라고 했던 걸로 기억하고 있고 앞으로도 쭉 그러면 된다는 것뿐인데요."

잘도 빠져나가시는군. 승혜는 아직 준태와의 밀고 당기기가 힘들거나 싫지 않았다. 오히려 웃음이 나고 그가 유머러스하면서 재치 있는 남자라는 점이 감탄스러울 따름이었다. 그래서 이따금 가슴이 쿡쿡 쑤셔 왔다. 호산나 챔버 홀을 망쳐버리고 싶다던 말이 떠올라서였다.

저런 남자의 어디에 그런 그늘이 있을 수 있는 것일까? 소리 굽쇠의 진동처럼 관심이 필요한 작고 무력한 자신의 마음속 질문들을 앞서 파악하고 적절한 대답을 해 주며, 심지어 질투까지 하는 남자인데.

"정말 얄밉네요."

승혜는 시원한 아메리카노를 홀짝 마시며 중얼거렸다. 이제 사인을 해야 하겠지? 일이 끝나면 금세 훌쩍 떠날 것 같은 준태가 아쉬웠다.

"계약 전에 확인할 사항은 더 없어요?"

"뭐가 있겠어요?"

"잠자리 취향이라든지. 좋아하는 체위라든지."

너무나 담백하게 말했기 때문에 승혜는 준태가 하는 은밀한 농담을 이해하지 못하고 눈만 깜빡거렸다.

"혹시 페티시 있어요?"

초당 백 번은 깜빡이는 듯한 승혜의 눈꺼풀에 지그시 입을 맞추고 싶다는 생각을 하면서 준태가 물었다. 여전히 어떤 성적인 암시도 느껴지지 않도록 신사다운 말투를 유지하고는 있었지만 언제 터질지 몰랐고 또 이런 말투를 유지하는 것이 매우 피곤하기도 했다.

"그만 놀려요!"

승혜가 펜을 뽑아들며 준태를 쏘아보았다. 여전히 눈을 깜빡이면서. 긴 속눈썹이 흔들리는 것이 매력적이었다. 준태는 오늘 안에, 헤어지기 전에 저 눈꺼풀에 입술을 부딪쳐 보겠다고 다짐하면서 말했다.

"놀린다고 생각해? 아닌데요. 미안하지만 난 육체적인 호기심을 감출만한 훌륭한 선비가 못 돼서."

"연애하는 연기를 하기 위해 잠자리까지 들진 않잖아요."

준태는 자신의 아랫입술을 손가락으로 지그시 누르기만 할 뿐, 대답하지 않았다. 승혜는 초조해졌다. 준태의 행위에 그가 했던 키스가 떠올랐다. 도대체 베드 인에 대해 왜 아무 말도 하지 않는 것인지. 키스가 자연스러웠던 것처럼 잠자리도 자연스러우리라는 암시일까?

"이제 사인하시죠. 순진한 아가씨."

서명란에 사인을 마치면서 승혜는 입술을 삐쭉거렸다.

"전 순진한 아가씨가……."

"아니라고?"

준태는 계약서를 빼앗으며 승혜에게로 몸을 기울였다. 코와 코가 맞닿을 정도로 거리가 좁혀지자 승혜는 긴장해 아무 말도 하지 못했다. 준태는 그저 자신을 바라보고 있기만 할 뿐인 그녀의 눈동자를 빤히 바라보다가 이내 손을 뻗어 그녀의 뺨을 감싸더니 긴 엄지를 이용해 눈동자를 감겼다.

"아……."

눈꺼풀을 가볍게 쓸어내리는 키스에 승혜는 잠시 숨 쉬는 것을 잊어버렸다. 그사이 준태는 그녀의 옆자리로 너무나 간단하게 넘어와 그녀의 허리를 안고 자신의 품으로 끌어들여 세게 안았다. 다시 눈을 떴을 때, 승혜는 준태의 가슴에 갇혀 있었다. 그리고 이어지는 입맞춤. 짧았지만 강렬하고 어지러웠다. 그 짧은 시간 동안 그의 혀는 마음껏 승혜를 농락했다. 지난번과는 또 다른 생소한 감각에 승혜는 몸을 부르르 떨었다. 자극적이면서도 좀 더 격렬한 키스였다. 달콤하지만 어지러운 감각. 마치 초 콜릿을 한 움큼 입에 물고 벨벳처럼 매끄러운 촉감과 달콤하게 녹아드는 맛을 천천히 음미하는 것 같은 느낌.

준태는 재빨리 다가왔던 것처럼 쉽게 떨어졌다. 그가 흐트러 진 옷매무새를 정리하는 동안 승혜의 눈에 계약서 마지막에 쓰 여 있는 문구가 들어왔다.

'갑과 을은 계약이 만료되는 시점이 되면 합의하에 이별하며 어떤 미련도 남기지 않는다'

달콤한 키스와 백지수표를 들고 있는 완벽한 남자가 곁에 있 음에도 불구하고 저 한 문장 때문에 승혜의 마음은 지하 깊숙한 곳으로 곤두박질쳤다.

"됐군. 저녁 같이 먹을래요?"

준태가 물었다. 승혜는 거절했다. 준태의 어조에서 이제 사랑 이 이루어졌다는 기쁨보다 계약을 성사시켰다는 기쁨이 더 많이 느껴져서였다. 그런 그녀의 생각을 입증하듯 준태는 붙잡지 않 았다. 키스를 할 때나 승일에 대한 이야기를 할 땐 그렇게나 집 요하더니 저녁식사 거절에는 쿨하게 반응하다니. 역시 이 연애 는 거래이기 때문일까.

이제 이런 감정에 익숙해져야 할 거라고 자기 자신에게 주지 시키면서도 승혜는 어쩐지 섭섭한 기분을 누를 수가 없었다. 그 런 마음을 품은 채 그녀가 카페를 나서는데 승일이 보이지 않았 다. 그와 마주치지 않아 다행이라는 생각이 들었다. 나, 아무래도 점점 미쳐가는 것 같아. 승혜는 가방을 고쳐 맸다. 날씨가 더 워서일까. 갑자기 갈증이 일었다.

"오늘 그이 만날 거 같아. 윤 마담이 파티 열었거든."

집에 돌아가니 없길 기대한 것과 다르게 이아가 있었다. 마치 승혜가 오길 바랐던 것만 같았다. 승혜는 '그이'라는 말에 긴장 했다. 아마도 준태를 이르는 것이겠지. 비록 계약상의 연애이기 는 해도 김준태라는 남자에 대한 소유권은 내게 있는 거잖아. 이 아와 자신, 준태는 아마도 두 사람 모두에게 특별한 감정을 품고 있지 않겠지만 그래도 일단 그 남자, 내 것 아닌가.

생전 처음 느껴보는 감정이 승혜의 뱃속에서 꿈틀댔다. 그녀 는 이 생경한 감각에 발가락까지 간지러웠다. 이아에 대한 질투 와 동정이 한데 뭉쳐 심장의 박동에 맞춰 헐떡였고 이윽고 온몸 으로 그 감정을 펌프질했다.

"너 오늘 레슨 제대로 안 했다며? 강사님이 문자 보내서는 '승혜 평소에 집에서 연습 안 하니?' 래."

음대 피아노학과를 준비하는 수험생들이 과외를 받듯, 많은 피아노과 학생들은 전문 강사에게 레슨을 받았다. 승혜도 예외 는 아니었다. 아무리 실력이 좋아도, 아니 실력이 더 좋기 때문 에 더 높은 수준의 곡을 소화할 수 있도록 무리를 해서라도 레 슨을 받아야 졸업을 할 수 있었다.

특히 승혜가 레슨을 받는 강사는 이아의 강사이기도 했다. 그는 이아를 좋아하고 승혜는 탐탁지 않아 했는데, 무엇보다 이아가 승혜보다 피아노 연주 실력이 떨어져서 더욱 그랬다. 그는 초등학교 때부터 과외를 했다는 이유만으로 이아를 편애할 수 있는 소인배이기도 했기 때문이다. 그리고 승혜의 등 뒤에 버티고 있는 또 다른 불행은 바로 그 소인배가 주변 음대생들을 비롯, 수험생들 사이에서 가장 인기 많은 강사라는 사실이었다.

"강사님은 왜 너한테 그런 문자 메시지를 보내는데?"

승혜가 어금니를 지그시 문 채 물었다.

"나랑 강사님이랑 친하잖아. 내 친척 동생도 예고 가려고 그분한테 과외 받아."

그걸 몰라서 묻는 게 아니었다. 승혜는 왜 그렇게 잘나가는 작자들은 하나같이 예의가 없는지 궁금했다. 강사라는 인간이 한 짓은 뒷담화가 아닌가.

"정말 지긋지긋하다."

승혜가 시비조로 말하자 이아의 둥근 눈이 활짝 떠졌다.

"너 왜 성질이니?"

이아가 심상치 않은 기운을 느끼고 물었다. 그녀는 승혜가 곧 폭발할 것만 같다는 사실을 느끼고 공격할 태세를 갖추었다.

"어따 대고 눈을 부려려? 가서 그 조율사인지 뭔지 광고지나 마저 만들지. 우리끼리 네 얘기 좀 했다는데 그게 기분 나쁘니? 다 너 생각해서 하는 거 아냐. 강사님 말이 너 그따위로 연주하면 졸업 못 할 거래. 그래서 같이 사는 나한테 관리 좀 하라더라."

다짜고짜 성질이었다. 아, 이게 도이아였지.

평소라면 승혜는 납득하고 넘어갔을 거였다. 하지만 이제 그녀는 조금 달라졌다. 도이아가 성질을 내면 같이 성질을 낼 수 있을 것 같았다. 그게 개싸움이 되어 서로 물고 물리더라도 상관없었다.

"남에 일에 참견해서 뭐하려고? 강사님은 그렇다 치고 너가 나한테 이런 소리 하는 건 이간질이지 뭐야. 이간질하는 게 네 습관인 건 아니? 그런 졸렬한 짓이 네가 그렇게 노래를 부르는 내조에 도움이 될까?"

"이, 이간질? 졸렬? 내조?"

이아의 얼굴은 단박에 붉으락푸르락했다. 승혜는 그녀의 반응이 고소하기보다는 안쓰러웠다. 저런 인생과 엮였다는 것 자체가 불편하고 그 사이에 준태가 한 자리 차지하고 있다는 게 화가 났다.

"적당히 해라."

승혜는 묵직하게 경고하고는 방 안으로 들어갔다. 분노 때문일까. 문에 기대는 순간 손발이 저려 오면서 갑자기 무릎에 힘이 풀렸다. 그녀는 그대로 주르륵 미끄러졌다.

눈 밑이 파르르 떨렸다. 조금 겁이 나기도 했다. 처음으로 이아에게 화를 냈으니 그럴 만도 했다. 게다가 그녀는 원체 비밀을 가지고 살지 못하는 성격이었다. 그러다 보니 거짓말을 하는 것도, 그게 아닌 것도 아닌, 지금의 상황 자체가 혼란스럽고 어색하기만 했다.

"야. 심승혜."

이윽고 노크 소리가 나며 이아의 뾰족한 음성이 연거푸 승혜를 뒤쫓아 왔다.

"응?"

승혜는 최대한 두려움을 억누르며 되물었다. 혹시 화를 내려는 걸까?

"우리 싸우지 말자."

놀랍게도 이아는 나긋나긋한 어조였다. 이렇듯 쉽게 화해를 신청할 아이가 아닌데, 하면서도 약해빠진 마음에 자신이 이아에게 모질게 쏘아붙였다는 생각만 남아 있어 승혜는 순진하게 대답했다.

"나도 싸우려던 건 아니야. 날씨가 더워서 그랬나 봐."

"많이 덥지?"

"응."

승혜의 대답은 진심이 듬뿍 담겨 있었다. 전기세가 많이 나간다고 자기 방 말고는 에어컨도 선풍기도 제대로 틀지 못하게 하는 이아의 횡포에 오래도록 길들여진 탓이었다.

"날도 더운데 우리 시원한 데 놀러나 가자."

"어디?"

"아까 이야기했잖아. 윤 마담 파티."

거길 가면 준태와 마주칠지도 모른다는 생각이 불쑥 들었다.

승혜는 대답을 망설였다. 여기서 괜히 싫다고 거리를 두면 이아는 단박에 불쾌해할 게 틀림없었다.

"내가 거길 왜……."

"너 나 시집가는 거 부러워하잖아. 거기 좋은 남자들 꽤 많아. 네 수준이 좀 떨어지는 건 사실이지만 그래도 아주 못 써먹을 정도는 아니니까 음대생 간판 남아 있을 때 얼른 알아보는 게 어떨까 해서."

승혜는 곧 어이가 없어졌다. 분명히 싸우지 말자고 한 거 아니었어?

"나 남자 친구 있어."

너무나 어이가 없었던 나머지 승혜는 비밀을 하나 풀어 버렸다. 뒤늦게 자기 입을 황급히 막았지만 이아는 이미 그 이야기를 접수한 듯했다.

"누군데?"

아. 가시 돋친 말투에서 그냥 넘어가지 않겠다는 의지가 팍팍 느껴졌다. 도대체 왜 사람들은 남들 일에 그렇게나 관심들이 많을까?

"그게……."

승혜는 말끝을 흐렸다.

"거봐. 없지? 거짓말한 벌이다. 따라와. 안 오면 알지? 너 오늘 나 여러 번 기분 상하게 했어. 경고야."

이아가 서늘하게 말하고 문 앞을 떠났다. 승혜는 한숨과 함께 고개를 내저었다. 도대체 어떻게 저 애를 상대해야 현명하다는 이야기를 들을 수 있을까. 아니, 그런 이야기 따위, 애초에 포기했잖아. 방법은 하나뿐이라고. 하루라도 빨리 벗어나는 것. 하지만 그게 과연 쉬울지 승혜는 도무지 알 수가 없었다.

5

진짜일 리 없어

준태는 2층의 발코니가 딸린 빈 방에 앉아 있었다. 문 바깥에서 사람들이 오가는 소리가 들렸다. 다들 준태가 파티에 나왔다니 궁금해서 난리였으나 차마 안으로 들어오지는 못했다. 그가 사교계에 모습을 드러내는 것도 드문 데다 무엇보다 공식적인 앙숙으로 알려진 마담 윤의 파티였으므로 무슨 심경의 변화일지 궁금하게 여겼다.

다른 사람들이 뭐라 생각하건 준태는 중요하지 않았다. 그는 일단 목표가 생기면 타인에게 귀를 기울이지 않았다. 그걸 달성하기 위해서라면 자기 자신의 감정도 제거하려고 애쓰는 남자였다. 수단과 방법을 가리지 않는 것은 물론이었다.

"어머, 준태 왔구나?"

마담 윤이었다. 준태는 인상을 찌푸렸다. 냉정한 그도 그녀만 보면 심기가 불편해졌다.

"내가 오늘 결혼할 여자 데리고 오라고 했잖아. 어디 있니?"

특히 그녀가 승혜를 언급하면 준태의 기분은 완전히 바닥을 쳤다. 가능하다면 두 사람을 만나게 하고 싶지도 않았다.

"……바쁘다는군요."

준태가 거짓말을 했다.

"나보다 바쁠까? 미안하지만 나한테 그 여자가 진짜로 존재하는지 아닌지 보여주지 않는다면 네 '법적 어머니'로서 난 널 제한할 수밖에 없단다."

본격적으로 준태를 조이기 시작하는 마담 윤이었다. 얄밉게도. 준태는 마담 윤을 지그시 응시했다. 마담 윤은 조금도 기죽지 않았다.

"부디 네 의무를 다하도록 하렴."

"새어머니께서 제 아가씨를 괴롭히지 않는다는 전제하에서라면."

"어머. 말도 잘해. 제 아가씨? 그 친구가 벌써 부럽네."

마담 윤은 준태에게 다가오더니 그의 어깨에 손을 얹고는 무게를 실었다. 여자만 아니라면 이대로 고꾸라트렸을 텐데. 이를 갈아봐야 별수 없었다.

"못된 시어머니 노릇 좀 해 볼까?"

"……새어머니."

준태가 경고의 의미로 낮게 중얼거렸다.

"혹시 그 여자애, 내 돈 보고 쫓아다니는 건 아니겠지?"

"내 돈이라뇨?"

"우리 집이 어디 보통 집안이니. 알면 죽자 사자 따라다닐 계집애가 널렸는데, 혹시 그런 멍청한 애들 중에 하나가 걸린 건 아닐까 싶어서. 이 엄마는 걱정이다."

엄마라니, 준태는 하마터면 구역질을 할 뻔했다.

"그렇게 멍청한 여자가 아닙니다. 오히려 그 반대죠."

승혜가 자신으로 하여금 뒤를 쫓게 만들었다는 사실을 생각하면 준태는 그녀를 결코 멍청하다고 할 수 없었다. 그녀를 떠올리자 빙그레 웃음이 나왔다. 마담 윤은 그 미소에 깜짝 놀랐다.

'유언장에 무슨 내용이 쓰여 있을지 모르는데 준태 말대로 그 계집애가 똑똑하다면 아니, 적어도 날 위협할 정도의 자산가라면 피곤하게 될 것 같아. 어떡하지?'

"몇 번이나 묻는 얘기지만 정말이긴 하니? 도대체 어떤 애니? 어느 집안 애야?"

"양갓집 규수겠죠."

준태가 딱 떨어지지만 확실히 빈정거리는 말투로 대꾸했다. 마담 윤은 어이가 없다는 듯 입을 벌렸다.

"아버지가 정치하시니? 아니면 사업이니? 법조계 쪽이라면 좋겠구나."

"관심사 한번 천박하시네요. 저로서는 아직 아무 말씀도 드리고 싶지 않은데요."

"직접 물어봐야겠네, 그렇다면."

"오늘은 오지 않을 겁니다."

지끈거려오는 미간을 누르며 준태가 말했다. 그는 마담 윤이 극성을 부리는 바람에 잠깐 들렀을 뿐이었다. 그리고 성광을 보려고. 마담 윤이 성광을 제멋대로 부리는 바람에 일 이야기를 할 틈이 나지 않았던 것이다.

"내가 그 아가씨를 찾아갈까? 준태야. 엄마는 정말 진지하단다."

마담 윤의 수작에 준태는 질려버렸다. 속이 빤히 보이기도 하거니와 그러면서도 속으로 이아와 승혜를 비교하고 있다는 걸 알 수 있었다. 만약 승혜가 이아보다 훨씬 더 괜찮은 여자라면 자기편으로 만들든지, 그게 안 되면 괴롭힐 거였다. 이미 전적이 있었으니까.

아무리 여자에게 무관심한 그도 학창시절 여자 친구가 한두 명쯤은 있었는데 매번 마담 윤 때문에 헤어지고 말았다. 당시 마담 윤은 준태의 어머니도 아니었다. 다만 아버지의 숨겨둔 애인이었을 따름인데도 준태의 여자 친구까지 철저하게 관리했다. 아마 지금과 같은 미래를 예견하고 만들어 왔을 것이다.

준태는 혀를 내둘렀다. 가장 피곤한 점은 승혜 때문에 신경이 날카로워진다는 것이었다.

나는 왜 그 여자에 대해 이렇게나 신경을 쓰고 있지?

딱히 알맞은 대답이 떠오르지 않았다. 미칠 것 같았다.

"내버려 두시죠. 찾아가면 가만있지 않겠습니다."

"너도 호산나 챔버 홀을 내버려 두는 게 어떠니? 그걸 망쳐서 뭐에 쓰려고. 너무 천박하지 않니? 네가 돌아가신 김 회장님께 변변한 유산 하나 못 받은 것도, 다 예술을 이해하지 못하기 때문이야. 돈만 밝히고, 도무지 섬세하지가 못한 거지."

한순간 준태의 몸에 차가운 전기가 흘렀다. 마담 윤은 미소를 짓고 있었다. 한 방 먹였다는 미소였다. 준태의 등줄기가 싸늘하게 식었다. 늘 자신을 비난하던 아버지. 예술 업계에 뭔가를 해보고 싶은 욕심에 살아생전 아들을 닦달하는 걸로도 모자라 어린 후처를 이용해 여전히 자신에게 악몽 같은 고통을 주고 있다.

지긋지긋했다.

"무슨 말씀이신지. 저는 문화와 예술을 사랑하는 사람입니다. 제 여자 친구도 음악을 전공하고 있어요. 피아노입니다."

일순간 준태는 자연스럽게 승혜의 이야기를 꺼내고 말았다. 그 순간 후회가 들었지만 그러면서도 어쩐지 불쾌한 기분이 가라앉는 것 같았다.

"그러니?"

그러나 마담 윤은 의심스럽다는 듯이 물었다.

"아니라면 다행이구나."

준태가 승혜를 이용해 호산나 챔버 홀의 평판을 떨어트리려고 했던 것은 사실이었다. 아버지 김 회장이 유일하게 물려준 유산이자, 과거에는 마담 윤의 소유였던 그곳이 너무나 마음에 들지 않았으니까. 그는 그녀의 연주가 학생 수준이라고 생각했고 그런 연주자를 수석 피아니스트에 앉히면 호산나 챔버 홀의 명성이 망쳐질 것이고 그게 약간이나마 기운을 북돋아 줄 것 같았다.

하지만 이제 그 계획은 포기한 거나 다름없었다. 예술을 이해할 수는 없지만 일단 승혜의 절박함을 그는 어느 정도 내적으로 받아들이겠다 마음먹은 상태였으니까. 어쨌든 말로는 설명할 수 없는 무언가를 그녀는 가지고 있었다.

그녀의 연주라고 해야 할까. 다른 건 잘 모르겠지만 준태는 다시 한 번 승혜의 피아노 소리가 듣고 싶었다.

"그럼 '엄마'는 이만 가 볼게. 그리고 네가 말해 주지 않아도 다 알아보는 방법이 있어. 그 아가씨에 대해서는 내가 알아서 만나볼 생각이다. 그리 알아두고, 조금 이따 네 약혼녀 오면 자리 마련하마. 안 보면 안 된다."

마담 윤이 얄밉게 인사하며 자리를 떴다. 준태의 기분은 언제 그랬냐는 듯 금세 나빠졌다.

"기분 더럽게 만드는 재주는 특출하다니까."

잔뜩 비아냥거린 준태는 낙광에게 전화를 걸었다.

"나예요. 성 팀장. 오늘 나 마담 윤씨 별장인데 이상하게 성 팀장이 안 보이네요. 여기 온 건 다 성 팀장 만나려고 그런 건데."

"저는 지금 도이아 양을 모시러 왔는데요."

낙광이 당황한 듯이 대답했다. 준태가 파티에 참여하는 것은 그 역시도 예상하지 못한 부분이었다.

"도이아 양? 그게 누군데 연봉 이억 받는 성 팀장이 운전기사 노릇을 합니까?"

준태가 딱딱하게 따져 묻는 그 순간 이아는 승혜와 함께 뒷좌석에 올라타고 있었다. 뭐야. 자기랑 약혼할 여자 이름도 기억 못하고 있단 말이야? 당황한 낙광은 두 손으로 전화기를 감싸 쥐고는 작은 목소리로 대답했다.

"도이아 양이오. 이사님. 도. 이. 아."

"그게 누구냐니까!"

행여나 스피커 바깥으로 소리가 새어나갈까 낙광은 황급히 밖으로 나갔다.

"이사님 약혼녀 말입니다."

저쪽에서 잠깐 침묵이 흘렀다. 그것은 낙광을 퍽이나 불편하게 만들었다.

"나는 약혼에 동의한 적이 한 번도 없는데 왜 다들 우기는 거야. 피곤하게."

마치 욕설을 내뱉듯 준태가 중얼거렸다. 단호한 그 말투에 낙광은 온몸에 소름이 끼치는 것을 느꼈다.

"제가 잘못 알고 있다면 정정하겠습니다. 이사님."

"빨리 고쳐먹길 바라요. 그 생각. 그리고 운전기사 노릇은 관둬요. 택시비 주고 돌아오세요."

"예?"

식은땀이 흘렀다. 아무리 그래도 그렇지 택시비를 주고 돌아오라니.

"앞으로 저랑 일할 겁니까, 아니면 마담 윤이랑 일할 겁니까?"

낙광의 갈등을 눈치 챈 듯 준태가 날카롭게 따졌다.

"제 대답은 이미 알고 계시지 않습니까."

"그럼 그 대답에 책임을 져요."

"예, 이사님."

전화는 뚝 끊겼다. 백 마디 변명보다 한 번 달려가 고개를 숙이는 게 낫다는 사실을 아는 낙광은 서둘렀다. 그가 이아에게 사정을 설명하려는데 그녀는 분위기가 뭔가 심상치 않게 돌아간다 싶자 곧장 눈치를 채고 성질을 부렸다.

"가지 않겠다구요?"

꾹 참고 택시비를 내밀던 낙광의 말투에 황당함이 차올랐다.

"택시비 받고는 안 가요. 모셔 가면 모를까. 그딴 푼돈은 얘나 줘요. 앤 그 정도 돈도 환장하고 받아가는 애거든요."

택시비를 승혜에게 떠넘기고 나서 이아는 집으로 들어가 버렸다. 승혜는 이아의 제멋대로의 행동에 어이가 없었고 부아가 났다.

"죄송합니다."

이아의 되먹지 못한 행동은 낙광의 입에서까지 사과의 말이 나오게 만들었다. 승혜의 얼굴이 붉어졌다. 낙광이 사과할 일도 아닌데 이아 때문에 철저하게 민망해진 거였다.

하지만 그 와중에도 승혜는 준태가 곤란해질까 걱정이 됐다.

"마담 윤이라는 분이 주최하는 파티라고 들었는데, 이아가 가지 않으면 그분 아드님께서 난처해지는 거 아니에요? 분명히 파트너가 필요한 파티일 텐데. 적어도 파티에 사람이 너무 없으면 안 되잖아요?"

승혜가 물었다. 수치심에도 불구하고 그녀의 어조는 부드러웠다. 준태를 생각했기 때문이었다. 보통 상류층 파티에서는 남성이 여성을 에스코트하는 법이기에 그가 민망한 일을 당하지나 않을지 걱정이 됐다.

"물론 난처하시겠지요."

이런 마음 씀씀이가 이아에게 있다면 얼마나 좋을까 생각하면서 낙광이 대답했다. 그는 준태가 여자 문제에 있어서만큼은 죽은 회장의 전철을 밟지 않길 바랐다. 다시 말해, 마담 윤 같은 여자 때문에 일을 망쳐서는 안 된다는 생각이었다.

"주세요, 택시비."

승혜가 손을 내밀며 말했다.

"예?"

"도움이 된다면 택시비 받고 가 드릴 수 있거든요, 저는요."

자리를 채운다는 생각으로 승혜가 말했다. 연주회 때 이런 일이 종종 있었다. 초대권을 아무리 보내도 관객이 오질 않는 경우. 연주자가 유명하지 않을수록 그랬다. 승혜도 꽤나 민망했던 기억을 많이 갖고 있었다. 학교 축제 때나 누군가의 대타로 연주를 해야 할 때마다 빈 객석을 향해 연주를 해야 했으므로.

"그렇다면 같이 가시죠. 차에 타십시오."

낙광의 말에 승혜는 놀랐다.

"지금 바쁘신 것 아니었어요?"

"일단 타시죠."

준태가 데리고 오지 말라고 한 건 이아 쪽이었다. 그래서 낙광은 승혜라면 함께 가도 괜찮을 거라고 여겼다. 아니 오히려 잘됐다. 왠지 호감이 가는 쪽이니 태워가도 될 거라고 생각하면서 그는 승혜에게 뒷좌석을 열어주었다.

어떻게 된 건지 모르겠지만 승혜는 이아 대신 별장으로 이동하게 됐다. 낙광은 그녀에게 준태를 소개시켜 줘야겠다고 마음을 먹었다.

"우리 이사님은 문화와 예술을 사랑하는 분입니다. 알아둬서 나쁠 건 없을 거예요."

승혜는 저도 모르게 웃음을 터트릴 뻔했다. 가끔 몸이 뜨거워질 때가 있긴 해도 준태에게 그런 감수성 따위는 없었다. 승혜 자신이 이미 연주로 확인한 바였다.

"이사님. 도이아 양이 오지 않겠다고 하셔서 대신할 파트너를 모셔왔습니다."

낙광이 자신을 소개할 동안 승혜는 그의 어깨 너머로 준태를 보게 되었다. 불만스러운 표정이 가득한 옆모습. 지금 그에게는 어떤 말도 접수되지 않을 것 같았다. 승혜는 자신이 나타나서 준태의 기분이 더 나빠지는 건 아닐지 걱정이 되었다. 그러나 그녀는 괜한 걱정을 한 셈이 되었다.

준태는 승혜를 보자마자 픽 웃었던 것이다. 엉망이었던 기분에 그녀가 들어서자 갑자기 복잡한 감정들이 가지런히 정리가 되었다. 마치 마술을 부린 것처럼. 하지만 이내 그는 자신의 반응이 적절하지 않다고 생각됐다.

일이 점점 꼬이고 있는데 바보처럼 웃음이 나오나, 김준태? 그는 스스로에게 그렇게 따지고 있었다.

"여긴 어떻게 알고 왔지? 지금은 바쁘니까 설명은 나중에 하고 돌아가."

다짜고짜 면박이었다. 승혜는 섭섭하다는 생각이 들었다. 그녀는 기어들어가는 소리로 대답했다.

"도와드리려고 온 사람한테 무슨 소리예요."

"도와줘? 뭘 도와줘. 난 성 팀장 보러 온 건데. 성 팀장. 괜한 짓 했어. 돌려보내."

낙광의 얼굴에 민망한 표정이 어렸다. 게다가 두 사람은 이미 서로를 아는 눈치였다.

"성 팀장!"

준태가 낙광을 을렀다. 하지만 그는 지금까지 살아남아온 영리한 비서답게 바쁘다는 핑계를 대며 승혜만 남겨두고 교활하게

177

빠져나갔다.

"정말이지…… 오늘은 일진이 엉망이로군."

중얼거리는 준태의 인상이 너무나 험악했기 때문에 승혜는 겁을 먹었다. 그러는 사이 준태는 그녀에게 성큼 다가섰다. 그러고는 '가진 게 돈밖에 없는 남자' 특유의 신랄한 눈빛으로 승혜의 모습을 아래위로 훑어보았다.

"그래. 나를 도와주려고 왔다구요……?"

마치 물건을 감별하는 듯한 그의 모습에 승혜의 심장은 딱딱하게 얼어붙는 것 같았다.

"도와주려고 온 사람치고는 구호 물품이 부족한데. 명품 가방하나도 없는 건가?"

승혜의 얼굴이 붉어졌다.

"왜요. 사주려고요?"

— 이런 질문, 참 부끄럽다.

승혜는 생각했다.

"공짜는 싫다는 표정이군."

준태가 나직이 속삭이자 승혜는 오싹해졌다. 어쩐지 휘말리는 기분이 들어 그녀는 돌연히 턱을 치켜들고 그의 눈을 똑바로 바라보며 말했다.

"네."

"나도 그럴 생각 없었어. 공짜로는. 우리는 계약연애를 한 거니까."

갑자기 준태가 능글거렸다. 말투도 은근히 짧아지고 있었고. 그런데도 승혜는 지금 벌어지는 일이 재미있었다. 뜻밖에 그를 만나게 된 것이, 이아를 대신해 이곳에 오게 된 것이 그랬다. 그리고 자신을 보고 놀라는 준태의 모습도 즐기기에 쏠쏠했다. 대담하게도 그녀는 준태를 흘겨보면서 피식 하고 웃었다.

"웃어?"

싸늘하게 준태가 물었다. 승혜는 저도 모르게 흠칫했다.

그 순간 준태가 몸을 수그리더니 그녀에게 입을 맞췄다. 놀란 승혜가 방심하는 것 같자 그는 혀를 밀어 넣고 깊게 키스했다. 승혜는 준태의 어깨를 잡았다. 그가 감당할 수 없는 커다란 벽처럼 느껴져서였다. 하지만 그 벽은 사실 승혜를 부드럽게 감싸는 요람이었다. 정말, 그녀를 끌어안고서 그는 목이 꺾이도록 깊게 키스했다. 혀가 서로 뜨겁게 얽혀들고 탐색하듯 쓸다 격렬하게 서로를 갈구했다.

승혜는 드디어 쾌감의 실마리를 잡은 느낌이었다. 준태가 알려준 감각의 끝을 쥐고 한껏 끌어당기자, 준태는 망설임 없이 그녀에게 쾌감의 시작점을 알려주었다. 혀와 입술로 그런 감각을 끌어낼 수 있다는 걸 미처 몰랐다. 입술이 맞부딪치며 부드럽게 비벼지다 이내 격렬하게 빨아들여졌다. 말초적인 쾌감에 자기도 모르게 다리가 오므라들었다.

승혜는 망설임 없이 준태의 목을 끌어안았다. 준태는 그녀의 허리를 들어 올렸다. 그녀는 생각보다 훨씬 더 가볍게 품 안으로 안아 올려졌다. 준태는 그대로 그녀를 방 안에 놓인 커다란 책상에 앉혔다. 아니, 그 위에 놓인 책과 집기들을 모두 아래로 떨어트리더니 그녀를 쓰러트렸다. 와장창하는 소리가 요란하게 들렸다. 왜인지 승혜는 속이 후련했다.

향수라도 떨어져 깨졌는지 코에 마비가 올 정도로 진한 장미향이 올라왔다. 그런데도 불구하고 준태는 승혜에게 한순간도 눈을 떼지 않으면서 그녀의 허리선과 엉덩이를 손바닥으로 쓸어내렸다. 딱 붙어 내리는 노골적이고 뜨거운 손길에 승혜는 밭은 숨을 토해냈다. 옷을 입고 있음에도 살갗에 그 손바닥의 감촉이 느껴졌다. 약간은 땀에 젖은 뇌쇄적인 피부와 지문의 감촉.

그가 안에서 무언가가 불끈 치받은 듯 승혜를 꽈악 안았다. 승혜는 놀라 손으로 그의 가슴을 막으려 했지만 미처 그러지 못하고 준태의 품에 갇히고 말았다.

"비켜줘요."

승혜가 억눌린 듯한 소리로 중얼거렸다. 머릿속이 어지러웠다. 이건 향수 냄새 때문이야. 그녀는 속으로 중얼거렸다.

"진심이야?"

"네."

준태가 심각하게 물었지만 승혜는 겨우 '네'라고만 대답할 수 있는 상태였다.

"이상하게도 원하지 않는다는 생각이 들어. 자기가."

자기라고? 승혜의 뺨이 섭씨 100도로 달아올랐다.

"방금까지 화냈으면서."

승혜는 입술만 겨우 달싹일 수 있었다. 준태의 품이 숨결까지 틀어막는 것 같았다.

"누가 뭐랬나?"

준태는 충동적으로 승혜의 정수리에 입술을 눌렀다. 거기서 풍기는 샴푸 냄새가 그의 심장을 뒤흔들었다. 그는 혼란을 느낌과 동시에 뭘 해야 할지 정확하게 깨달았다. 승혜의 치마 안으로 손을 밀어 넣고 그녀의 엉덩이를 힘껏 움켜쥐었다. 승혜는 놀라서 입을 벌렸다.

"맛있어 보여."

중얼거린 준태가 승혜의 혀를 다시 빨아들였다. 승혜는 무심코 그의 목을 끌어안았다. 덕택에 키스는 더 진하고 깊어졌다. 준태는 순식간에 그녀의 블라우스 단추를 세 개나 풀어버렸고 승혜는 그 사실을 깨닫고 있으면서도 그를 막지 않았다. 아니, 막을 수 없었다. 남자의 향취에 이미 취해버린 기분이었다. 이렇게 뜨거워지는 몸이 자기 것이 맞는지. 승혜는 스스로가 의심스러울 정도였다.

곧 준태는 승혜의 가슴골 사이에 코를 묻었다. 아. 견디기가 힘들어진 그녀는 고개를 뒤로 꺾고 그의 머리를 끌어안았다. 부끄럽게도 다리 사이가 대놓고 뜨거워졌다. 하지만 이런 때에 어떻게 해야 하는지 미처 모르는 승혜는 그냥 마음이 가는 대로 몸을 맡기기로 했다. 그러자 거짓말처럼 준태가 그녀의 욕망에 응했다.

"세상에."

브라 컵을 비집고 들어간 준태의 콧날이 유두를 가볍게도 스쳤다. 승혜는 한 손으로 이마를 짚었다. 아득했다. 준태의 숨결이 느껴지는 순간, 봉긋한 가슴에 소름이 돋았다. 그리고 다음 순간 그녀는 비명을 지를 뻔했다. 그가 젖꼭지를 덥석 물었기 때문이다.

오랜 시간 굶주리기라도 한 것처럼 준태는 거침없이 유두를 빨아댔다. 그는 승혜에 대한 뜨거운 감정을 감추지 않았다. 거친 숨소리와 함께 잘생긴 코로 가슴에서 나는 향기를 흠뻑 빨아들이면서 혀끝을 이용해 젖꼭지를 감질나게 핥았다. 그의 혀는 부드러웠다. 젖은 타월로 가슴을 움켜쥐는 듯했다.

"어때?"

준태가 물었지만 차마 대답할 수 없을 만큼 인상적인 감각에 겨워 승혜는 팔꿈치를 책상에 짚었다. 그리고 상체를 약간 일으켰다.

"아. 기다렸어."

감미로운 목소리로 준태가 속삭였다. 그는 승혜의 엉덩이를 잡아 자신 쪽으로 쭉 당겼다. 승혜는 꺅 하고 짤막하게 비명을 질렀다. 준태가 소리 내어 웃었다. 하지만 승혜는 전혀 불쾌감을 느낄 수 없었다. 그의 나직한 웃음소리는 마치 물에 젖은 스펀지 같았기 때문이다.

"갑자기 나타날 줄이야. 선물처럼."

마치 알코올 솜으로 귀를 닦는 것처럼 상쾌한 기분에 승혜가 푹 잠겨 있는 동안, 준태는 그녀의 블라우스를 휙 젖혔다. 미끈한 어깨가 드러났다. 준태는 승혜의 어깨를 감상했다. 그의 눈에 어린 감탄과 경외의 빛이 그녀를 부끄럽게도, 동시에 으쓱하게도 만들었다. 승혜는 준태의 얼굴을 향해 손을 뻗었다. 그러자 그가 손가락을 가볍게 깨물더니 이윽고 그것을 빨기 시작했다.

승혜는 자신을 정성스레 빨아대는 준태를 감상했다. 그는 숨이 막힐 정도로 잘생겼고 지금은 심지어 그것이 지나쳤다. 입술은 적당히 붉었고 자신의 팔을 집요하게 쏘아보는 시선에서 뿜어져 나오는 안광은 은은한 금빛이었다. 승혜는 팔에 난 하얀 솜털에 빛이 쏟아지는 것은 아닌지 착각까지 할 지경이었다.

무심코, 공교롭게도 아주 무심코 승혜는 준태에게 물었다.

"여기서 할 건가요?"

이윽고 승혜의 뺨이 붉어졌다. 지나친 질문이었다. 고작 애무 정도로……. 저 남자가 어떻게 생각할까? 아무리 분위기를 탔다고 하지만 너무 괜한 말을 했어.

"제가 한 말…… 못 들은 걸로 해주세요. 아셨죠?"

안절부절못하는 사이 준태는 그녀의 부탁을 받고 빙긋이 미소를 지었다. 그는 그녀의 이마에 입을 맞췄다.

"이 저택에는 방이 참 많지."

준태는 매정하게도 못 들은 척하지 않았다. 그런데도 어째서 이렇게까지 감미롭게 들리는 것인지. 승혜는 무릎의 힘이 풀리는 것 같았다.

그때였다.

문이 벌컥 열리고 승일이 들어왔다. 그는 준태와 승혜가 겹쳐져 있는 모습을 보고 순간적으로 동요했다.

"지금 뭘 하시는······."

흥분으로 도배된 그의 눈초리가 준태의 냉랭한 시선에 부딪쳐 뭉그러졌다. 하지만 이내 자존심이 상한 나머지 두 사람에게 다가갔다. 그는 말없이 준태와 승혜를 떼어 놓으려고 했다.

그때 준태가 승일에게 돌아섰다. 승혜는 직감했다. 그가 승일에게 주먹을 내지르리라는 것을. 준태는 그렇게 했고 승일은 가까스로 그것을 막을 수 있었다. 그는 준태의 주먹을 손으로 막은 채, 기 싸움을 했다. 분명 신체적 조건은 승일이 우위였으나 준태는 밀리지 않았다. 오히려 분위기만으로는 그를 밧줄에 꽁꽁 싸맨 듯 제압하고 있었다.

"사모님께서 뵙자고 하십니다."

그렇게 대치하고 있는 상태로 승일이 말했다. 그는 잇새로 억눌린 것처럼 중얼거리고 있었다. 승혜는 승일이 낯설면서도 언젠가 그가 빗속에서 자신을 다그칠 때의 모습이 오버랩되어 소름이 끼쳤다.

'너 이러는 거 돈 때문이야?'

갑작스러운 기분이지만 승혜는 승일을 밀쳐내고 싶었다. 더구나 준태에게 저토록 적대감을 보이다니, 아무리 봐도 정상이 아니었다. 준태가 미울 수도 있었다. 그가 갑이고, 승일은 을이니까. 하지만 그렇다고 해서 이렇게 화를 내야만 하는지. 더구나 이것은 명백히 프라이버시 침해였다.

"바쁘다고 전해."

준태는 짤막하게 대꾸하고 매무새를 고친 승혜를 책상에서 내려놓았다. 승일은 보란 듯 승혜를 바라보았고 그녀에게서 시선을 떼지 않았다. 난처해진 승혜의 시선은 무심코 준태에게 향했다.

준태는 승혜의 마음을 이해한다는 듯, 그녀의 허리를 끌어안고 자신에게 당겼다. 승혜에게 그의 태도는 무슨 일이 있어도 지켜주겠다는 표현으로 느껴졌다.

"도이아 양을 모셔왔습니다."

승일은 한 발짝 물러나 말했다. 한결 정중해진 태도였지만 충분하지는 않았다.

"그게 누군데."

승혜의 가슴이 쿵 내려앉았다. 그녀는 믿을 수 없다는 듯 준태를 응시했다. 순간적으로, '그 애는 당신 약혼녀 아니었어요?'라고 따져 묻고 싶어졌다.

"모르셔서 하는 말씀이십니까."

"그러니까 누구냐고."

놀라운 일도 아니었다. 준태는 낙광이 이아의 이름을 언급했던 사실을 깨끗이 잊었던 것이다. 관심 있는 일이 아니라면 그는 일부러 기억하지 않았다. 마담 윤과 관계된 일이라면 특히 끔찍했다. 불과 30분도 채 지나지 않았으나 어쩌면 그는 고의적으로 기억을 지운 것일지도 몰랐다. 아니면 승혜에 대한 예의에서 그런 것일지도.

아무튼 속을 알 수 없는 사람이었다. 김준태라는 남자는.

"이사님 약혼녀 말입니다."

거듭 말해야 하는 불편함 때문에 승일의 말투가 조금 사나워진 것처럼 들렸다. 승혜는 어깨를 움츠렸다. 점점 더 승일이 대하기 곤란한 사람이 되어가고 있었다.

"하? 약혼? 알 게 뭐야. 그리고 이 실장이 왜 그 여자를 '모셔 온' 거지?"

승혜도 그렇거니와 승일까지도 조금 당황한 눈치였다. 하지만 준태는 개의치 않았다. 오히려 그딴 귀찮은 말로 왜 나를 귀찮게 하냐는 듯이 승일을 노려보고 있었다. 그런 준태를 보고 있자니 승혜는 어쩐지 속이 후련해졌다.

당황함을 감추려는 생각인지 승일은 몇 번 헛기침을 했다.

"다시 말씀드리죠. 사모님께서 제게 도이아 양을 모셔 오라고 말씀하셨습니다. 오늘 두 분을 만나 뵙게 해 드리려고 하셨으니까요."

"오늘 만남은 그쪽이 거절한 걸로 알고 있는데."

"사모님께서는 그러한 사실을 모르시는 것 같았습니다. 다만 도이아 양 말에 따르면 성 팀장이 실례한 것 같다고 하시면서 제가 직접 예의를 갖춰 모셔 오길 바라셨습니다."

"그분이 그럴 리가 없어요. 친절한 분이에요."

승혜가 불쑥 말했다. 그러다 시선이 집중되자 입을 다물었다. 준태가 불쾌하게 여길까 걱정되었다. 하지만 그는 승혜를 따스하게 바라볼 뿐이었다.

이윽고 준태가 물었다.

"내가 누구와 있다고 말 안 했던가? 안 했다면 가르쳐 드리지. 여자 친구랑 있다고."

승일의 얼굴이 딱딱해졌다. 그는 불쾌감을 감추지 않으면서 말했다.

"유감스럽게도 이미 알고 계십니다. 오히려 도이아 양과 심승혜 씨를 소개시켜주고 싶다고 하시던데요. 이사님은 도이아 양을 모르고, 사모님은 심승혜 씨를 모르시니 겸사겸사 만나면 좋겠다고 말씀하셨습니다."

승혜는 깜짝 놀랐다. 이렇게 갑작스럽게? 한편으로는 불쾌한 기분도 들었다. 하필이면 왜 약혼녀인 이아와 여자 친구(진짜는 아니지만)인 자신을 이런 낯선 자리에서 만나게 하려는 것인지. 확실히 불쾌한 이유임에는 틀림없었다.

"알 수가 없네. 난 그 여자 만날 생각이 없는데."

준태는 중얼거리면서 무심코 승혜의 어깨를 감싸 안았다. 그는 마담 윤의 속을 헤아리고자 머리를 바쁘게 썼다. 하지만 그녀의 꿍꿍이를 짐작할 수가 없었다.

"꼭 만나야 하는 이유가 있다고 하십니다."

"이 실장은 누구를 보좌하고 있는 건가?"

"물론 이사님입니다."

기가 막힌다는 듯 준태가 코웃음을 쳤다. 하지만 이내 싸늘해진 그가 승일을 노려보았다. 승혜는 그들을 조마조마한 마음으로 지켜보았다. 당장에라도 두 남자 사이에 폭발이 일어날 것만 같았다. 승일이 괘씸하다는 생각이 들긴 했지만 차마 그녀는 그를 외면할 수가 없었다. 어릴 때의 친구. 정말 그러기는 쉽지 않았다.

"그럼 사모님과 도이아 양을 모셔 오겠습니다."

승일은 대놓고 준태를 무시했다. 그 순간 승혜의 머릿속에는 어쩌면 자신이 이곳에 왔다는 사실을 알린 것도 승일이 아닐까 하는 의심이 떠올랐다. 그녀는 매우 불쾌함과 동시에 안타까웠다. 승일의 마음을 이해 못 할 바도 아니었기 때문이다.

이윽고 마담 윤과 이아가 도착하자 승일을 걱정하는 마음 따위는 싹 사라져 버렸다. 마담 윤은 도도하기 짝이 없는 표정과 걸음걸이로 들어와 벽에 걸린 도축된 고기를 감별하는 듯한 눈으로 승혜를 훑어보았다. 거기에 이아도 지지 않고 따라 들어와 승혜를 아래위로 꼬나보았다.

"너야? 네가 준태 씨 여자 친구였니? 세상에."

이아가 모멸감을 주는 말투로 뗵뗵거렸다. 그 순간 마담 윤의 눈빛이 승혜의 얼굴에 날카롭게 꽂혔다. 다들 영문을 모른다는 듯, 아니 승일을 제외한 모두가 승혜를 미심쩍게 바라보았다. 당황한 승혜는 눈을 들어 승일을 보았다. 도와줘. 넌 모든 걸 다 알고 있잖아.

"어쩜 감쪽같이 감출 수가 있니? 너 진짜 웃기는 애다."

"무슨 뜻인지 모르겠네? 감추다니?"

아직 승혜에게 인사조차 허락하지 않은 채 마담 윤이 오만하게 물었다. 그녀는 승혜와 인사할 생각 따위는 처음부터 안중에 없었던 것처럼 보였다. 그냥 이아와 함께 나타나 준태의 기분을 언짢게 만들고 승혜가 어떤 사람인지 간을 보려는 속셈일 뿐.

"얘 내 집에 얹혀사는 애예요. 거지같이 불쌍하게 집도 없는 것처럼 굴어서 하는 수 없이 데리고 살아주는 거라구요."

"준태 너, 여자 친구가 양갓집 규수라고 하지 않았니? 남의 집에 얹혀사는 거지일 줄이야."

승혜의 뺨이 화들짝 달아올랐다. 그건 준태조차 모르고 있던 사실일 터. 마담 윤은 어이가 없다는 듯 큰 소리로 웃었다. 승혜는 태어나 이토록 민망한 일은 처음 겪었다. 자신을 앞에 두고 이러쿵저러쿵 떠드는 사람들, 얼굴에 철판을 깐 듯한 저런 철면피를 본 것도 처음이었다.

"아, 아니다. '양갓집 규수겠죠'라고 했었지. 어떤 여자인지도 잘 모르고 만난 거로구나?"

"세상에. 안쓰러워라. 속은 거 아니에요? 쟤 장난 아니에요. 틀림없어. 불쌍한 척 사람 속이고도 남을 애거든요."

"자기소개는 안 해도 되겠네."

재미있는 일이라도 발견했는지 아니면 코미디 프로라도 보는 것인지 마담 윤과 이아는 승혜와 준태를 동시에 놀리며 깔깔 웃어대기 시작했다. 본의 아니게 거짓말을 하게 된 승혜는 준태를 볼 낯이 없었다. 그는 지금 속으로 얼마나 화가 치밀었을까. 눈물이 고였다. 그에게 도움을 주겠다고 온 것인데 도움은커녕 상황만 악화시키게 된 것만 같았다.

"정말 믿어지지가 않는다. 너 매달 월세도 낼까 말까잖아. 아버지 돌아가신 이후로 힘들다고 같이 살게 해달라고 사정도 하고. 그런데 어떻게 준태 씨한테 들러붙게 됐니?"

이아가 쉴 새 없이 승혜의 치부를 드러내기 시작했다. 마담 윤은 아예 자리를 잡고 앉아 이아가 하는 이야기를 귀 기울여 들었다. 승혜는 당장이라도 이아의 입을 틀어막고 싶었지만 너무 큰 분노와 당혹감에 몸이 부들부들 떨려 움직일 수가 없었다. 그나마 상황을 알고 있는 승일이 조금이라도 도와주지 않을까 생각했지만 그녀의 기대는 보란 듯이 배반당했다. 승일은 이아의 이야기를 듣는 내내 외려 배신감이 든다는 표정을 짓고 있었다.

"내가 준태 씨랑 만난다는 이야기 듣고 선수 친 거 아냐? 내 말 맞지?"

"내가 무슨 수로……."

승혜가 처음으로 입을 떼었을 때 준태가 그녀를 휙 돌아보았다. 승혜는 숨이 막혔다. 혀가 굳어 버린 듯한 마디도 나오지 않았다.

"애 순진한 척하면서 눈알 굴리는 것 좀 봐요. 정말 가증스럽다. 수가 없긴 왜 없어? 너 조율사잖아. 호산나 챔버 홀 피아노 조율하는 게 너잖아. 준태 씨한테 고의적으로 접근한 거 아냐?"

승일이 흠칫했다. 그는 매섭게도 승혜를 쏘아보았다.

— 이아가 하는 이야기를 설마 믿는 거야?

"참 교양 없는 아가씨네."

거의 반말조로 마담 윤이 중얼거렸다. 그 순간 승혜의 등골이 서늘해졌다. 범접할 수 없는 기운이 느껴졌다. 텐프로로 시작해 한 대기업의 후처 자리까지 악을 쓰고 올라온 여자였다. 천박하긴 하나 그 나름대로의 기품과 아우라는 있었다. 아직 한참 어린 승혜와 상대가 될 리 없었다.

"머리채 잡고 끌어내기 전에 나가세요. 우리 집안이 어떤 집안인 줄 알고 감히."

그 순간 승혜의 눈에 차올랐던 눈물이 한 줄기 주르륵 흘렀다. 마담 윤의 말을 부정할 수는 없다는 생각이 들었다. 그녀는 잔뜩 풀이 죽어 몸을 돌렸다. 뒤통수에 찌르는 듯한 시선이 느껴졌다. 준태는 자신을 붙잡지 않았다. 어쩌면 안심하고 있을지도 몰랐다. 승혜가 그들 두 사람이 계약 애인이라는 사실을 밝히지 않았으니까. 그것만큼은 절대 밝히지 말자고 승혜는 생각했었다.

"뭐 하는 거야 지금."

승혜가 문가로 다가갔을 때 등 뒤에서 준태의 싸늘한 음성이 들려 왔다. 승혜는 그대로 얼어붙었다. 돌아볼 용기가 전혀 나지 않았으므로 그녀는 그냥 앞만 똑바로 바라본 채 서 있었다.

"뭐 하자는 거냐고 다들."

준태는 지켜보고 있었다. 이아가 어떤 여자인지 파악하기 위함이기도 했고, 승혜가 그녀의 집에서 얹혀살고 있을 거라고는 생각조차 못했기 때문이기도 했다. 그러니까 천하의 김준태도 당혹감이라는 것을 느껴 본 거였다.

"저 여자가 어떤 여자인 줄 다 알고 만난 거다. 무슨 헛소리들을 하고 있어."

저벅거리는 발소리가 등 뒤로 들려왔다. 승혜의 어깨 위로 준태의 손이 스르르 얹혔다. 그 순간 울음이 터질 듯해 그녀는 황급히 두 손으로 입을 가렸다.

"잠깐만. 준태 너 어디 가니? 네 약혼녀랑 인사 안 하니?"

준태는 마담 윤을 돌아보았다. 그녀는 여유 있게 미소 짓고 있었다.

"모르는 여잔데요. 전 약혼한 적 없습니다."

이아가 발끈해서 얼굴을 붉혔지만 공교롭게도 승혜는 그 모습을 볼 수 없었다.

"미안하지만 난 그 아가씨 인정 못 해. 우리 집안에 들어올 생각은 꿈에도 하지 않았으면 해. 대단한 집안사람인 줄 알았는데 실망스럽기 짝이 없구나. 여러모로 우리랑은 맞지 않아. 아가씨도 그렇게 생각하죠? 준태가 어떤 사람인지 알고나 있나요?"

마담 윤이 여유롭게 승혜를 깔보았다. 사실 승혜가 어떤 사람인가에 따라 이아를 곁에 둘지 아니면 내팽개칠지 고민했던 그녀였다. 하지만 이제 그럴 필요가 없을 듯했다.

"솔직히 별 볼 일 없어 보여. 준태 너, 돈만 밝히고 여자라곤 만나질 않더니 머리가 좀 이상해진 것 아니니? 헛물켜지 말고 돌아가게 내버려 두렴. 이 실장. 그 아가씨 택시 태워 보내요."

"예, 사모님."

명령을 내리는 마담 윤은 오만하기 짝이 없었다. 하지만 그보다 더 승혜를 기막히게 했던 것은 승일의 대답이었다. 그는 준태에게 가까이 다가오더니 대담하게도 손을 밀어내고 대신 승혜의 어깨에 손을 얹었다.

— 미친 거 아냐.

승혜는 진심으로 그렇게 생각했다. 아무리 가까운 친구 사이였다지만 이런 행동은 결코 허락한 적 없었다. 그녀는 승일의 손을 치우려고 했다. 그때였다.

"제정신이야? 어딜 손대?"

준태가 거칠게 화를 내더니 승일의 손을 쳐냄과 동시에 그의 턱에 주먹을 날리고 말았다. 예상치 못한 공격에 승일은 넘어졌다. 그렇다고는 해도 비서와 경호까지 겸하고 있는 탄탄한 몸매의 소유자 승일이 쓰러질 수 있다는 건 굉장한 힘을 주었다는 의미였다. 화가 났다고 해도 무방할 만큼.

승혜의 심장은 쿵쾅거려 터질 것만 같았다. 언뜻 본 준태의 표정은 험악하기 짝이 없었다. 그가 했던 말이 머릿속을 울렸다. 어딜 손대냐는 말. 소유욕의 발로일까? 이런 상황에서도 준태의 감정에 매달리는 자신이 슬펐다. 마담 윤과 이아가 번갈아 가며 자신을 뭉개고 있을 때, 그는 아무 행동도 취하지 않았으니까. 승혜는 너무나 고독했다.

하지만 준태는 승혜의 마음을 알아차리지 못했다. 그리고 그에겐 아직 그녀의 기분이 중요하지 않았다. 언젠가 후회할 날이 올지는 모르나 그는 그저 승혜에 대한 소유욕 때문에 승일에게 화를 냈을 따름이었다. 그리고 바로 그 감정이 그로 하여금 승혜에 대한 집착을 깊게 만들었다. 그는 승혜의 어깨를 감싸 안은 채 문을 열었다. 마담 윤은 그 모습을 침착하게 바라보고 있는 채 감정을 싣지 않고 말했다.

"준태 너, 그 아가씨 따라가면 아버지 유산은 영영 되찾지 못할 줄 알렴. 그냥 호산나 챔버홀 하나로 만족해야 될 거야."

일순간 준태는 얼어붙었다. 그와 피부를 맞닿고 있었기에 승혜에게도 전해졌다. 그녀는 벌써 몇 번이나 준태가 자신을 이용하려 했음을 기억해 냈다. 도대체 뭘 기대한 거야.

"괜찮아?"

아픔 때문에 심장이 지끈거리려는 순간, 준태가 미울 만큼 다정하게 물었다. 마담 윤이 한 말 따위는 조금도 개의치 않는다는 듯. 승혜는 속고 있는 기분이었다.

"왜 내가 필요하다고 한 거예요?"

울먹거리며 승혜가 물었다. 준태는 그녀가 더는 멈출 수 없게 되어버린 눈물을 보며 가슴속에서부터 잔잔하게 올라오는 미묘한 감정을 느꼈다. 갑자기 승혜가 바라는 것이면 뭐든 들어주고 싶다는 생각이 들었다. 그녀가 안타깝고 그녀가 울고 있다는 사실 때문에 화가 치밀었다.

"내가 아닌 누구라도 당신은 상관없죠?"

"아니."

준태가 담담하게 부정했다. 그가 너무 담담했기 때문에 승혜는 그의 말을 믿을 수가 없었다. 계속 눈물이 흘렀다. 속상함 속에서 그녀는 깨달았다. 나는 이 남자를 좋아해. 어쩌면 사랑할지도 모르고. 그래서 이렇게 슬픈 거야.

"그 아가씨는 내가 절대 받아줄 일 없을 테니 그만 돌아오렴. 어쨌건 나는 준태 네 법적 어머니이니까. 게다가 손해 아니겠니? 너는 아버지 유산을 충분히 받지 못했잖아. 너만큼 돈 좋아하는 애가 어디 있다고. 적당히 하고 이아랑 인사나 하렴. 그게 무슨 예의니."

마담 윤에게는 준태를 꼬드겨야만 할 이유가 있었다. 이아는 누구보다도 그녀와 비슷하게 못된 아이였다. 그리고 멍청한 구석도 있어 잘만 구슬리면 자신의 수족이 충분히 될 만했다. 그러니 어떻게든 준태와 이아와 결혼을 시켜 곁에 두고 감시하고 싶었던 것이다.

이렇게 승혜는 마담 윤의 입방정을 통해 준태의 사정을 어느 정도는 짐작하게 되었다. 그렇다면 그가 자신을 지켜줄 가능성은 더욱 희박해지는 셈이었다. 어차피 승혜 자신은 이용당하는 입장일 따름인데 어떻게.

다만 승혜에게는 준태를 난처하게 만들 기회가 있었다. 이 자리에서 두 사람은 계약 애인 사이라고 진실을 밝히는 것이었다. 그렇게 되면 그녀가 당한 것만큼이나 준태를 창피하게 만들고 잘하면 마담 윤으로부터 고초를 겪게 할 수도 있을 거였다.

그러나 승혜는 그런 짓을 하고 싶지 않았다. 준태가 그녀의 바람을 뭐든 들어주고 싶다는 충동을 느낀 것처럼 그 순간 승혜도 같은 감정을 느꼈다.

"어머니. 법적 아들로서 드리는 말씀인데 그 망할 유산, 다 가지십쇼."

모두가 놀랐다. 승혜도 마찬가지였다. 그녀는 준태가 왜 갑작스럽게 이런 이야기를 하는지 이해할 수가 없었다.

"필요 없습니다. 저한테 주어진 호산나 챔버홀 하나만 잘 키우도록 하죠."

지금까지 준태가 해왔던 행동을 기억하는 승혜로서는 귀를 의

심할 수밖에. 하지만 그는 할 말은 다 끝났다는 듯 그녀를 데리고 밖으로 나왔다.

놀랍게도 문밖에는 사람들이 모여 있었다. 그들은 준태를 보고는 흠칫 놀라더니 개미떼처럼 부산스레 흩어졌다. 그 모습에 승혜는 어쩐지 화가 나기도, 한편으로는 풀이 죽기도 했다.

"앞으로 저런 인간들 많이 보게 될 거야. 기죽지 마."

의미심장한 말을 하면서 준태는 승혜를 자신의 차에 태우고 운전을 하기 시작했다. 어디로 가는지 알 수 없지만 승혜는 차가 달리기 시작하자 어쩐지 마음이 편안해지는 것을 느꼈다. 그녀는 차창에 머리를 기댔다. 그러다 문득 마담 윤과 이아가 자신에게 준 상처가 되는 말들이 떠올랐다.

두 사람은 정말 대단했다. 소름이 끼칠 정도로. 승혜는 입술을 깨물면서 어깨를 휘감는 억울함에 치를 떨었다. 이아는 평소에 그렇게 마담 윤의 욕을 해대더니 잘도 그녀와 편을 짜서 자신을 공격하고 수치를 안겨주었다. 보통 여대생이라면 감히 상상도 할 수 없는 일. 이아가 보통이 아니라는 건 알고 있지만 저 정도일 줄이야.

"도대체 어쩌자는 거예요?"

화를 내는 것이 아니었다. 승혜는 진심으로 알고 싶었다. 이 상황이 도대체 어떻게 돌아가는 것인지.

"연기를 계속하자는 거지. 우리 애인 계약했잖아."

절망스러울 정도로 준태는 무뚝뚝하게 굴었다. 그 순간 승혜는 그의 사정을 헤아릴 의욕을 모두 잃어버렸다. 다정한 척 키스한 것도 전부 계약의 일환이었겠지. 그의 냉정함을 느끼자 모든 의욕이 송두리째 사라졌다. 아주 잠깐이라도 마음이 통했다고 생각한 건 전부 거짓이었다. 그의 바람을 들어주고 싶다고 생각한 자신이 바보 같았다.

차가 신호대기 앞에 서자, 그녀는 저도 모르게 문을 열고 밖으로 나왔다.

"이게 뭐 하는 짓이야!"

준태는 승혜를 따라 나왔다. 차들이 경적을 울려대기 시작했지만 아무렇지도 않게 길 한복판에서 그녀를 붙잡아 세웠다. 승혜는 순간적으로 준태를 밀쳐내고 연달아 그의 따귀를 때렸다. 준태의 눈에 당황한 기색이 어렸다.

놀란 것은 승혜도 마찬가지였다.

"신호등 앞에서 차를 두고 내리면 어떡해요. 공중도덕도 몰라요?"

"뭐?"

"계약 파기예요."

준태가 어이없어하는 사이 승혜는 재빠르게도 달아났다. 그녀가 너무 빠르기도 하고 계약 파기라는 말에 놀란 나머지 준태는 승혜를 따라잡을 수가 없었다.

"뭐 하는 짓이야?"

"당신 미쳤어?"

"빨리 차 출발시켜!"

주변에서 준태를 향해 온갖 비난을 쏟아냈다. 하지만 준태는 차에 타기는커녕 정신을 차리자마자 승혜가 사라진 방향을 향해 달리기 시작했다.

"거기 안 서! 기다려!"

승혜는 얼마 가지 않아 준태에게 따라잡혔다. 힐을 신은 데다 치마까지 입고 있었으니 당연했다. 하지만 그녀는 멈출 생각이 없었기 때문에 다리를 절룩거리면서도 뛰고 또 뛰었다. 준태는 손가락 한 마디 차이로 승혜를 매번 놓치곤 했다.

"뭐 저런 여자가 다 있어. 학생 때 육상 했어?"

마지막 힘을 쥐어짜낸 준태는 승혜를 향해 도움닫기를 하더니 그대로 그녀를 와락 끌어안았다. 그렇게 두 사람은 함께 중심을 잃었고 하마터면 넘어질 뻔했으나 승혜가 버틴 덕택에 하이힐의 굽만 부러트리고 무사할 수 있었다.

"빌어먹을."

준태가 씩씩대며 중얼거렸다. 그의 숨소리는 승혜의 귓가에서 아슴아슴하게 울렸다.

"이렇게 쫓아온 것도 억울한데, 키스해야겠어."

"예?"

느닷없이 준태가 엉뚱한 말을 하는 바람에 승혜는 숨이 막힐 정도로 놀랐다. 준태는 이윽고 자신이 한 말을 지켰다.

준태는 키스함과 동시에 거친 숨결을 승혜의 입안으로 밀어 넣었다. 승혜는 준태의 벨벳처럼 부드러운 혀를 느끼며 고개를 꺾었다. 그의 혀는 감미롭게도 입안에서 춤을 추었고 이따금은 수초처럼 살랑살랑 흔들리기도 했다. 이번엔 위험할 정도로 부드러워서 사람의 마음을 송두리째 흔드는 벨벳 같은 키스였다.

그러나 이내 격렬해졌다. 그의 혀와 입술 외에는 아무것도 느낄 수 없고 아무 소리도 들리지 않았다. 그의 혀가 승혜의 혀를 감아 달콤함을 건네주었고 승혜는 그 감각을 받아들였다.

승혜는 준태의 목을 끌어안았다. 그러자 준태는 기다렸다는 듯이 그녀를 부둥켜안았다. 아무런 생각도 나지 않았다. 화풀이를 하듯, 한편으로는 준태가 이렇게 달려와 주기를 기다렸다는 듯 절박하게 그에게 매달렸다.

"도망가지 마. 우린 아직 파트너야."

잠시 입술이 떨어지자 준태가 씩씩거리며 말했다.

"계약 파기라고 했잖아요."

준태는 승혜의 붉어진 입가를 엄지로 훑더니 고개를 사납게 저었다. 그는 격렬하게도 반응했다.

"누구 마음대로."

두 손으로 승혜의 턱을 감싸면서 으르렁대듯 준태가 뇌까렸다.

"손 저리 치워요."

"문제 될 거 없잖아."

"정말인가요? 내가 상처받은 게 보이지 않아서요?"

승혜는 준태에게서 눈을 떼지 않았다. 그가 얼마나 솔직한 사람인지 확인하고 싶었다. 눈을 본다고 준태의 속을 전부 다 알 수는 없을지도 몰랐다. 하지만 그녀는 믿고 있었다.

"상처받았어?"

"그럼 어떨 거라고 생각하는데요? 내가 부끄럽게 생각하는 사실들 모두가 신나게 밝혀졌는데. 당신 볼 면목이 안서잖아요."

준태는 미간을 찌푸렸다.

"어째서 면목이 안 선다는 거지?"

"당신은 바보거나 아니면 바보인 척하는 거죠."

승혜의 목소리가 당장에라도 울음을 터트릴 조짐으로 떨렸다. 차마 좋아한다는 고백을 할 수는 없었다. 지금 상황에서는. 모든 것을 엉망으로 만들 뿐이었다.

"또 울려고 하는군."

"그게 제가 상처받았다는 뜻이에요. 징징거리려는 게 아니라."

놀람으로 준태의 입이 벌어졌다. 그는 이내 부드럽게 웃었다. 겁을 잔뜩 집어먹은 두 눈동자가 애잔해 보였다. 준태는 여전히 승혜의 얼굴을 감싸 쥐고서 그녀의 이마에 조심스럽게 이마를 맞댔다.

"울어도 상관없어. 하지만 그러면 내가 많이 화를 내게 될 것 같은데. 그러다 흥분해서 또 계약 파기하겠다고 우기기라도 하면."

이것이 지금 준태가 할 수 있는 가장 솔직한 이야기였다. 그는 승혜와 계약을 파기하는 것을 원치 않았다.

"이런 상황에서도 계약 얘기예요? 믿을 수가 없어. 난 싫다니까요."

"끝까지 가야 돼. 우리는."

"끝까지라뇨. 뭘 끝까지 가요? 연애의 끝이 뭔데? 나랑 결혼이라도 한다는 거예요, 뭐예요?"

승혜는 준태가 자신에게 거짓말을 하는지 아닌지 알고 싶어 어떤 상황에서도 그의 두 눈동자에서 눈을 떼지 않고 있었다.

지금 준태의 눈빛은, 지금까지와 마찬가지로, 아니 그보다 더 진지하게 승혜를 응시했다.

"왜 대답을 안 해요."

승혜가 더듬거렸다.

"진심이 아니죠?"

준태는 입술 안쪽을 깨물더니 다시 승혜의 얼굴을 향해 고개를 기울였다. 말캉하게 와 닿는 그의 입술의 감촉. 그리고 윗입술을 조심스럽게 헤치는 혀……. 승혜는 눈을 끔벅거렸다. 멍한 그녀의 머릿속을 더욱 어지럽게 만들려는 듯이 준태가 깊게 입을 맞추기 시작했다.

"말도 안……."

승혜가 뭐라고 중얼거리려는 순간 준태는 그녀의 혼이 빠질 정도로 진하고 뜨거운 딥키스를 퍼부었다. 그야말로 온몸이 달아오르게 만드는 뜨겁고 짙은 입맞춤이었다. 도저히 벗어날 수도 도망칠 수도 없는 농도 짙은 유혹. 간신히 입술을 뗐지만 곧바로 준태가 쫓아와 다시 입을 막았다. 그의 혀가 승혜를 완전히 녹초로 만들려는 듯 한껏 고조된 감각을 선사했다.

이게 벌써 몇 번째 키스인지. 준태는 무릎의 힘이 풀릴 정도로 승혜를 솜씨 좋게 요리하고 있었다.

— 말도 안 돼.

진짜일 리 없었다. 정말로.

6

질투할 때 더 예뻐

"당장 그 집에서 나와."

겨우 키스가 끝났나 싶더니 입술을 붙인 채, 준태는 그렇게 말했다. 그는 지나치게 단호했고 그래서 섹시했다. 승혜는 기뻤지만 마음껏 좋아하기가 힘들었다.

"그게 무슨 소리예요. 왜 당신 마음대로 정하는 거예요."

승혜는 그만 울음을 터트리고 말았다. 이 복잡한 상황과 그보다 더 복잡한 감정의 너울거림을 감당할 수가 없었다.

"아까 그 여자랑 같이 살고 있다면서. 아니야?"

이게 무슨 엉뚱한 소리람? 반가운 이야기이긴 하지만. 승혜는 아까 받은 상처 때문에 순수하게 준태의 배려를 받아들일 수 없는 자신이 원망스러웠다.

승혜는 말했다.

"약혼녀를 그 여자라고…… 아니, 이건 내가 할 이야기가 아닌 것 같긴 하네요."

"난 그 여자랑 약혼한 적 없어. 만약 그것 때문에 거절하려는 거라면 거기에 대해서는 더 이상 아무 말도 안 하는 게 좋을 거야."

준태는 다짐이라도 하듯이 말했다. 그렇게까지 확고하게 주장하니 승혜로서는 할 말이 없었다. 그뿐만 아니라 마음이 약해지는 것 같았다.

그때였다. 승혜의 핸드폰으로 문자 메시지가 온 것은.

「너 집에 들어오기만 해. 가만 안 둬」

이아였다. 승혜는 탁 하고 한숨을 내쉬었다. 정말이지. 역시 여기서 더 이상 엮이면 안 될 것 같았다. 괴롭기만 할 뿐이었다.

"그건 내 알 바 아니에요."

마음을 단단히 먹기로 하고 승혜는 말했다. 그녀는 입술을 깨물어 눈물을 애써 참았다. 이대로 운다면 이아에게 지는 게 되는 셈이었다.

"뭐야. 그 여자야?"

눈치 빠르게도 준태는 이아가 문자 메시지를 보낸 사실을 알아차렸다. 그렇다고도 아니라고도 대답할 수 없는 승혜였다. 아무리 봐도 마담 윤은 보통 여자가 아니었다. 이아도 만만치 않은 계집애에 승혜에게 '무이자로 5억'은 거뜬히 빌려줄 수 있는 아이였고. 그런 두 사람이 합심하면 결혼은 당연하다는 듯이 성사

될 거였다.

　승혜는 준태를 물끄러미 바라보았다. 다짜고짜 백지수표를 내미는 이 남자도, 사실 이아와 똑같은 사람 아닐까? 괜히 이용만 당하다가 바보 같은 꼴이 되는 건 아니고? 준태는 이미 전적이 있었다. 빗속에 자신을 버려두고 가지 않았던가.

　상황이 이렇게 되니 승혜는 자기 자신을 지키기 위해서라도 준태를 거부해야만 했다.

　"그냥 이아랑 결혼하는 게 당신에게 더 도움 되는 일이 아닐까 싶은데요. 두 사람 꽤나 비슷하거든요."

　"사정이 있다고 했잖아! 게다가 내가 그 여자의 뭘 알고 결혼을 해. 나에 대해서야 신문이나 경제 잡지를 뒤져보면 알지도 모르지만. 그쪽이 훨씬 더 기분 나쁘군."

　은근히 왕자병이 있는 준태였다. 잊을 만하면 튀어나오는 자기자랑. 하지만 그것이 너무나 자명하고 당당해서 언제나 승혜는 도리어 고개를 끄덕이게 되곤 했다.

　하지만 지금은 아니었다.

　"그 사정이 도대체 무슨……! 아니, 그보다 저에 대해서 잘 아는 것도 아니잖아요."

　반발심으로 승혜는 입술을 작게 달싹였다.

　"잘 알아."

　역시나 준태는 당당했다. 기가 차서 웃음이 날 정도로.

　"알기는요. 뭘 아는데?"

잠시 침묵이 흘렀다. 승혜는 씁쓸한 미소를 지었다. 그녀는 돌아섰다. 이제 더 이상 볼 일 없을 것이다.

"가슴."

준태가 한참 뒤에 내놓은 대답은 승혜가 뒤를 돌아볼 수밖에 없을 정도로 충격적인 것이었다.

"난 당신 가슴을 봤어. 확인하고, 거기에 키스까지 했고."

"그게 왜요?"

얼굴이 뜨겁게 달아올랐지만 승혜는 최대한 사납게 쏴붙였다. 아무렇지도 않은 척하려면 그러는 수밖에 없었다.

"그러니까 내 말 들어. 시키는 대로 하란 말이야."

"그게 무슨 앞뒤 안 맞는 소리예요? 가슴 좀 본 게 어때서요."

남편이라도 되는 것처럼 이야기한다고 승혜는 생각했다.

"그럼 그게 별일 아니라는 거야? 당신 그런 여자야? 말했잖아. 키스했다고. 그냥 본 게 아니야. 우발적, 사고사, 미필적 고의 따위가 아니라 그대로 잘 수 있을 정도로 진지한 일이라고."

"맙소사."

승혜는 준태가 이렇게 박박 우기기까지 하는 캐릭터일 거라고는 상상조차 못했다. 아니지. 생각해 보면 계약 애인을 제안할 때에도 상당히 막무가내였다. 도대체 왜 이렇게까지 자신을 혼란스럽게 만드는 것인지. 게다가 저렇게 장황하게 늘어놓는데 도저히 민망해서 말도 제대로 나오지 않았다.

"고작 그 정도로 그러지 말라니까요!"

"왜 큰소리야?"

"왜긴요! 이렇게 실컷 사람 들었다 놨다 해 놓고 정작 결혼을 이아랑 하면…… 그러면 나는……."

순간 최악의 상황을 떠올려 버리고 승혜는 울음을 터트렸다. 단지 이아가 싫어서가 아니었다, 솔직한 마음으로는, 그 애에게 준태를 빼앗기기 싫었다.

"울지 마."

준태가 조용히 위로했다.

"당신 때문에 애가 타요. 당신이 이아랑 결혼할 가능성이 너무 높아서."

진정이 되지 않은 나머지 승혜는 마음에 있던 말을 무심코 꺼내버리고 말았다.

"질투하는 거야?"

준태는 귀를 의심하면서도 어쩐지 발끝에서부터 몸이 뜨거워지는 것을 느꼈다. 승혜가 너무나 예쁘게 보였다. 질투한다고 대답해. 그녀의 질투가 진실이라면 더욱더 사랑스러울 듯했다. 준태는 마음속으로 그렇게 빌고 있었다.

"걱정이라고 해 두죠."

눈물을 애써 훔쳐내며 승혜가 새침하게도 대꾸했다. 질투하는 것 맞지 않느냐고 우기고 싶은 마음이지만 준태는 충동을 꾹 억눌러 참았다. 그는 승혜에게 손을 내밀었다.

"일단 눈물 좀 닦으러 가자."

준태의 미묘한 표현에 승혜는 결국 웃음을 터트리고 말았다.

"그럼 전 눈물 닦으러 어디로 가야 하는데요? 김준태 씨 집?"

입가에 웃음을 띠고는 있으나 승혜의 기분은 아직도 처참하고
아팠다.

"……."

도대체 왜 결정적인 순간에 입을 다무는 것인지. 더구나 준태
는 빙긋이 웃음까지 물고 있었다. 성공했다는 회심의 미소? 아
니었다. 그는 승혜의 발상이 귀엽거니와 마음에 들었다. 이런 달
콤한 협상을 하고 있다는 사실 자체가 기꺼웠다. 기분이 너무 좋
았던 나머지 그는 승혜에게 키스까지 하고 싶어졌다.

― 웃을 건 또 뭐야. 음흉해 죽겠네.

"그래도 된다면. 우리 집으로 가. 하지만 한 가지 말해 두겠는
데 나는 내 집에서 훨씬 더 제멋대로야. 그래도 괜찮다면 기꺼이
모시지."

위협을 하는 건지 아니면 달콤하게 꼬드기는 건지.

"혼삿길 막히니까 관둬주세요. 아니면 책임을 지실 건가요?"

이번에도 입을 다물까? 승혜는 궁금할 지경에 이르렀다. 그러
자 아니나 다를까 준태는 그녀에게 입을 맞추려고 했다. 승혜는
성큼 다가서려는 준태의 입술을 피해 고개를 돌렸다.

"키스하지 마요."

사납게 승혜가 쏘아붙이려는 그때 교통경찰이 나타났다. 그는

승혜와 준태를 향해 호루라기를 불었다. '삑' 하는 소리에 승혜의 정신이 번쩍 들었다. 그녀는 겁을 먹고 준태의 등 뒤에 숨었다.

"신호등 앞에 차 세워 놓으신 분이죠? 아니 알 만한 분이 그러시면 어떡합니까! 차종도 비싼 차던데. 벤츠였죠?"

"제가 그랬던가요? 흐음. 이 아가씨가 달아나는 바람에 경황이 없었습니다."

뻔뻔하게 받아치는 준태였다. 그 와중에 은근히 여자에게 떠넘기기까지. 승혜도 그랬지만 교통경찰도 어이가 없다는 듯 얼빠진 표정으로 준태를 바라보았다. 혹시 이 녀석 어딘가 이상한 녀석이 아닌가 하고 고민하는 듯한 얼굴이었다.

"얼른 차 치우세요!"

"그러죠. 죄송하게 됐습니다."

준태가 고분고분 사과하자 교통경찰은 의외라는 듯한 반응을 보이며 돌아섰다. 그가 그러기 무섭게 준태는 승혜의 볼에 쪽하고 입을 맞추었다.

"어떻게 이런 상황에서……!"

"가자."

승혜의 손을 이끌며 준태가 뛰기 시작했다. 그렇게 그들은 한달음에 차로 돌아갔다. 도로는 아직도 경적소리로 혼란스러웠다.

"이것 봐. 자기 때문에 오늘 서울 도로사정이 한층 더 복잡해졌네."

준태는 승혜를 차에 태우더니 말했다.

"뭐요?"

승혜가 황당해할 겨를도 없이, 준태는 그녀에게 안전벨트를 매 주었다.

"창피하니까 얼른 달아나야지 안 되겠어."

"딴청 피우지 말…… 꺄아악!"

때마침 신호가 바뀌고 급발진을 해서 승혜의 입을 막은 준태는 지체 없이 호텔로 이동했다.

다음 순간 승혜는 순간이동을 한 것처럼 스위트룸 거실에 서 있는 자신을 발견하게 되었다. 이렇듯 호텔에 있자니 기분이 야릇했다. 무심한 얼굴로 팔짱을 끼고 서 있는 준태의 모습마저도 그녀의 손끝을 저릿저릿하게 만들었다.

"우리 회사 계열사 호텔이야. 부담 갖지 마."

호텔도 경영한다니 모르는 사실이었다. 가만히 있기도 어색해 천천히 승혜는 룸을 둘러보았다. 두 개의 침실이 있고 커다란 거실에는 바와 피아노가 있었다.

피아노! 승혜는 반갑기도 하고 어색함도 떨칠 겸 그 앞에 앉아 건반을 눌러 보았다. 어딘가 이상하다는 인상도 받았지만 명색이 호텔 스위트룸의 피아노였다. 괜찮나. 당연히 괜찮겠지. 생각하면서 그녀는 빠르게 손가락을 놀렸다.

"소리가 조금 이상한데."

준태의 말에 승혜의 손가락이 우뚝 멈추었다. 그녀는 고개를 홱 돌려 그를 보았다.

역시 저 남자의 귀는 최고야. 섬세하고 예리한 준태의 청각이 승혜에게 미치는 영향은 극적이었다. 다른 것은 다 제쳐 두고 그녀는 언제까지나 준태에게 소나타를 들려주고 싶어졌다.

"조율사를 부르라고 할까?"

의외의 제안이었다. 승혜는 준태에게 머뭇머뭇 말했다.

"제가 조율사예요."

"그렇다면 네 도구를 가져오라고 할까? 이 실장을 시켜서."

아. 승일이. 승혜는 다시 고개를 돌려 피아노를 보았다. 검은색 피아노에 그녀의 얼굴이 비쳤고 준태의 모습도 어른어른 보였다.

"그럴 필요까진 없잖아요."

"피아노 치고 싶은 거 아니었어? 네 마음에 드는 튜닝을 원하는 거고."

준태는 다정했다. 승혜는 이 달콤함에 독이 들어 있는 것은 아닐지 걱정이 되었다. 아마도 어딘가 이상해진 건 아닌지.

승혜는 물었다.

"방금 그렇게 화를 내 놓고 어떻게 승일이한테 일을 시킬 생각이 들어요?"

"승일이가 아니라 이 실장이라고 불러."

요점은 그게 아닌데. 승일이 언급되자 준태는 다시 잊었던 화가 치미는 듯 단박에 미간을 찌푸렸다.

"그래요. 이 실장."

"걱정해 줄 거면 찾지도 마."

승혜는 풋 하고 웃음을 터트렸다. 그녀는 승일을 걱정해 줄 생각이 조금도 없었다.

"저는 단지 궁금한 거예요. 이 실장님은 이제 잘리는 것 아니에요? 당연하게도."

"당연하게도, 라."

준태는 승혜의 감각을 잠시 곱씹었다. 어릴 적 친구라더니 사사로운 정 따위를 내세우지 않아 다행이었다.

"지금 이 실장을 자르면 부당하게 자르는 셈이 돼. 그리고 나는 그의 능력을 존중하고도 있지."

"고용법을 준수하신다는 거예요?"

어느새 마음이 가벼워진 승혜가 즐겁게 농담을 건네고 있는데 준태가 그녀를 향해 성큼 다가오는 것이 보였다.

"그래. 그러니까 우리 계약도 아주 엄격하게 관리할 생각이야."

매력적인 웃음을 깨물며 준태가 말했다. 승혜는 입술을 깨물었다. 이제 그만두고 싶다는 걸 어떻게 전할 수 있을지.

"우리 계약은 처음부터 잘못된 거였어요."

"마담 윤…… 아니, 어머니가 무례하게 군 것 때문에?"

거기까지 짐작은 하고 있었단 말인지. 승혜의 눈이 동그랗게 떠졌다.

"꼭 그런 것만은 아니에요."

"그럼 뭐가 문제야? 돈?"

승혜는 이런 협상을 하고 싶지 않았다.

"저한테 있어서 돈이 문제가 되지 않는다는 걸 아시잖아요."

"그럼 뭐야?"

정말 몰라서 저러나? 아니면 모르는 척하는 거야? 승혜는 무슨 말을 해야 할지 망설이다가 입을 열었다.

"그보다 아까부터 저한테 계속 반말하시던데요."

"아. 그게 문제였어?"

장난스레 웃으며 준태가 승혜의 어깨에 가볍게 손을 얹었다. 승혜는 묵직하지만 한편으로 유머러스하게 느껴질 만큼 가볍기도 한 그의 무게를 느꼈고 그것이 생각보다 더 그녀에게 따스한 느낌을 준다는 사실을 깨달았다.

이 기분을 놓치고 싶지 않았다. 준태를 좋아했다. 더 이상 모르는 척할 수가 없었다.

"제가 몇 가지 밝히지 않은 사실이 있는 것 같아요. 이 계약을 연장하려면 우린 대화가 필요해요."

"흐음."

"제가 아무것도 모른 채 너무 엉겁결에 이 일을 받아들인 게 문제예요."

준태는 두 손으로 승혜의 어깨를 지그시 눌렀다. 그러나 압박을 주거나 아프게 만들려는 의도는 아니었다. 승혜는 그의 행동이 대화를 할 준비가 되었음을 알리는 일종의 제스처라는 것을 알았다.

"칵테일 만들어 줄까?"

어느새 준태는 바로 이동하고 있었다. 승혜는 그의 뒷모습을 주시했다. 준태의 날렵하고 우아한 걸음걸이는 돈을 밝히는 계산적인 사람이 아님을 보여주고 있었다.

게다가 무섭도록 날카로운 청각……. 승혜는 처음 마주쳤을 때와 마찬가지로 여전히 저 사람을 거부할 수 없다는 사실을 가슴 아프게 확인받았다.

"이리 앉아."

준태가 바 너머의 의자를 가리켰다. 예의바르게도 바닥이 보이도록 손을 내밀면서.

"반말."

의자에 앉으며 괜히 승혜가 시비를 걸어 보았다.

"내가 오빠잖아. 가슴 봤고. 그러면 반말해도 돼."

심상하게 준태는 받아쳤다. 그런데 오빠라는 말이 왜 이렇게 가슴을 설레게 만드는지 알 수 없었다. 승혜는 어깨를 으쓱했다. 귀가 빨개지진 않았을까 조금 걱정하면서.

"무슨 이야기를 하고 싶은 거지?"

승혜는 눈을 아래로 내리깔더니 귀 뒤로 머리카락을 넘겼다. 준태는 돌연히 그녀의 얼굴이 고혹적이라는 생각이 들었다.

"예쁘군."

준태가 표현할 수 있는 이야기는 여기가 한계였다. 하지만 그
것만으로도 승혜는 의자에서 펄쩍 뛰어오를 만큼 놀라 그를 향
해 눈을 깜박였다. 그러자 준태도 눈을 껌벅거리면서 승혜를 응
시하더니 갑자기 바 너머로 상체를 기울였다.

"역시 날 좋아하는 거지? 그러면 곤란하다니까."

바로 코앞으로 다가온 준태의 얼굴에 승혜는 숨이 멎을 듯했
다. 농담을 하는 것처럼 입은 웃고 있지만 눈은 한없이 진지했
다. 감출 생각조차 하지 않았다.

"왜 곤란하대요? 피곤하게 하지 않을 거니까 걱정 마세요."

뾰로통해진 승혜였다. 어디까지나 농담에서 그녀는 준태에게
한 마디 대차게 쏘아붙이고 싶었던 것이다. 하지만 준태는 거기
서 그치지 않았다.

"피곤하게 하지 않는다는 건 어떤 거지? 바꿔 말하면 내 피로
를 풀어줄 수도 있다는 얘기인가?"

정말 말싸움의 귀재였다. 승혜는 궁금했다. 이 사람 혹시 주주
총회에서도 이렇게 대주주들을 깜짝 놀라게 만드는 게 아닐까?
승혜는 콜라에 위스키를 타는 준태의 섬세한 손길을 빤히 응시
하며 말했다.

"피로를 풀어준다는 건 계약사항에 포함되는 것 같지 않은데
요. 윤리적인 고용주라고 생각했는데 그렇지만도 않나 보죠?"

준태가 승혜에게 잔을 건네며 빙긋 웃었다.

"악덕 고용주가 아니라고는 말하지 않았어. 나는 일 잘하는 직원을 보는 눈이 탁월하거든."

"일도 많이 시키고요?"

승혜가 한 모금 마시고는 웃음기 어린 말투로 물었다.

"그렇지. 일도 많이 시키고."

두 사람의 공기가 아까보다는 훨씬 누그러졌다. 그사이 승혜는 준태가 만들어 준 위스키 코크를 거의 다 비웠다. 술의 힘일까. 분위기가 슬슬 미끈해지고 있었다. 승혜는 자연스럽게 화제를 옮겼다.

"궁금한 게 있어요. 결혼할 수 없는 이유가 뭐예요? 어머니와 사이가 나빠서? 반발심인가요? 아까 유산 이야기를 하시던데."

괜히 아는 척한다고 화를 내지는 않으려나. 과연 준태의 인상이 험악해졌다.

"그런 단순한 문제가 아니야."

이야기하고 싶지 않다는 표정이었고 심지어 준태는 "잠시만." 하더니 승일에게 이아의 집에서 승혜의 짐을 싸 두라는 내용의 문자 메시지를 남기기 시작했다. 정말로 이아의 집에서 승혜를 해방시켜줄 생각이었다. 좋아. 그건 고마웠다. 하지만 승혜는 물러서지 않기로 했다. 뭔가 더 확실히 해야 했다.

"제가 맡은 역할에 대해 정확히 알아야겠어요."

"그건 몸으로 배우는 게 빠를 텐데."

승혜는 준태의 눈을 응시했다. 술을 마셔서일까? 그의 눈동자색이 한층 더 짙어지고 음험해진 듯했다. 말을 돌리려는 건지 진심인지 헷갈리기 시작했다.

"왜 이렇게 껄떡거려요? 갑자기?"

"껄떡거려? 내가 그럴 리 없는데?"

준태가 황당하다는 듯 되받았다. 하지만 그 이야기를 듣는 승혜 쪽이 훨씬 더 황당했다. 그녀는 미처 몰랐지만 그는 승일 때문에 불붙은 독점욕을 무의식적으로 시시각각 확인시켜주고 있었다.

"정말 이야기를 듣고 싶은 거야?"

"당신이 하기 싫을지도 모르지만 아까 같은 상황에서 적절하게 대처할 줄도 알아야 할 거 아니에요."

"그 말은 이제 계약파기 선언은 하지 않기로 마음먹었다 이거로군?"

씩 웃으며 준태가 물었다. 내심 신경을 쓰고 있던 것일까. 물론 내가 좋아서 저러는 건 아니겠지. 승혜는 준태가 자신에게 끊임없이 보내는 신호를 무시하기로 작정했다. 아니, 그 신호의 주파수가 그녀와는 맞지 않는 것만 같았다. 그러니 분명히 어떤 심각한 문제가 있기 때문에 그가 아까와 같은 민망한 상황에서도 자신의 편에 선 것이리라.

"글쎄요. 사실 제가 내키면 언제라도 김준태 씨 어머님께 우리는 계약연애 중이라는 이야기를 할 수도 있었겠죠."

그러면 그 표독스러운 여자가 준태를 박살낼까 봐 걱정이 되어서 그러지 않았지만. 준태는 심각하게 승혜의 행동을 곱씹었다. 그렇게 그가 뜸을 들이는 동안, 승혜의 마음은 불 끄는 것을 잊어버린 가스레인지 위의 찌개처럼 바짝 졸아들었다.

마침내 준태가 입을 열었다.

"그래. 자기는 의리를 지켰어. 대단한 여자야. 그러니까 들을 자격이 있어."

— 어느새 호칭이 자기라고 바뀌었잖아. 내가 기특한가 봐.

고작 그런 걸로 왜 어깨가 으쓱 올라가는지. 승혜의 귓가에 현란한 멜로디가 쏟아져 들어왔다.

"하지만 이런 거리감은 마음에 들지 않는군. 나한테는 나름대로 심각한 문제이니까. 바 하나를 사이에 두고 주저리주저리 떠들고 싶지 않아."

"그럼 어떻게 해요?"

"좀 더 편안한 곳에서 편안한 자세로. 위스키 코크 한 잔 더 하겠어?"

"네."

준태가 만들어 준 술은 무척 달고 맛있었다. 승혜는 거기에 대해 칭찬을 해야 할까 망설였다. 하지만 그러는 사이 준태는 바를 돌아 나와 승혜의 잔을 대신 들고 그녀를 침실 쪽으로 이끌었다.

"어……."

승혜가 머뭇거리자 준태는 걱정 말라는 듯 빙긋이 미소를 지

222

었다. 하지만 입가엔 미소를 띠고 그 미소를 승혜의 정수리에 그대로 내리꽂아 버렸으니. 승혜의 경계심은 더 심해졌다. 계약을 부탁할 때 키스를 포함시켰던 것처럼 더 이상 매혹적인 함정에는 휩쓸리지 않기로 마음먹었던 것이다.

"아무 데나 입 맞추지 말아요!"

"이 잔 들어. 한 방울이라도 흘리면 이 스위트룸 바닥을 깔고 있는 카펫 전부를 세탁해야 할 거야."

준태는 승혜에게 반박할 기회를 주지 않았다. 엉겁결에 잔을 받아 든 승혜는 자칫 잘못하면 흘러넘칠 만큼 많은 양의 위스키 코크가 그 안에 들어 있다는 것을 알았다. 하지만 다리가 비틀거려서 잘 들고 있을 수가 없었다.

"내가 잡아줘야겠군."

"술."

승혜는 준태의 품에 안기다시피 하며 침대 끄트머리에 앉았다. 술기운은 한 박자 늦게 올라오는 것 같았다. 정신은 말짱한데 혀가 말을 듣지 않고 팔다리도 그랬다. 끔찍해. 달짝지근해서 음료수 같다고만 생각했는데 완전히 사람 속이고 있어. 이 남자처럼. 그녀는 입술을 작게 달싹거리며 연신 중얼거렸다.

"응?"

준태가 웃으며 그녀의 어깨를 끌어안고 그녀의 귓가에 귀를 가까이 댔다.

"술 많이 마신 거예요? 김준태 씨도?"

정확한 발음은 아니었다.

"물론이지."

"만약 그렇다면 당신은 잘난 똥꾼이네요."

"잘난 똥꾼?"

승혜는 웃음을 까르르 터트렸다.

"아버지 고향에선 술꾼을 똥꾼이라고 불렀대요. 그래서 아버지가 술 많이 마시고도 취하지 않는 사람은 똥꾼 중에서도 잘난 사람이라고 그랬거든요."

아버지 이야기에 승혜의 표정이 밝아지는 것으로 보아 준태는 이 화제가 그녀의 기분을 풀어줄 수 있을 거란 생각이 들었다.

"부친을 좋아하는군."

"네. 지금은 안 계시지만."

"안 계셔? 돌아가셨다는 건가?"

승혜는 고개를 끄덕였다. 확실히 준태가 권해준 칵테일은 효과가 있었다. 처음으로 아버지가 돌아가셨다는 이야기를 하는 것임에도 그리 가슴 아프지 않았다.

"나와 똑같군. 나도 아버지가 돌아가셨지. 하지만 아버지를 좋아하지는 않았어."

"왜요?"

"아버지는 내게 한 푼도 물려주지 않고 돌아가셨어. 호산나 챔버 홀을 제외하면 말이야."

"돈…… 때문에 그러는 거예요?"

준태는 희미하게 웃었다. 그는 설명을 제대로 해내지 못하는 사람이었다.

"어쩌면 그럴지도 모르지."

강한 부정은 강한 긍정을 의미하는 것처럼 힘없는 준태의 대답은 그 이상의 무언가가 있다고 말해주고 있었다. 하지만 섣불리 물을 수도, 그가 대답을 해 줄 것 같지도 않았다.

도대체 무엇이 저 사람을 이토록 비뚤어지게 만들었는지. 돈 때문에 아버지를 미워하고 있다는 건 정상적인 대답도 아니거니와 그가 매사를 돈으로 해결하거나 계산적으로 행동하는 것도 역시 평범하지는 않은 일이었다.

"사는 데 돈이 많이 중요한가요?"

준태는 이게 웬 바보 같은 질문이냐는 듯 눈썹을 치켜떴다.

"물론 당연히 중요하겠죠."

승혜가 기어 들어가는 목소리로 웅얼거렸다. 준태의 눈초리에 기가 죽었지만 그녀는 꼭 그렇게 생각하지만은 않았다.

"저만 해도 돈이 없어서 이아네 집에 얹혀살게 되었으니까요. 매달 월세를 지불할 만큼의 적당한 수입이 있다면 거기까진 가지 않았겠지만. 조율로는 등록금 이자를 내는 것도 고작이어서."

준태는 숨을 느릿느릿 들이쉬었다.

"이봐요, 여대생 아가씨. 평소에 다루는 돈의 액수가 어느 수준을 넘어서면 더 이상은 '적당히'라는 말이 통하지 않게 돼. 사원이 만 명이 넘는 회사의 사활이 오가게 된다고."

말하다가 준태는 돌연 의문이 들었다. 그녀의 지갑사정이 좋지 않다면 그가 승혜에게 제안했던 백지수표는 어째서 거부한 것일까?

준태가 의문에 잠겨 있을 동안 승혜는 잔을 홀짝거리더니 무심코 중얼거렸다.

"전 사실 생계형 조율사예요. 부끄러운 이야기지만요. 처음엔 제가 정말 양갓집 규수인 줄 아셨죠? 등록금 비싸기로 유명한 여대에, 졸업까지 집 두 채는 잡아먹는다는 피아노를 전공으로 하고 있으니까요. 그런데요, 속일 생각은 없었지만 이야기할 기회도 없었거든요."

"자존심 때문에 백지수표를 받지 않겠다는 거야?"

"무슨 소리예요."

자신에게 자존심 같은 것이 있었는지 승혜는 생각해 보았다. 최근 그녀에게 벌어진 일들을 생각해 보면 없다고 해도 과언이 아니었다.

"그럼 뭐지?"

"저도 돈 좋아해요. 아니 돈이 필요해요. 하지만 그보다……."

승혜는 머뭇거렸다. 준태의 눈이 궁금하다는 듯 동그래졌다.

"왜 아무 말도 안 해?"

"이런 이야기 하면 당신이 비웃을 것 같으니까요."

"어떤 이야기인데?"

"처음엔 당신이 의심스러웠어요. 누구라도 그럴 것 아니에요.

백지수표라니. 하지만 시간이 지나고 나서는 당신에게 제대로 된 음악을 들려주고 싶었어요. 그래서 그걸로 당신에게 감동을 주고 또 그것 때문에 나도 감동을 받게 된다면 백지수표 받아도 된다고 생각했어요. 결과적으로는 실패했지만."

한참의 침묵이 흘렀다.

"예술 이야기야? 그거에 대해 이해를 못 해서 그럴 뿐. 비웃지 않아."

"당신은 돈 때문에 아버지까지 미워하는 사람이잖아요. 예술에 대해서는 알고 싶지도 않다고 했고."

준태는 팔짱을 끼고 눈을 감았다. 그러다 마침내 입을 열었다.

"우리 아버지는 복상사했어."

"복상사요? 그게 뭔데요?"

승혜는 복상사가 무엇인지조차 몰랐다. 순진하기도 하군. 준태는 승혜를 향해 매력적인 미소를 씩 지어 보였다. 그는 자신의 이야기를 처음부터 차근차근 해 주어야겠다고 마음먹었지만 쉽게 나오지는 않았다. 준태는 많이 망설였다. 승혜는 그의 기분을 나아지게 해 주려고 제안했다.

"지금 한 곡 쳐 드릴까요?"

겨우 준태에 대해 알 수 있는 기회를 얻게 되었는데 승혜는 놓치고 싶지 않았다. 그녀는 밖으로 나가 피아노 앞에 앉았다.

"어떤 걸 칠 건데?"

"리스트의 《사랑의 꿈》이요."

그 소곡은 독일의 혁명시인 프라이리그라트의 서정시를 가사로 한 가곡을 피아노 연주로 편곡한 것이지만, 승혜는 그런 정보들을 굳이 열거하지 않았다.

그녀가 그저 피아노를 연주하는 동안 준태는 기억을 떠올렸다. 그러는 사이 승혜의 연주는 꺼내고 싶지 않은 고통스러운 일들을 한결 부드럽게 어루만져 주었다.

"나를 낳아주신 어머니는, 내가 군대에 있는 동안 돌아가셨어."

준태가 승혜의 옆에 앉더니 말했다. 그녀는 그가 군 생활을 했다는 사실이 놀라웠다. 거기까지 적극적으로 생각해 본 건 아니지만 승혜의 무의식에는 이아 때문에 생긴 선입견이 있어서 당연히 면제를 받았거나 적어도 이중 국적, 혹은 미국 국적을 가지고 있지 않겠냐는 자연스러운 생각의 흐름이 있었다. 아마도 그가 백지수표를 내밀었을 때 지금까지 그녀가 겪어 온 상류사회의 모든 비윤리적인 면들이 그녀가 모르는 사이 가랑비에 옷 적시듯 사고를 적셨을 것이다. 때문에 더 이상 엮이고 싶지 않기도 했고.

"그러자 아버지는 텐프로 바를 돌기 시작했지."

"아내를 잃은 상심 때문에요?"

비릿한 미소가 준태의 입가에 퍼졌다. 그는 승혜의 손가락이 멈추자 계속 피아노를 쳐 달라고 요구했다. 승혜는 즐거웠다. 누군가가 자신의 연주를 계속 듣고 싶어 한다. 그런데 또 그 '누군

'가'는 내가 반한 사람.

"계속 쳐 줘. 뭐, 사람들은 그런 식으로 좋게 포장해 주기도 하더군. 하지만 내가 보기엔 어머니가 그렇게 되기를 기다린 것처럼 보였어. 그러다가 만난 게 마담 윤이야. 서로 알게 된 지 한 달도 채 되지 않아서 마담 윤은 본가로 들어왔지."

준태의 입가에 비딱한 미소가 걸렸다.

"나는 그 여자가 손님인 줄 알았어. 그런데 복학을 준비하고 있던 어느 날 나더러 자신은 내 '법적 어머니'라고 말하더군. 받아들이기 힘들었지. 나와 나이 차이도 얼마 나지 않았으니까. 여하간 마담 윤은 내게 어머니라고 부르라고 부득불 우겨댔어. 그러고는 집안 인테리어를 바꾸기 시작했어. 식기도, 소파도, 모든 것들을 다."

"아버지는 아무 상의도 하지 않으셨어요?"

"통보조차 안 했어."

준태의 손은 어느새 승혜의 허벅지 위에 얹혀 있었다. 승혜는 그가 주먹을 불끈 쥐는 것을 보았다. 어쩐지 그녀의 마음도 산란해졌다. 승혜는 마음을 다잡고 연주에 더욱 몰두했다.

"마음을 닫은 건 언제였어요?"

우아하게 손목에 스냅을 주면서 승혜가 물었다.

"응?"

승혜가 피아노를 계속 연주하고 있었기 때문에 준태는 그녀의 표정을 잘 볼 수 없었다. 그저 그녀의 옆얼굴이 무척 아름답다는 것 말고는 아무것도 몰랐다.

"그냥 질문 그대로인데요."

"마음을 닫았다는 표현은 처음 들어봐. 마음에 드는데."

준태가 심각하게 곱씹자 승혜는 그냥 어깨를 으쓱했다.

"집안 인테리어를 바꿨다는 걸 눈치 챌 정도면 당신은 정말 섬세한 거예요. 소리굽쇠의 울림을 느끼는 것만 봐도……."

승혜는 돌연히 말을 멈추었다. 그녀의 피아노 연주도 점차 느려지고 소리도 작아졌다.

"그게 무슨 소리야? 소리굽쇠?"

"아."

괜히 얼굴이 붉어졌다. 승혜는 고개를 가볍게 흔들었다.

"그런 게 있어요."

준태는 그게 뭔지 궁금해 하면서 승혜의 손을 잡았다. 음악이 멈추었다. 그는 승혜의 눈을 바라보았다.

"나중에 가르쳐 줄 거지?"

"그래요."

"좋아."

다시 앞을 응시하면서 준태는 말을 이었다.

"마담 윤은 나를 쫓아내고 싶어 했어. 내가 집에 있을 때 화류계에서 활동하던 시절에 알고 지낸 친구들을 모두 모아 파티를 열곤 했지. 어차피 독립할 생각이긴 했지만 졸업을 할 때까진 분가할 예정이 없었거든. 그뿐만이 아니었어. 아버지가 퇴근을 해서 집에 돌아오기만 하면……."

준태가 갑자기 입을 굳게 꾹 다물었다. 그는 승혜를 향해 민망하고 난처하다는 찡그린 미소를 보냈다.

"무슨 문제 있어요?"

"뭐, 자기도 나이는 성인이니까."

그게 무슨…… 하고 승혜가 입을 열려는데 준태가 재빠르게 덧붙였다.

"요란하게 관계를 가졌어. 고래고래 비명을 질러댔지. 마치 포르노 영화를 찍는 것 같더군. 한번은 새벽에 거실로 나와 격렬하게 몸을 섞더군. 그것 때문에 공부를 할 수가 없었어. 나를 낳아주신 어머니가 계실 때, 그런 일은 없었어. 내가 두 분이서 침실을 따로 쓰는 줄 알 만큼 조용했지."

여성 혐오증이라도 생긴 건 아닐지. 승혜는 마음을 졸였다. 그녀에게는 참 낯설고 충격적인 이야기이기도 했다.

"두 사람이 그러는 건 자연스러운 일이라고도 생각할 수 있겠지. 단지 견딜 수가 없었던 거야. 내 공부도 하기 힘들었고."

"여자…… 친구라든지. 아니, 이런 게 아니라."

충격 때문에 승혜는 중언부언했다.

"그런 문제가 아니야. 게다가 애초에 난 여자를 만날 수가 없었어. 아버지 회사에 입사하고 나서 적어도 5년간은 일만 하기로 이야기가 되어 있었거든. 뭐 잠깐은 스쳐 간 사람들이 있었지. 하지만 그런 것보다 내가 좋아하는 일이 우선이었으니까. 그래서 독립했고 졸업도 해서 회사에 평사원으로 입사해 일을 했어. 그런데."

"그런데요?"

준태의 낯빛이 한층 더 어두워져 승혜의 마음도 무거워졌다.

"내가 입사한 지 이 년째 되자 마담 윤도 입사를 한 거야. 경력직으로. 심지어 그녀의 직책은 부사장이었어."

"준태 씨의 직위는……."

"부장이었지. 나도 비교적 승진 속도가 빨랐지만 그건 너무나 당연한 거였지. 아버지가 회장이고 나는 내 회사의 대주주이기도 하니. 하지만 마담 윤은."

승혜는 준태의 분노의 깊이가 얼마나 깊은지, 또 그가 느꼈을 억울함이 얼마나 넓을지 짐작할 수가 없었다. 게다가 한 회사, 그것도 대기업에 회사를 다닌 경험도 없이 간단히 경력직으로 입사를 했다고?

— 아니, 쉽게 들어온 건 아닐 거야.

그렇게 승혜가 생각하는 순간,

"마담 윤은 재계에 아는 사람이 많아. 텐프로가 주로 상대하는 게 셀럽들이니까. 게다가 고작 5년뿐이지만 직장생활을 한 경력도 있지. 다만 우리 회사는 아니야. 우리 회사는 창업주께서 일제 강점기 때 만주에서 세워 지금까지 이어져 왔어. 뼈대와 전통을 가진 왕국이라고."

이쯤 되니 아버지를 원망하는 것이 너무나 당연하다는 생각이 들었다.

"그러다 마담 윤이 회사 주식을 사들인다는 이야기를 듣게 되었어. 아버지는 마담 윤에게 푹 빠져 있었기 때문에 내 이야기를 믿지 않았지. 어차피 아버지가 마담 윤의 말만 듣게 된 지는 오래됐으니까. 내가 할 수 있는 건 그저 돈을 모으는 것뿐이었어. 마담 윤도 눈치를 채더군. 그래서 나랑 마담 윤은 경쟁적으로 주식을 사들이기 시작했어."

그의 말엔 이제 분노와 실망이 뒤섞여 있었다.

"그러던 와중 그녀가 차명계좌를 쓰고 있다는 소문을 듣게 됐어. 차명계좌로 주주를 사들인다는 게 알려지면 회사 이미지에 큰 타격이 입어. 우리 회사는 주주를 존중하기로 알려진 곳이야. 부사장과 사장은 주주총회에서 투표로 뽑지. 그래서 나도 평사원으로 입사한 거고. 그런데 마담 윤은 아니야. 그 모든 과정을 생략한 거야."

준태의 자부심과 불의에 대한 실망감이 느껴졌다. 게다가 승혜는 그가 한 집안을 넘어 한 회사의 비밀을 밝혔다는 사실도 알았다.

"거기에 대해 주주총회에 제안을 하고 싶었지만 그때까지도 아직 이사급이 되지 못한 상태였어. 다만 주주로서 형식적으로 참여할 수는 있었지. 아버지는 내 이야기에 귀를 기울이지 않고 오히려 꾸중만 하고……. 하지만 내가 끈질기게 물고 늘어지니 오전 회의 일정을 잡았어. 그런데 그 전날 밤에 돌아가신 거야."

"복상사로……? 그런데 그게 대체 뭔지."

"복상사라는 건."

승혜의 뺨을 살짝 건드리면서 준태가 쓸쓸하게 웃었다.

"아주 수치스러운 죽음이야. 관계 중에 죽는 거지."

"관계 중에요? 그러니까 섹스……하다가."

거기까지 말을 마친 승혜는 입을 다물었다. 그런 이야기를 들어본 적이 있었다. 격렬하게 몸을 놀리다가 절정에 이르면 혈관이 달아올라 폭발하듯이 터져 버린다는.

"돌아가실 당시에 아버지는 칠순을 이미 훌쩍 넘었어. 마담 윤은 40대 초반이고. 그런 여자에게 맞추려고 덩달아 색을 밝히다가 그렇게 된 거지."

"아."

"문제는."

말을 잇던 준태는 승혜의 표정을 보고 멈칫했다.

"표정이 왜 그래? 불편한가?"

승혜는 굳었던 표정을 느릿느릿 풀었다. 너무 심각하게 듣고 있었던 것이다.

"저 준태 씨가 걱정돼서요. 이런 이야기는 예상치도 못했고. 저는…… 부자들이란……."

"혐오스러워?"

충분히 이해한다는 말투였다.

"당신이 그렇다는 게 아니에요. 이아를 보면 자기가 가진 돈이나 지위를 어떻게 더 많이 더 좋게 누릴지 그런 고민만 하는 것 같았거든요. 당신들의 세계에서 일어나고 고민할 만한 일이라고는 그뿐이라고 생각했어요. 또 나와는 무관하고요."

"앞으로 익숙해져야 될지도 몰라."

그게 무슨 뜻인지 승혜는 알아들을 수가 없었다.

"문제는 아버지가 유서에서 마담 윤에게 거의 모든 재산을 주겠다고 썼다는 거지. 그래. 거기까지는 좋아. 한데 그 여자가 차명계좌로 야금야금 주식을 사들이고 있는 데다 그걸로 또 불법으로 차액을 남긴다는 이야기가 들려와. 정확히는 알 수 없지만 자칫하면 회사가 위험해질 정도의 양이야. 무엇보다 그 자금의 출처가 중요한데 어디인지는 알 수 없어. 만약 마담 윤의 자금 출처를 알 수 있다면……."

머리가 지끈거려 왔다. 이야기를 듣고는 있지만 소화도 제대로 되지 않았다. 승혜는 물었다.

"제가 뭘 하면 되는데요?"

"그냥 지금처럼 피아노를 연주해 주면 될 것 같은데."

승혜는 눈을 깜박였다. 전혀 예상치 못했다. 준태의 말은 그녀가 영화나 드라마를 통해 보아 왔던 어떤 고백보다 황홀했다. 더구나 술기운이 어우러져 그녀의 뺨은 홍조에서 한층 더 붉어졌다. 그녀는 준태의 어깨에 가만히 기대어 보았다. 그는 다행스럽게도 피하지 않고 그녀를 힘껏 안아주었다.

"자기가 지금 술에 취해서 다행이야."

부드러운 입술로 승혜의 머리카락을 어루만지며 준태가 중얼 거렸다.

"왜요?"

"부끄럽거든."

"부끄럽다구요?"

"태어나 처음으로 부끄럽다는 감정을 느끼고 있어. 뺨이 달아 오르고 손끝이 약간 떨려."

남자가 사랑스럽게 여겨지다니. 승혜도 태어나 처음 느껴 보는 감정에 사로잡혔다. 그는 그저 그냥 단순한 마음으로 아버지를 미워하고 어머니인 마담 윤이 골라준 사람과 결혼하지 않는 것이 아니었다.

"그럼 저랑 계약연애를 하는 건 이아를, 아니 약혼녀를 경계하는 의미인 거죠?"

준태는 승혜의 어깨를 감싼 채 자리에서 일어났다. 승혜는 비틀거리다 몇 걸음 가지 못하고 주저앉았다.

"괜찮다면 안아서 데려가 줄게."

승혜가 아직 대답도 하지 않았는데 준태는 그녀를 한 번에 안아 올렸다. 높이는 현기증을 느낄 정도로 높았다. 승혜는 확실히 준태의 키가 크다는 사실을 실감했다. 어지럽기는 했지만 그의 발걸음 하나하나가 조심스럽고 정중해 편안했다. 침대에 눕혀졌을 땐, 몸이 옮겨졌다는 생각조차 들지 않았다.

"가시는 거예요?"

준태가 자신을 두고 떠나려고 하자 승혜가 물었다. 설핏 잠이 들려던 참이었다.

"익숙해져. 미안할 것도 없고. 이건 다 경비나 다름없으니까."

"경비라뇨?"

방금까지 진짜 연인처럼 달콤했던 분위기에 찬물이 확 끼얹어졌다. 승혜는 벌떡 일어났다. 하지만 얼마 못 가 다시 눕게 되었다. 준태가 이마를 손끝으로 쑥 밀었던 것이다.

"앞으로 여기서 지내게 될 거야. 오피스텔을 구할 때까지는."

"오피스텔요?"

"그래. 호텔에서 계속 지내게 하는 것도 이상하니까."

"그건…… 그것도 이상하잖아요. 김준태 씨가 왜 오피스텔을 구해 주는데요. 그러면 제가 꼭……."

"꼭 뭐?"

"제가 꼭 텐프로고 김준태 씨가 제 고객인 것처럼."

준태의 얼굴이 뻣뻣하게 굳었다. 마담 윤 때문에 가뜩이나 불편한 단어였다. 그런데 그것을 승혜가 이런 식으로 배운 걸 적용하니 자기 자신에게 화가 치밀었다. 그는 최대한 표현을 순화하고 화도 억누르며 말했다.

"오해하지 마. 내가 그렇게 해 주고 싶은 것뿐이야."

"하지만 '경비'라고 표현했잖아요. 그런 삭막한 말은 좋지 않아요."

방금까지 러브 멜로디를 연주하고 있던 승혜였다. 감수성이

목구멍을 넘어설 정도로 끝까지 차올라 있었다. 술기운만큼이나
넘실넘실.

"또 그 얘기야? 공짜는 싫다는 말?"

"네. 그리고…… 역시 너무 삭막해요."

삭막하다는 말 외에 어떤 말을 할 수 있을까. 승혜는 준태와
더 가까워지고 싶었지만 그럴 때마다 다시 훌쩍 멀어지는 이 거
리감이 견딜 수 없게 외로워졌다.

"혼자 있기도 싫고요."

"내 집으로 오고 싶다는 거야?"

당연히 그건 힘든 일이라는 걸 알았다. 이게 공연한 떼쓰기로
보일까 걱정되었다.

"적어도 오늘 밤에는."

― 내가 지금 무슨 말을 하는 거지.

승혜는 눈을 아래로 내리깔고는 자신이 한 말을 후회했다. 준
태가 이상한 여자라고, 그냥 계약으로 만족하지 못한다고 업신
여길까 봐 두려웠다.

"남자한테 그런 말이 어떻게 번역되는지 알아?"

하지만 준태의 관심은 다른 데에 있었다. 그는 승혜가 한 말
을 순수하게 백 퍼센트 유혹으로 받아들였다. 그는 승혜의 곁에
앉더니 의미심장한 손길로 그녀의 뺨을 쓰다듬었다. 한순간 준
태의 엄지가 승혜의 입안으로 빨려 들어갔다. 승혜는 무심코 그
의 손가락을 빨다가 혀로 손톱을 쓸었다. 어째선지 달콤했다.

아기가 젖꼭지를 빠는 것처럼 준태의 손가락을 빠는 사이 승혜는 점차 잠에 잠식당하기 시작했다. 준태의 크고 부드러운 손가락. 그녀는 편안함을 느꼈고 아이러니하게도 성인이 된 후 처음으로 이런 기분을 겪는 듯했다.

"우리 키스할까."

물에 잠긴 듯한 음성이 승혜의 심장을 두드렸고 그녀는 고개를 끄덕였다. 그러자 준태가 입을 맞추면서 그녀의 곁에 들었다. 승혜는 이불을 들어 올릴 힘까지는 없었지만 준태의 품에 안겨 어깨를 맞비비는 것 정도는 할 수 있었다. 준태는 그런 그녀의 행동이 매우 기꺼웠다. 그는 승혜를 꽉 끌어안았다가 그녀의 턱을 휙 들어 올리고는 곧장 깊은 키스를 했다.

승혜는 거칠어지는 숨결을 억누르지 못하면서 준태의 입맞춤에 응했다. 입맞춤은 점차 격렬해졌다. 승혜는 고개가 아프도록 꺾이자 버틸 수가 없어 황급히 준태의 가슴을 때렸다. 그러자 준태는 고개의 각도를 바꾸며 그녀의 입안으로 더욱 파고들었다. 몸을 가누기 힘든 잠보다 더 깊고 치명적인 흔적을 남기며 입안을 휘저었다.

마침내 입술이 떨어졌을 때, 승혜는 기진맥진했다. 준태가 그녀의 가슴 위쪽을 부드럽게 쓰다듬었다. 그러자 승혜의 온몸으로 유성우처럼 잠이 쏟아졌다. 거짓말 같았다. 이아와 함께 살게 된 이후 그녀는 이렇게 잠이 온다는 기쁨을 만끽한 적이 없는 듯했다. 언젠가 준태에게 미안해해야 할지도 모르지만, 너무나 편안하고 행복했다.

　마침내 승혜는 잠을 청했다.

　행복한 잠이었다.

　다시 승혜가 눈을 떴을 때는 새벽이었다. 준태는 여전히 그녀의 곁에 누워 있었다. 승혜는 준태의 이마에 조심스럽게 입을 맞춰 보았다. 피하거나 거부하거나 하는 일은 없었다. 오히려 그는 아이처럼 그녀의 품 안으로 파고들었다. 승혜는 준태가 그동안 얼마나 외로웠을지에 대해 생각했다. 그러자 조금 슬퍼졌다.

　많은 사람들이 다양한 방식으로 다치고 고생스러워하는 건지. 승혜는 준태의 뺨을 손가락으로 조심스럽게 쓸어내렸다. 그것만으로 그녀의 가슴속에 충족감이 가득 차올랐다. 어차피 이 남자와 비즈니스 파트너일 뿐이라면,

　하지만 이아와 결혼하는 것만큼은 싫었다. 어쩌면 다른 그 어떤 여자라도 마음에 들지 않을지 몰랐다. 승혜는 준태의 허리를 조심스럽게 끌어안았다. 그러자 그가 잠꼬대를 하듯 웅얼거리며 그녀를 마주 안았다. 승혜는 뜻밖의 행복감에 부르르 떨었다. 아주 단순하게 누군가가 자신을 안아주는 것이 이토록 기쁠 줄은 몰랐다.

　대학에 들어가면서부터는 항상 혼자라고 생각했고 아버지가 돌아가시고 나서는 아무것도 보이지 않고 눈앞이 그저 캄캄할 뿐이었는데 아이러니하게도 승혜는 지금 가장 자기 자신을 선명

하게 볼 수 있었다. 바로 지금 할 수 있는 것을 하는 것이었다. 어찌 되었건 그녀는 이 일에 휘말렸다. 사건 위에 놓여 있었고 남은 것은 때마다 애쓰는 것 말고는 없었다.

무엇보다 준태를 돕고 싶었다.

하지만 승혜가 준태와 결혼하는 일은 결코 없을 것이었다. 그건 불가능하기도 하거니와 옳지 않은 일이라고 생각됐다. 또 준태가 말한 것처럼 곁에서 피아노를 연주해 달라는 것 역시 말도 되지 않았다. 그에게 단순히 피아노 연주자로 기억되고 싶지 않았다. 다만 준태가 마담 윤을 경계할 수 있도록 여자 친구 노릇을 하는 것. 아마 자신의 역할은 거기까지일 거였다.

— 좀 더 냉정해져야겠구나.

승혜는 다짐하면서 다시 잠을 청했다.

7

연인보다 더 연인처럼

다음 날 아침 승혜는 선언하듯 말했다.

"당분간은 이곳에 있을게요. 괜찮다면. 하지만 오피스텔은 생각해 봐야겠어요."

준태는 못마땅하다는 듯 인상을 쓰고 있었다. 하지만 승혜는 더 요구했다.

"방도 이런 스위트 말고 스탠다드로 옮겨 주세요."

"내가 하고 싶은 대로 하게 두는 게 좋을 텐데."

느릿느릿 준태가 경고했다. 그는 미소 짓고 있었지만 심기가 불편해 보인다는 것은 분명했다.

"문제 있어요?"

승혜가 도발적으로 물었다.

"많지."

"문제 있더라도 제 요구를 들어줘요."

준태의 입술이 흥미롭다는 듯이 뒤틀렸다.

"요구라고 했어 지금?"

"지금 불편해 보이네요."

"그래. 불편해. 감히 요구라고?"

씹어 삼키듯이 중얼거린 준태는 승혜에게 성큼 다가섰다.

"우리는 비즈니스 파트너잖아요. 그러니까 서로의 요구를 들어줘야죠. 이제 슬슬 연봉 협상도 하고 싶어요."

준태의 얼굴에 실망의 빛이 어렸다. 지난밤에 자신이 고백했던 건 쉬운 일이 아니었다. 그런데 승혜는 금세 좌절을 주고 있었다. 모든 여자들은 다 이런 식인가?

"그래. 얼마가 필요한데."

"돈이 아니에요."

"돈이 아니야?"

"직장을 줘요."

"직장? 어떤 직장?"

"조율사. 호산나 챔버 홀의 피아노 조율을 제가 전담할래요. 페이는 통상지불가격으로."

일순간 준태의 눈앞을 가렸던 의심의 장막이 사라졌다. 준태는 미간을 찌푸리면서 승혜의 저의를 곱씹으려 애썼다. 하지만 납득할 만한 대답은 나오지 않고 그저 그녀의 순수한 열정에 대한 감탄만 들 따름이었다.

"좋아. 그래."

"고마워요. 앞으로 열심히 할게요. 여자 친구 역할."

준태가 피식 웃다가 이내 웃음을 터트렸다. 여자 친구 역할을 열심히 한다는 말이 참 이상하면서도 와 닿았다.

"좋아. 한번 해 봐. 오늘은 내가 직접 안내해 줄게."

승혜는 준태와 함께 호텔을 나왔다. 호텔 로비에는 승일이 차를 대기시켜 놓고 있었다. 그는 승혜와 준태를 보고는 얼굴을 딱딱하게 굳혔다. 그러고는 승혜에게 뒷좌석 문을 열어주면서 노골적으로 한숨을 내쉬었다. 마치 세상이 다 끝났다는 듯이. 그 순간 승혜는 그의 감정을 읽어냈고 그 때문에 매우 불쾌해졌다.

— 내가 자기 여자인 줄 아나? 유통기한 지난 통조림으로 보이나?

"이 실장. 승혜 양 물건은 다 가져왔나?"

"예, 뭐."

무성의하게 대꾸한 승일은 승혜를 차갑게 쏘아보았다. 마치 자신이 그녀를 좋아한 것이 그렇게 화낼 권리라도 되는 양.

"호산나 챔버 홀로."

승일은 대꾸도 하지 않고 운전석에 앉았다. 승혜는 점점 더 승일이 싫어지려고 했다. 그를 싫어하고 싶지 않는데, 승혜는 그의 시선이 끈적끈적하고 불편하게 느껴졌다. 준태는 그를 부당하게 자르는 일은 없을 거라고 했다. 승혜가 보기에 승일이 준태

앞에서 자신에게 손을 댄 일만 가지고도 그에게는 잘릴 명분이
충분했다.

어떻게 그럴 수 있을까. 더구나 두 사람은 서로 알고 같이 일
한 지 굉장히 오래된 것처럼 보이는데. 설마 마담 윤이 수작을
부린 것일지도 몰랐다. 아. 모르겠다. 승혜는 머릿속이 어지러웠
다. 이제 모든 것들이 의심스럽게 보였다. 무슨 꿍꿍이가 있는
것은 아닐지 고민이 됐다.

"항상 이런 고민들을 하면서 사는구나."

승혜가 조그맣게 중얼거렸다. 준태는 그녀에게 무슨 이야기를
하고 있냐고 물었다.

"아무것도 아니에요."

혹시 준태는 승일에 대해 어떻게 생각하는지. 그는 생각보다
기분이 좋아 보였다. 호산나 챔버 홀에 도착했을 때에는 절정에
다다랐는지 차에서 내리기 직전 갑자기 승혜를 덥석 끌어안고
길게 길게 입을 맞추었다.

승혜는 립스틱이 지워진 채 밖으로 나왔다. 승일은 그녀의 입
술을 보고 한 번 더 인상을 찌푸렸다. 심지어 혼잣말로 칠칠치
못하다는 말까지 덧붙였다. 순간 승혜의 속이 확 뒤집어졌다. 그
녀는 순간적으로 제자리에 우뚝 멈춰 섰다. 에스코트하기 위해
차를 빙 돌아오던 준태가 승혜에게 다정하게도 말을 걸었다.

"왜 그래? 긴장했어?"

"예? 아."

"오늘부터 호산나 챔버 홀의 모든 피아노를 다 만지게 될 테니 그럴 수도 있겠군. 이 실장. 그것 가져왔나?"

승일은 들은 척도 않고 승혜에게 작게 속삭였다.

"저 말은 네가 수석 피아니스트라도 되었단 얘기야? 그런 건 아니지?"

승일의 표정은 텐프로 여성을 비난하는 여느 졸렬한 남성들의 시각 그대로였다. 마치 승혜가 간밤의 일로 몸을 팔아 준태에게서 일을 따냈다는 식이었다. 게다가 '그런 건 아니지'라니. 그러지 않길 바란다는 것이나 다름없는 이야기였다.

"어딜 끼어드나. 이 실장?"

준태가 승일에게 날카롭게 쏘아붙였다. 승일은 눈을 내리깔았다.

"내가 하는 이야기를 들어도 된다고 허락이라도 했나?"

"아닙니다."

승일은 곧바로 겸손해졌지만 승혜는 여전히 마음이 편치 않았다. 그녀는 그에게 피아니스트로 호산나 챔버 홀에 온 것이 아니라고 말하고 싶었지만 꼭 변명하는 꼴이 될 것 같았다. 어떤 사람들은, 아마도 속이 좁고 시샘이 강한 그런 사람이겠지만, 자신의 용렬한 세계 속으로 타인을 간단히 흡수해 버리는 듯했다.

"대기해."

"예."

준태의 말이 끝나기 무섭게 승일은 핸드폰을 꺼냈다. 마치 반항기의 중학생 같았다. 예전에 알던 그 이승일이 아니야. 승혜는 가슴이 쓰려 왔다. 더구나 그때, 참 묘한 타이밍에 이아에게서 전화가 왔다. 잠깐 고민했지만 승혜는 준태가 통화 내용을 듣지 못하도록 한쪽에 가서 전화를 받았다.

"교수님이 너 졸업연주회 못 할 줄 알래."

길을 가다 구정물을 뒤집어쓴 것처럼 승혜의 어깨가 차갑고도 찝찝하게 얼어붙었다.

"뭐? 왜?"

"그 이유는 네가 더 잘 알겠지. 그리고 나 호산나 챔버 홀 수석 피아니스트 됐다. 너무 부러워하지는 마. 너한테는 준태 씨가 있잖니."

이아는 그렇게만 말하고 전화를 끊었다. 승혜는 한 대 얻어맞은 기분이었다. 하지만 준태에게는 말하지 않기로 했다.

준태가 승혜를 스태프들에게 일일이 소개시켜 주는 동안, 출입증이 준비되었다.

"이거면 호산나 챔버 홀 어디든지 갈 수 있지."

장난감을 얻은 소년처럼 준태가 으스댔다.

"어디든지요?"

"그래."

"호산나 챔버 홀에 대표 사무실도 있나요?"

"사무실만 있을 것 같아?"

준태는 짓궂었지만 간결하게도 말했다. 승혜는 그와 점점 더 가까워지는 것이 고통스러울 만큼 즐거웠다. 졸업 연주회는 없을 거라는 이아의 말을 화르르 태워버릴 만큼.

"오늘도 출근해야 하는 것 아닌가요? 평일이잖아요."

"이제 조금씩 주변을 돌아볼 줄도 알게 됐군."

승혜는 눈을 깜박였다.

"이건 다 우리 비즈니스가 접점을 찾아서 그런 거예요. 일이 잘 풀리면 화를 낼 일도 없지 않겠어요?"

"단지 비즈니스라고 생각해?"

의미심장한 표현으로 승혜의 이성을 손쉽게도 뒤흔들어 놓는 준태였다. 승혜는 그에게 휘말리지 않으려고 눈을 부릅떴다.

"뭐 맞는 이야기지. 하지만 확실히 자기가 조율한 피아노가 좋은 소리를 냈던 것 같아. 그런 생각이 들어."

"당신은."

승혜는 준태의 섬세한 귀를 칭찬하고 싶어 입을 열었다. 그런데 준태가 그녀의 말을 가로막았다.

"준태 씨라고 부르는 게 어때. 좀 더 다정하게."

"제가 충분히 다정하지 않았나요?"

"응. 아니야. 나는 다른 사람들 앞에서 더 연인으로 보이고 싶어."

어쩐지 승혜는 눈물이 날 것 같았다. 담담하고 차분해서 감미로움까지 느껴졌지만 준태의 말 속에 숨은 저의가 참 쌀쌀맞다고 생각했다.

"그래서 하고 싶은 말이 뭐야?"

"아무것도요."

승혜는 준태에게 마음 열기를 포기했다. 준태는 그런 그녀를 의아하다는 듯 바라보다가 말했다.

"어제 별장에서는 사실 나름대로 긴장했어. 마담 윤이 갑자기 나타나 깽판을 놨다고 생각했지. 그래서 무척 화가 났고. 하지만 자기 때문에 나도 차분해지더군. 자기가 그 여자들처럼 품위 없이 굴지 않았으니까."

준태가 목소리를 잔뜩 낮추며 무릎이 떨릴 만큼 매력적인 음색으로 속삭였다. 승혜는 방금 닫아걸었던 마음의 문 밖에서 나는 노크 소리를 들었다. 그런 그녀의 심경변화를 아는지 모르는지 준태는 출입증을 높이 들어 올렸다.

"내가 걸어줄게."

별것도 아닌데 승혜의 심장은 더욱더 큰 소리로 뛰기 시작했다. 그녀는 자신이 바보 같은 표정을 짓고 있을 거라 생각해서 눈을 질끈 감았다. 마음을 닫는다는 건 정말 쉬운 일이 아니었다. 준태는 승혜의 얼굴을 뚫어져라 응시하며 출입증을 천천히 걸었다. 다음에는 목걸이를 사 주고 싶다는 생각이 강하게 들었다. 그는 마음속에 그것을 새겨 두었다.

"사실."

준태는 숨을 크게 들이쉬었다. 승혜는 그제야 눈을 떴다. 준태는 또 순간의 충동을 이기지 못하고 그녀의 입술에 입술을 내리눌렀다. 하지만 섬광처럼 짧은 순간이어서 승혜는 준태의 입술이 가지고 있는 뜨거운 체온의 반도 느끼지 못했다. 단지 심장에 도는 피의 속도만 약간 빨라졌을 뿐. 아쉬움이 온몸을 감싸고돌았다.

"마담 윤과 그, 그 여자가 자기 기분을 망쳐서 모든 일이 물거품이 될까 겁도 났지. 이제까지 수많은 프로젝트를 진행하면서 직전에 엎어진 경험이 많았으니까. 또 마담 윤이 내 일을 망친 게 한두 번도 아니고."

우리 문제가 일종의 프로젝트나 다름없다 이거지. 승혜는 섭섭해졌지만 그렇다고 드러내지는 못했다. 하기야 그녀 자신도 비즈니스라고 이미 표현했었다. 하지만 시시각각 목을 죄어 오는 이 달콤한 결박감이 과연 사업을 할 때에도 느낄 수 있는 감정인 것일까?

종잡을 수가 없는 남자, 아니 상황도 종잡을 수가 없으니 그녀의 애정은 살얼음을 걷는 것처럼 조심스러웠다.

"이사님. 회사로 돌아가셔야 할 것 같습니다."

어느 샌가 승일이 와 말을 걸었다. 조금 이례적인 일인 듯 준태는 인상을 찌푸렸다.

"오늘 내게 시비를 걸기로 작정한 거야? 이 실장. 너무 지나치게 행동하지 않았으면 좋겠는데. 그리고 오늘 스케줄 보고는 어떻게 된 거야. 중요한 일이 있었던 것 같은데⋯⋯."

준태가 말을 다 잇기 전에 승일이 준비되었다는 듯 말을 끊었다.

"그게 성 팀장이 급하게 뵙고 싶어 하시는 것 같아서."

"성 팀장이 왜?"

당연하다는 듯 준태의 귀가 쫑긋 섰다.

"유산 분배 문제가 아닐까 싶습니다."

아직 김 회장의 유산 분배 절차는 다 끝나지 않았다. 더구나 거기에 가장 크게 영향력을 행사할 수 있는 사람은 변호사, 마담 윤과 더불어 낙광도 있었다. 셋 중 가장 힘이 적긴 하나 그래도 가장 가까이에서 김 회장을 보좌해 온 만큼 그를 무시하기는 힘들었다. 어쩌면 낙광이 준태에게 적극적으로 유산을 분배할 마음을 확실히 정한 것일까.

준태는 아직 유산에 대해 완전히 포기하지 않았다. 마담 윤이 방심하라는 뜻에서, 그리고 자존심 때문에 그렇게 쏘아붙인 것 뿐. 하지만 희망은 쉽게 보이지 않았다. 이런 상황에서 조력자가 보내는 희미한 신호를 잡아낸 덕택인지 그의 미간이 조금 펴졌다. 승혜는 숨죽여 기다리기만 할 따름이지만 승일의 입가에 스치는 비릿한 미소를 보게 된 것은, 결코 우연이 아니었다. 그녀는 그렇게 생각했다.

"그럼 가 볼게. 자기 덕택에 모든 일이 잘 풀리려는 것 같군."

호산나 챔버 홀 로비에서 헤어질 때 준태가 승혜에게 입을 맞추려고 했다. 승혜는 안내 데스크에서 자신을 바라보는 시선에 순간 멈칫했지만 이내 깨달았다. 준태가 그들에게 보여주려고 키스하려 한다는 사실을.

어디서부터가 진심이고 어디까지가 연기인지 승혜는 어지러웠다. 준태는 분명히 일부러 키스한 것 같은데. 지금까지 학교에서 겪었던 일을 생각하면 승혜는 분명 이 모습이 목격한 사람들의 입에서 입을 따라 결국엔 이아에게 가 닿으리라는 것을 알았다.

이아는 자신이 호산나 챔버 홀의 수석 피아니스트가 될 거라고 말했다. 그 말은 앞으로 자주 부딪치게 되리라는 의미가 될 수도 있었다. 한데 도대체 어떻게 그런 일이 있을 수 있는지.

승혜는 날짜를 확인해 보았다. 호산나 챔버 홀의 수석 피아니스트를 뽑는다는 공고를 본 기억을 더듬었더니 오늘이 바로 심사를 하는 날이었다. 뭔가 이상했다. 심사가 오늘이고 아직 시간은 오전인데 결과 통보를 벌써 받을 수 있다는 것이. 설마, 어쩌면. 마담 윤과 관련이 있는 것일까?

그런 생각을 하지 않으려고 해도, 승혜는 조금씩 확신을 할 수밖에 없었다. 어제 준태는 분명히 모든 유산을 포기하겠다고 호산나 챔버 홀만 잘 지켜내겠다고 했다.

하지만 마담 윤이라면 그 말을 곧이곧대로 믿을 리도 없고 또 그렇다고 하더라도 욕심을 내서 호산나 챔버 홀까지 빼앗으려는 것일지도 몰랐다. 어떻게든 이아를 이용해서…… 이아도 그 비겁한 협력을 거부하지 않고…….

승혜는 치가 떨렸다.

— 독한 계집애.

이아에게 맞서려면 어떻게 해야 할까. 그 뒤에는 마담 윤이
버티고 있는데. 승혜는 한숨을 내쉬었다. 자신은 결코 이아처럼
할 수는 없었다. 이아와 자신은 다르니까. 그렇다면 어떻게 해야
할까? 승혜는 이런저런 고민에 휩싸인 채 호산나 챔버 홀을 돌
아보기 시작했다. 그러다 우연히 심사장을 발견하게 되었다.

역시나 심사위원석에는 마담 윤이 자리 잡고 있었다. 눈에 띄
는 것은 비어 있는 심사위원석 하나였다. 거기에는 '호산나 챔
버 홀 대표 김준태'라고 적혀 있었다. 승혜는 주먹을 불끈 쥐었
다. 아까 준태가 승일에게 하려던 말이 떠올랐다. 무슨 중요한
스케줄이 있지 않느냐고. 한데 그는 의도적으로 준태의 관심을
딴 데로 돌렸었다.

마담 윤에게 붙은 거야?

승혜는 충동적으로 핸드폰을 꺼내 승일 앞으로 문자 메시지를
적었다. 이미 화가 머리끝까지 차올라서 정상적인 사고가 불가
능했다. 한데 보내기 버튼을 누르려는 순간 갑자기 의문이 생겼
다. 마담 윤은 어떻게 아직도 호산나 챔버 홀에 관여할 수 있는
것인지.

하지만 일단 이 심사를 더 이상 진행할 수 없게 막아야 한다
는 생각이 들었다. 내정자가 있는 상태에서 심사를 본다는 건,

곧 다른 참가자들을 농락하는 거나 다름없었다. 이런 일은 사실 너무나 비일비재하게 일어났다. 하지만 돈도 없고 백도 없는 승혜는 언제나 피해자 입장이었다.

그런 것도 서럽지만 한 번이라도 연주할 기회를 잡기 위해 입단속을 해야 하는 것은 더욱 아픈 일이었다. 아까 이아가 약을 올리듯 졸업 연주회는 갖지 못할 거라 했던 말이 떠올랐다. 그애가 그렇게 이야기한 이상, 이미 교수님들과도 상의가 다 끝났을 게 뻔했다. 지금까지 교수님들 중 이아와 승혜 사이에서 그녀를 선택한 사람이 있었던가? 없었다.

— 다 끝났어. 하지만 어차피 이렇게 된 거 차라리…….

승혜는 심사장을 흘끗 보다가 무대 뒤 대기실로 가 보았다. 대기실에는 긴장된 기색이 역력한 참가자들이 입으로 악보를 외우고 있었다. 단 하나, 이아만이 보이지 않았는데 아마도 자기 차례가 될 때쯤 느긋하게 나타날 예정인 듯했다. 그녀는 항상 그런 식이었으니까. 그렇게 주인공이 되는 기분을 만끽하는 성격이었다.

참가자들은 승혜가 들어와도 신경조차 쓰지 않았다. 승혜는 그녀들을 보며 자신의 모습이 오버랩되는 것을 느꼈다. 준태와 이렇게 되지 않았다면 어쩌면 그 자신도 이 참가자들처럼 여기서 떨고 있을 것이었다. 희망에 잔뜩 젖어, 그리고 그만큼의 실망감에 대비하며. 이미 수석 피아니스트가 내정되어 있다는 것을 까맣게 모른 채. 지금까지 승혜가 알면서도 무력하게 당했던 것처럼 여전히 그렇게.

승혜는 어떻게든 오늘 심사를 미루고 싶었다. 참가자들에게 희망을 주지는 못하더라도 적어도 공정하게 평가받을 수 있는 기회를 만들 수 있다면 좋겠다는 생각에서였다. 하지만 어떻게 해야 할지 도저히 꾀가 나지 않았다. 승혜는 자신이 그저 힘없는 '생계형 조율사'에 불과하다고 생각하고 있었다. 그래서 아무것도 할 수 없다고…….

그때였다. 피아노 소리가 유독 거슬리게 들린 것은.

승혜는 무대 뒤 장막으로 가 더 가까이에서 멜로디를 들었다. 역시 조율이 틀어져 있었다. 그런데 도대체 아무도 이의를 제기하지 않는 것일까? 가능성은 두 가지였다. 하나는 참가자들 전부가 다 뛰어난 절대음감의 소유자는 아니라는 점이고, 또 하나는 다들 긴장한 데다 주최 측에 항의를 하면 불이익을 당할까 걱정하고 있다는 점이었다.

사실 피아노 전공을 한다고는 해도 절대음감은 많지 않았다. 특별한 재능이니만큼 그런 사람은 매우 드물었던 것이다. 보통은 상대음감을 가지고 있고 그것을 단련하기 위해 많은 음악을 듣고 또 많은 곡을 연주해야 한다. 한 곡을 오래 듣는 것도 필수적이다. 하지만 대부분은 그런 훈련을 하지 않는 것 또한 사실이었다.

승혜는 재능도 타고났고 노력도 한 쪽이었다. 하지만 그 노력은 돈과 백에 여지없이 삼켜졌다. 게다가 그녀는 그러한 패배의식에 어느 순간부터 길들여지고 만 데다, 아버지의 죽음이라는 불행에 치여 다중추돌사고에 휘말린 것처럼 거친 내상을 입었다.

"너 뭐하니?"

두터운 더께가 내려앉은 것처럼 무감각해진 자존감을 이불을 들춰내듯 드러내는 목소리. 이아였다. 승혜는 뒤를 홱 돌아보았다. 그 순간 등 뒤에서 '참가번호 13번, 도이아'라는 안내멘트가 들려 왔다.

"내 연주 구경하러 왔어?"

"심사가 아직 끝나지도 않았는데 어떻게 네가 수석 피아니스트가 될 걸 알고 있는 거야?"

"당연한 거 아니야? 내 시어머니가 마담 윤인데."

"마담 윤은 네 시어머니도 아니고, 또 호산나 챔버 홀의 대표는 그 사람이 아니라 준태 씨라고."

"그럴지도 모르지. 하지만 이미 마담 윤이 오랫동안 호산나 챔버 홀을 운영해 왔어. 게다가 클래식 음악에도 조예가 깊지. 지금 운영하고 있는 장학재단에서는 올해부터 음대생들 지원 폭을 늘리기로 했는데 다 마담 윤 덕택이야. 다 그런 이유 때문에 정식으로 '초청' 받은 거라고."

이아가 놀리듯 말을 이었다.

"하지만 준태 씨는…… 음악에 대해서 전혀 모른다면서? 심지어 클래식 잡지에서 요청한 인터뷰도 거절할 만큼 예술에 대해 질색한다던데. 또 심사를 보러 나오지도 않았고. 아무리 준태

씨가 대표라고 해도 심사위원은 그 사람 하나일 수 없어. 그러니 이쪽 방면에서 공신력 있는 사람을 내세우기만 한다면 게임 끝이지 뭐."

승혜는 준태가 자신만만하게 자신을 수석 피아니스트로 앉히겠다고 하던 말을 떠올렸다. 하지만 어림없는 소리였다. 이렇게 철두철미하게 모든 대비를 해 놓은 마담 윤과 이아 앞에서는 승혜 역시 참가자들과 마찬가지로 잔뜩 높아진 기대감 위에서 둥둥 떠다니다가 그만큼의 높이로 추락했을 거였다.

"내 차례니까 나가 봐야겠어. 그런데 넌 여기 왜 있는 거니? 혹시 내 연주 구경하러 왔니? 그럼 잘 들어 둬."

이아가 승혜를 잔뜩 약 올리고는 서서히 무대를 향해 걸어 나갔다. 거만한 걸음걸이는 심사를 받으러 온 것이 아니라 피아노 협주회의 주인공이 앙코르를 받고 무대에 나가는 듯했다.

장막에서 막 한 걸음 내디디려는 찰나, 이아는 갑작스럽게 뒤를 돌아보았다. 승혜는 그녀가 내뿜는 살기에 흠칫했다.

"내가 좋아서 너한테 웃어준다고 생각하지 마. 너 진짜 구린 내 나는 역겨운 년이지만 내 코가 고상해서 참아주고 있는 거니까."

그 순간 승혜의 안에서 무언가가 뚝 끊어졌다. 그녀는 이아의 뒷모습을 노려보았다. 승혜의 쏘아보는 시선은 이아의 등 뒤를 무섭게 관통했지만 그뿐이었다. 이아는 태연하게 피아노 앞에 앉아 연주할 준비를 하고 있었다. 이아는 건반 몇 개를 시험 삼아 눌렀다. 역시나 조율 상태는 엉망이었다. 하지만 이아는 알아차리지 못했다.

저런 상태로 연주를 계속하게 둔다는 것 자체가 승혜로서는 용서할 수 없는 일이었다. 이아는 피아니스트가 될 자격이 전혀 없었다. 그녀가 수석이 된다면, 그 망신살은 다 준태에게 뻗힐 텐데. 승혜는 고민할 틈도 없이 심사가 한창 진행되고 있는 무대 한가운데로 불쑥 나갔다.

"무슨 일이지?"

"당신 뭐야?"

"여긴 심사 중이에요. 당장 나가세요."

여기저기서 웅성거렸다. 승혜는 개의치 않고 마담 윤을 쏘아보았다. 마담 윤은 의외라는 듯 한쪽 눈썹을 추켜올리긴 했으나 예상보다 훨씬 더 담담하고 차가웠다. 하지만 승혜는 어제처럼 그녀가 두렵지 않았다. 오히려 더 당당해졌고 자세도 꼿꼿해졌다.

"호산나 챔버 홀의 수석 조율사입니다."

가슴을 펴며 승혜가 자신을 소개했다.

"그게 어쨌다는 거지?"

이아가 따지듯이 물었다. 연주를 방해받아서 몹시 언짢아 보였다.

"지금 이 피아노는 조율이 되어 있지 않아요. 소리가 형편없단 뜻이죠. 호산나 챔버 홀의 수석 피아니스트를 뽑는데 이런 피아노로 심사를 한다면 분명 피해를 입는 사람이 나올뿐더러 공신력도 의심받을 거예요. 그 예로."

승혜는 이아를 휙 돌아보았다.

"자신이 연주할 피아노의 음이 정확한지 아닌지조차 모르는 참가자가 뽑혔다고 생각해 보세요. 누가 여기서 열리는 연주회에 돈을 내고 들어올까요?"

이아의 얼굴이 물감을 끼얹은 것처럼 붉어졌다. 마담 윤은 그런 이아를 향해 한심하다는 듯 혀를 찼다. 이제까지 미래의 며느리라며 공들여 추어주고 아껴주는 척하던 건 전부 거짓이었다는 양. 그러나 이아는 단념하지 않고 마담 윤에게 도와달라는 시선을 보냈다.

그러나 마담 윤의 눈초리는 한없이 냉랭해졌다. 얼음장처럼 차가운 멸시. 이아는 그 시선을 느끼고 얼어붙었다. 마치 오늘 호산나 챔버 홀 로비에서 준태에게 면박을 당했던 승일처럼.

하지만 결국, 마담 윤은 어쩔 수 없다는 분위기를 팍팍 풍기면서 마지못해 이아의 편을 들어주었다.

"아가씨는 뭘 알고 간섭이지? 일개 조율사 아냐. 피아노 전공자랑 같나?"

어제 그렇게 만나 놓고도 거짓말처럼 안면 몰수하는 마담 윤의 행태는 기가 막혔다. 하지만 승혜는 굴하지 않고 소리굽쇠를 꺼냈다. 그리고 그 자리에서 직접 가온도가 속한 표준음자리의 조율을 해 보였다.

"나도 소리가 어딘가 이상하다고 생각했어요. 이런 피아노로 심사를 하는 것은 호산나 챔버 홀의 격에 맞지 않다고 봅니다."

심사위원 중 하나가 일어나 자신의 의견을 밝혔다. 그는 승혜가 언젠가 본 적 있던 모 대학의 문 교수로 오스트리아의 도미닉 교수에게 사사한 경력을 가지고 있었다. 도미닉은 승혜도 무척 존경하는 피아니스트이지만 무척 변덕스럽고 까다로우면서 강직하기까지 한 성격으로 알려진 그와 접촉한다는 것 자체가 어려운 일인 것도 알고 있었다. 감히 가까이 다가갈 엄두를 내기도 힘든 존재였다.

문 교수는 밖으로 나가 버렸다. 준태 하나가 빠진 것도 불편한 상태에서 또 하나의 심사위원이 사라지니 더 이상 심사는 진행할 수 없게 되었다.

스태프 중 하나가 상부의 지시를 받고 심사 일정이 급히 미뤄졌다는 안내문을 대기실에 써 붙였다. 승혜는 어쩐지 뿌듯한 기분으로 그 안내문을 찬찬히 바라보았다. 그것을 야무지게 붙이고 떠난 스태프가 대견해 보일 정도였다.

"머리채 잡히기 전에 조용히 내 눈 앞에서 사라져."

어느 샌가 이아가 승혜의 등 뒤로 다가와 조용히 경고했다. 이아의 표정은 독에 가득 차 있었다. 그러나 승혜는 입가에 여유 있는 미소를 띤 채 뒤를 빙글 돌아보았다.

"아. 그건 내가 바라는 바야."

"뭐?"

"다른 걸로 싸울 순 없지만 머리채 싸움으로는 내가 널 이길걸."

이아는 기가 막힌다는 얼굴이었다. 승혜가 이런 식으로 돌변할 줄은 미처 상상도 못했던 것 같았다. 당연했다. 같이 살면서 대부분 그녀의 비위를 맞춰주고 산 것이 심승혜였으니까. 하지만 이제 이야기는 달라졌다.

"많이 놀란 것 같다?"

"저, 전혀."

턱을 들어 보이며 이아가 도도하게 대꾸했다. 하지만 전과는 달리 기세가 한풀 꺾여 지금은 무척 초라해 보였다.

"그리고 여기 호산나 챔버 홀은 내 직장이야. 너나 조용히 사라져."

승혜는 이아에게 마지막 한 방을 날렸다. 이아는 정신을 차리지 못하고 휘청거리는 것처럼 보였다.

♪ ♪ ♪

마음을 가라앉히는 데 조율보다 좋은 것은 없다고 승혜는 생각했다. 생각보다 더 일찍 퇴근하게 되긴 했지만 종일 호산나 챔버 홀의 피아노를 살펴보았다. 성과가 있었다. 그녀는 피아노마다 꼼꼼히 체크하고 노트에 적어 놓았다. 사실 예전부터 종종 호산나 챔버 홀을 조율 때문에 들락거리긴 했지만 오늘처럼 모든 피아노를 본 것은 처음이었다.

다만 식사를 제대로 하지 못한 것이 마음에 걸렸다. 마담 윤과 이아를 상대한 탓인지 그 후유증으로 음식이 입에 들어가지 않았다. 승혜는 일단 룸서비스를 시켜 놓았지만 아직 홍차 말고는 어떤 것도 손대지 못하고 있었다.

시간은 어느덧 밤 10시를 훌쩍 넘긴 시각이었다. 승혜는 방에 있는 클래식 CD 레이블을 하나하나 살펴보았다. 구색만 갖춰놓은 줄 알았는데 생각보다 제법 최근의, 또 좋은 레이블들이 많았다. 심지어 도미닉의 콘서트 실황도 있었다. 도대체 누구의 취향일까. 아마 호텔 지배인이겠지.

승혜는 도미닉이 연주한 녹턴을 틀어 놓고 다시 테이블 앞에 앉았다. 준태는 언제쯤 돌아올까. 누군가가 퇴근해 집으로 돌아오기를 기다리는 기분은 정말 오랜만의 일이었다. 잠시 그에게 메시지를 보낼까 했지만 그러지 않았다. 그러기에는 조심스럽기도 했고 또 오늘은 준태에게 할 이야기도 많았기 때문에.

그런데 준태가 이곳으로 오기는 올까? 시간이 점차 늦어짐에 따라 그녀의 불안감이 커져 갔다. 승혜는 괜히 방 안을 돌아다녀 보았다. 발을 디딜 때마다 불안감이 그녀의 행로를 따라 동심원을 그리며 퍼지는 듯했다. 계속 이러다간 애간장이 타들어가 뱃속이 졸아들지도 모른다는 두려움까지 들 정도였다.

승혜는 기분전환이라도 할까 하고 샤워를 하기로 했다. 옷을 벗은 다음, 포니테일로 묶었던 머리를 풀고 어깨 위에 늘어뜨렸다. 탄력을 잃은 푸석푸석한 머릿결에 그녀는 깜짝 놀랐다. 준태 때문에라도 앞으로 이런 꼴을 하고 다닐 수는 없을 듯했다. 내일 아침에는 미용실부터 가야겠다고 생각했다. 그것도 이아가 늘 그렇게 자랑하던 강남의 최고급 미용실. 그 정도는 되어야 준태 옆에 서도 마담 윤이 경멸의 눈길을 보내진 않을 것 같았다.

다 씻고 나와 승혜는 배스가운을 찾았다. 어떻게 된 일인지는 모르지만 찾을 수가 없었다. 청소가 제대로 되지 않은 것일까. 방 이곳저곳을 찾아 헤매던 그녀가 발견한 것은 옷장이었다. 놀랍게도 옷장 안에는 남성용 셔츠가 빼곡히 걸려 있었다.

혹시 준태의 것일까? 자연스레 이곳으로 데리고 온 것만 봐도 자주 이용하는 곳인 것 같긴 했다. 그보다 태어나 이렇게 많은 양의 깨끗한 셔츠를 본 것은 처음이었기에 승혜는 홀린 듯 옷장을 바라보았다. 한눈에도 고급 셔츠가 은은하고 희뿌연 빛을 내고 있는 모습. 게다가 옷장 서랍에는 하얀 셔츠를 더욱 돋보이게 해 줄 커프스가 가득 들어 있었다.

감히 손댈 엄두도 나지 않는 커프스단추들을 보고 있다가 승혜는 갑자기 눈물이 났다. 그녀는 가슴에 떨어진 눈물을 훔쳐 내다가 배스가운을 찾던 중이라는 사실을 깨달았다. 승혜는 조심스럽게 셔츠 하나를 꺼내 걸쳐 보았다. 막상 걸쳐 보니 새 것 같지 않았다. 그녀는 양손으로 셔츠 깃을 잡아 조심스럽게 여몄다. 따스했다.

승혜는 그대로 거실을 거쳐 방으로 돌아왔다. 태어나 처음 이런 좋은 공간에서 하룻밤을 보내게 됐지만 준태가 있을 때와 없을 때의 차이는 무척 컸다. 그녀는 레이블을 바꾸고 스테레오의 볼륨을 조금 더 높였다. 야나체크의 피아노 독주곡이 다정하게 흘러나왔다. 그녀는 침대에 걸터앉았다.

충분히 사랑스러운 곡임에도 불구하고 도미닉의 연주는 어딘가 불안함을 품고 있었다. 사랑의 본질을 안다는 듯이. 하지만 따분하도록 아름답고 완벽한 연주보다 이쪽이 훨씬 더 승혜를 위무했다. 아마 그녀가 공명하기 때문일 터였다. 그런 상태로 아슴아슴 잠이 들려는 찰나, 문가에서 기척이 났다. 하지만 방과 문까지의 거리가 워낙에 멀었던지라 승혜는 준태가 돌아온 것을 알아채지 못했다.

준태는 승혜가 자는 것을 확인하고 다시 밖으로 나갔다. 집에 들렀다 오느라 제법 늦었다. 들어오자마자 그는 자명하다는 듯이 승혜의 뺨에 키스했는데 금세 나가는 바람에 뒤척이다 눈을 뜬 승혜는 얼굴에 남은 체온에 어리둥절했다.

승혜는 홀린 듯이 밖으로 나왔다. 거실은 아직도 야나체크에 푹 잠겨 있었다. 하지만 바 쪽에 간접조명이 들어와 있었다. 복도에 면한 데다, 걷는 방향과 나란히 있어서 준태는 승혜를 바로 발견할 수가 없었다. 그러다 예상도 못한 타이밍에 맨몸에 자신의 셔츠를 걸치고 있는 승혜를 보게 되었다.

준태는 눈을 깜빡였다. 승혜는 그가 당혹감을 느끼고 있다는 것을 알아차렸다. 뭐가 잘못된 건지 자신의 모습을 살피다가 깨달았다. 옷을 입지 않은 것이나 다름없다는 것을.

"저, 미안해요."

어쩐지 사과해야 할 것 같아 승혜는 더듬거렸다.

"뭐가."

준태의 음성은 지나치게 낮았고 굵었다. 그는 양손을 바에 올려놓고 넓게 펼쳤다. 승혜는 그의 손끝까지 힘이 들어간 것을 보았다.

"아무리 그래도 셔츠 한 장 입은 것 가지고 화낼 것까진 없을 텐데."

승혜는 긴장한 나머지 꿍얼거렸다.

"내가 화난 것처럼 보여?"

준태가 나직이 물었다. 그의 눈은 깊었고 한없이 진지했다. 도대체 왜? 승혜는 어깨를 움츠렸다.

"지금 나오는 곡은 야나체크예요. 여기 레이블이 많던데. 제가 좋아하는 피아노 독주에 또 존경하는 피아니스트의 연주여서…… 누가 골라 놓은 건지는 몰라도 좋은 레이블들이 많더라구요. 야나체크는 체코의 작곡가인데 비교적 현대적인 곡을 썼고……."

뭐라도 말을 해야겠다는 생각에 승혜가 횡설수설했다. 원래 계획은 오늘 호산나 챔버 홀에서 있었던 이야기를 하면서 밤을 보낼 생각이었는데. 왜 이렇게 분위기가 얼어붙은 것처럼 딱딱하고 오싹한 것인지.

"내가 골랐어."

"네?"

"회사에서 파견으로 호텔 관리를 맡긴 적이 있는데 그때 호텔 지배인이 날 데리고 음반 매장에 데려갔어. 이유를 불문하고 음악에는 관심 없지만, 듣기에 좋은 곡이 있으면 골라 보라고 하기에 거기서 들어보고 선택했지."

역시 귀가 좋은 사람이었다. 승혜는 뿌듯하고 기뻤다. 그녀는 손뼉을 짝 하고 쳤다. 헐겁게 채운 셔츠 단추가 벌어지면서 속살을 살짝 내비쳤다 사라졌다. 준태는 미간을 찌푸렸다. 시선을 뗄 수가 없었다.

"잘됐네요. 오늘 오후에 호산나 챔버 홀에서 무슨 일이 있었는지 알아요?"

"무슨 일?"

준태는 애써 시선을 딴 곳으로 옮겼지만 그의 손은 초조한 듯이 주먹을 쥐었다 폈다 하고 있었다. 승혜는 분위기를 밝게 만들겠다는 일념 하나로 바 안쪽으로 들어가 오늘 있었던 일에 대해 최대한 간결하게 이야기했다.

"이런."

뭔가 짚이는 구석이 있는지 준태가 나직이 탄식했다.

"왜요?"

승혜는 준태에게 한 걸음 다가섰다. 준태는 무의식적으로 그녀의 허리에 팔을 감았다. 승혜는 깜짝 놀라 숨을 멈추었다.

"왜……요?"

가까스로 승혜가 입술을 떼자 준태는 그녀를 주시한 채 피식 웃었다. 그 웃음은 어째서인지 승혜의 눈을 반쯤 감기게 했다. 준태는 당장에라도 그녀에게 입을 맞출 것 같았지만 실제로는 욕망을 십분 억누르고 있었다.

"왜냐고?"

준태는 승혜의 입술만 보였다. 그는 턱을 들어 천장을 보았다.

"오늘 이 실장이 불러서 회사로 돌아갔지만 성 팀장은 출장 중이더군. 착각했다고는 했지만 고의가 아니었을까 하는 생각이 드네."

"정말 이상한 짓만 골라하네요. 승일이, 예전엔 그런 애가 아니었는데. 마담 윤과 김준태 씨와 엮이면서……."

"또 승일이라고 한다. 나한테는 김준태 씨라고 부르고. 그거 정말 기분 좋지 않아."

"아."

승혜가 두 손으로 입을 가렸다. 준태는 양팔로 그녀의 손을 잡고 떼어냈다. 그러자 승혜는 완전히 무장해제가 된 포즈를 취하게 되었다. 다시 셔츠 틈이 벌어졌고 짧은 사이 스치듯 보았던 가슴과 젖꼭지가 모습을 살짝 드러냈다.

준태는 감추지도 않고 노골적으로 그것을 응시했다. 승혜는 불편해지기는커녕 오히려 뜨거워졌다. 게다가 그의 시선을 의식

할수록 젖꼭지가 단단해져, 하얀 셔츠를 불쑥 밀어내기 시작했다.

"방심했어요. 이 실장이었죠. 이 실장."

거듭 강조하면서 승혜는 검지를 세웠다. 준태는 그녀의 손끝을 흘끗 보다가 손끝이 파르르 떨리는 것을 보았다. 그는 그 손가락을 입에 가져와 덥석 삼켰다. 승혜의 눈이 동그랗게 커졌다.

"그래. 방심하지 마."

손가락을 입에 문 채 준태가 중얼거렸다. 그는 이내 손가락을 따끈따끈한 타액으로 적시면서 아이처럼 그것을 빠는 데 열중했다. 곧 승혜의 손가락이 꽃처럼 활짝 피어났다. 준태는 혀끝을 단단하게 하더니 손가락 사이사이에 자극을 주었다. 승혜는 점점 더 흐트러졌다. 그녀는 비틀대다가 바에 부딪쳤다. 당황해서 팔꿈치로 버티는데 가뜩이나 헐거웠던 단추가 벗겨져 가슴골이 훤히 드러나 버렸다.

"방심하니까 이렇게 되는 거야."

셔츠를 긴 손가락으로 헤치면서 준태가 말했다. 승혜는 황급히 옷을 여미려 했지만 손가락에 힘이 들어가지 않았다. 준태는 옷깃 한쪽을 손가락을 이용해 솜씨 좋게 젖혔다. 커다란 셔츠 안에 갇혀 있었던 승혜의 작은 몸 반쪽이 한순간에 드러났다. 승혜는 한쪽 어깨를 드러낸 채 헐떡거리며 준태를 바라보았다.

"속에 아무것도 입지 않았군?"

승혜가 나체라는 것을 간단하게 확인한 준태가 묻자, 그녀의

뜨거워진 몸 안에서 섬뜩할 정도로 차가운 냉기가 흘렀다. 승혜
는 무릎을 오므렸다. 준태가 어떻게 알았는지 그 사이로 다리를
힘껏 찔러 넣었다. 동시에 그는 승혜의 머리카락을 한 손에 말아
쥐더니 드러난 목덜미에 고개를 묻고 숨을 깊숙이 들이쉬었다가
내뱉었다.

"놔줘요."

조그맣게 승혜가 중얼거렸다. 다시는 분위기에 취해서 깊은
접촉을 하게 되는 일이 없을 거라 생각했다. 지나치게 순진한 생
각이었다.

"놔줘요."

준태는 듣지 못한 건지 그러지 않으려는 생각인지 눈을 지그
시 감은 채 목덜미에서부터 거꾸로 입을 맞추며 올라왔다. 승혜
는 황홀한 고통에 사로잡혔고 내장이 꼬이는 것만 같아 허리를
뒤틀었다.

"할 이야기가 있는데. 나, 할 이야기가 있어요."

어느새 헐떡거리면서 승혜가 사정했다. 준태는 그녀의 말을
깨끗하게 무시하고 더 깊은 곳까지 허벅지를 밀어 넣었다. 승혜
는 준태의 옷을 움켜쥐었다. 이미 다리는 풀린 지 오래였고 그가
한숨만 내쉬어도 그 바람에 그대로 넘어질 것 같았다. 승혜는 신
음을 억눌렀고 숨소리를 가다듬었다. 그 순간 몸이 허공으로 붕
떠오르더니 그녀는 엎드린 자세로 준태의 어깨에 걸쳐졌다.

"내려 줘!"

엉덩이가 보일 거라고 생각하니 아찔해졌다. 승혜는 절박하게 소리쳤지만 그 순간 허벅지에 불이 붙었다. 준태가 욕망을 가득 실어 찰싹 때렸던 것이다. 아프지는 않았지만 온몸이 줄곧 땀에 젖어 있었기에 손바닥이 살갗에 휘감기며 큰 소리를 냈다. 그런데 기묘하게도 아프지 않고 오히려 기분이 들떴다.

준태는 승혜와 함께 욕실로 들어갔다. 그는 곧장 샤워기가 있는 부스에 승혜를 내려놓았다. 승혜는 어쩔 줄 모르고 서 있었다. 눈앞에는 유리벽이 있고 등 뒤에는 준태가 버티고 있었다. 누군가가 자신을 꼼짝 못 하게 가두는 마법의 주문을 외우기라도 한 것처럼 움직일 수가 없었다.

"그래서, 마담 윤이랑 그 여자에게 한 방 먹였다는 거야?"

갑작스레 대화를 시도하면서 준태가 셔츠를 훌훌 벗었다. 승혜는 무심코 돌아보았다가 깜짝 놀라 다시 샤워기 쪽을 보았다.

"예."

"대단하군. 방심하고 있었을 테니 더 놀랐을 테고. 참 재미있어."

몸속에 있는 모든 세포가 피부를 뚫고 나가려고 아우성을 치는 듯했다. 준태가 칭찬하는 이야기도 제대로 귀에 꽂히지 않았다. 그녀는 원래 하려던 말을 떠올려 보았다.

"그러니까 앞으로 음악을 자주 듣고…… 심사위원으로도 꼭 참석을 해서……"

도대체 무슨 이야기를 하고 있는 것인지. 승혜는 자기 머리를 쥐어박고 싶을 정도였다. 그사이 준태는 어느새 옷을 다 벗고 나체가 되어 있었다. 보지 않아도 승혜는 그의 몸이 발산하는 열기를 통해 느낄 수 있었다.

"뭐라고?"

준태가 승혜의 귓가에 속삭이듯 물었다. 그는 팔을 뻗어 승혜의 눈앞에 있던 샤워꼭지를 돌렸다. 샤워기의 위치가 바뀌었지만 승혜는 그것을 알아차릴 겨를이 없었다. 곧 준태의 손이 수도꼭지로 옮겨 갔다.

"호산나 챔버 홀을 잘 키우겠다고 하셨죠. 그러려면 음악에 대해 좀 더 많이 알아야…… 어머!"

승혜가 말을 다 마치기도 전에 머리 위에서 물줄기가 쏟아졌다. 승혜는 소리를 지르며 무심결에 준태에게 안겼다. 준태는 그녀의 허리를 숨이 막히도록 거칠게 휘감더니 아랫배에 손바닥을 붙였다. 젖은 셔츠가 승혜의 가슴에 달라붙은 것처럼 그의 손도 우아한 곡선을 그리고 있는 하복부에 펴 바른 듯 오래도록 붙어 있었다.

준태는 배를 어루만지고 있던 손으로 단추를 풀었다. 그러자 몇 개 안 남은 버튼이 떨어져 나가면서 승혜는 완전히 나체가 되었다. 준태는 남은 옷을 마저 벗겨냈다. 물을 잔뜩 빨아들여 묵직해진 셔츠가 바닥으로 떨어지면서 승혜의 발목을 휘감았다. 당황하고 겁을 먹은 탓인지 승혜는 뻘에 빠진 느낌이 들었다.

"집에 들렀는데 씻지 않고 그대로 왔어."

승혜는 침을 꼴깍 삼켰다. 이 상태로 어떡하면 된다는 것인지.

준태는 그녀를 단단히 부여잡은 채 스펀지에 거품을 내 몸에 문질렀다. 자연스레 준태의 몸에 닿은 승혜의 몸이 미끄러졌다. 준태는 승혜가 자신에게서 조금이라도 떨어지는 것을 허락하지 않았다. 혹시 샤워하는데 시중을 들라는 것인가 싶어 승혜는 샴푸를 향해 손을 뻗었다.

"내가 할 거야."

준태가 직접 샴푸를 짜 내서 머리에 거품을 냈다. 그는 재빠르게 비누거품을 씻어냈다.

"그럼 전⋯⋯."

"음악에 대해 많이 알아야 하고. 그다음은 뭐야?"

고의인지 아닌지 물의 온도를 조절하는 와중 준태의 손등이 승혜의 젖꼭지를 스쳤다. 승혜는 황급히 그의 손을 붙잡았다.

"하던 얘기나 마저 하지."

"그러니까⋯⋯ 말 그대로예요. 음악에 대해 좀 더 많이 알고 수석 피아니스트를 직접 뽑으셔야 한다는 거죠."

승혜는 숨을 가라앉히려고 애쓰면서 또 둘 데 없는 시선을 한곳에 고정시키면서 속삭이듯 대답했다.

"물의 온도를 좀 높일까. 추워 보이는군."

추워서 떠는 게 아니었지만 준태가 물의 온도를 더 올리자 사방에 뿌옇게 김이 서려 시야가 흐려졌다. 승혜는 차라리 이 상황이 고마워졌다.

"그럼 외국인을 뽑을까. 외국의 유명 피아니스트를."

이런 상황에서 일 이야기를 할 수 있다는 것인지. 승혜는 준태가 놀라웠다. 그녀는 지금 희뿌연 수증기만큼이나 흐릿한 머릿속을 무절제하게 헤엄치고 있는데 그는 조금의 흐트러짐도 없는 것 같았다.

하기야 준태에게 이런 건 단순히 장난에 지나지 않을지도 모른다. 계약연애 고용인의 본분을 잊고 승일의 이름을 함부로 불러댄 대가일 수도 있었다. 말 그대로 '방심했다'는 데에 대한 매혹적인 보복인 것이었다.

"비눗물이 덜 씻겼군."

한쪽 무릎을 꿇고서 준태가 읊조렸다. 승혜의 종아리에서 우유 거품 같은 비눗물이 주르륵 흘러내리고 있었다. 지독하게 선정적이었다. 준태는 그녀의 종아리를 핥고 싶은 충동을 느끼며 거품을 손바닥으로 훑어 내렸다. 승혜가 움찔 움찔대면서 적극적으로 반응했다. 하지만 그녀의 입은 거기에 저항하려는 듯 일 이야기를 속개했다.

"도미닉, 오스트리아에 도미닉이라는 피아니스트가 있어요."

"나이는?"

승혜를 씻겨줄 생각이 전혀 없는지 준태는 도리어 손바닥을 문질러 비누거품을 더욱 풍성하게 만들었다. 그의 손길은 바삐 움직여 아킬레스건을 흐르듯 스쳐 올라가 무릎 뒤, 어느새 허벅지 안쪽으로까지 불쑥 치솟았다. 승혜는 의지와는 상관없이 발끝을 세우고 다리를 살짝 벌렸다. 기분 탓인지 준태의 숨결이 닿은 듯했다.

신음 소리가 섞여 승혜의 대답을 준태는 들을 수가 없었다. 그는 안타깝다는 듯한 탄식을 뱉으며 성적인 분위기를 진하게 풍겼다. 승혜는 유리벽에 뺨을 기대었다. 열기가 식지 않았다. 곧 준태의 입술이 예민하고 보드라운 살을 스쳤다. 승혜는 눈을 질끈 감았다.

"안 돼요."

"왜?"

승혜는 준태의 이마를 필사적으로 밀어냈다.

"우린 진짜 애인 사이가 아니잖아요."

갑자기 눈물이 흘렀다. 승혜는 우는 내색을 하지 않으려고 애썼다. 하지만 이 달콤한 고통이 그녀의 코끝을 찡하게 을러댔다.

"어제는 그렇게 격렬하더니. 그렇군. 이제 마음이 바뀌었나?"

준태가 무심하게 대꾸하더니 승혜의 엉덩이를 격렬하게도 움켜쥐었다. 승혜는 비명을 질렀다. 그러나 준태는 아무렇지도 않은 듯 입을 가볍게 맞추었다.

입술이 가볍게 맞닿은 것만으로도 승혜는 거의 기절할 것만 같았다. 어제와는 또 다른 쾌감. 좀 더 날 서고 노골적인, 날것 그대로의 쾌감. 준태는 그녀를 조금도 봐주지 않고 무섭게 밀어붙였다. 아까부터 뜨거운 수증기 속에 휘감겨 있었던 승혜였다. 정수리를 꿰뚫는 날카로운 쾌감에 그녀는 정신을 잃을 듯했다. 준태가 그 틈을 놓치지 않고 그녀를 압박하듯 입술을 아래로 내렸다. 선 채로 그의 입술이 그녀의 중심을 덮쳤다.

"그, 그만해요! 세상에……."

승혜가 비명을 질렀지만 그는 그대로 멈추지 않았다. 혀가 그 중심을 뚫듯 파고들어와 싹싹 핥고 문질렀다. 세상에. 그녀는 그런 감각이 있다는 걸 처음 알았다. 외마디 비명에 가까운 소리를 지르며 얼마 후 그녀는 고꾸라졌다.

♪ ♪ ♪

승혜는 기진맥진한 채 잠에서 깨어났다. 바깥은 밝았고 다행스럽게도 옷은 전부 입혀져 있었다. 어디서 사 온 옷일까 했는데 그녀가 자고 있는 사이 이아 집에 두었던 짐이 다 도착했고 거기서 꺼내 입힌 거였다. 준태가 직접 했을까. 그렇게 생각하니 다시 몸이 뜨거워졌다.

"오스트리아의 피아니스트 도미닉은 나이가 꽤 있더군. 벌써 환갑이 넘었어."

준태가 방 안으로 들어오면서 말했다. 승혜는 무의식적으로 시트를 목 아래까지 끌어올렸다. 간밤에 있었던 일을 떠올리자 준태의 얼굴을 정면으로 보기가 부끄러웠다.

"예. 지금은 교수직을 그만두셨는데 은퇴 때까지 몸담을 만한 곳을 찾고 계신 걸로 알고 있어요."

"잘 알고 있네?"

승혜는 침대에서 나와 준태의 곁을 스쳐 지나갔다. 순간 서로의 체취를, 사진을 보듯이 명확하게 느꼈다. 승혜는 자신의 짐을 뒤져 클래식 잡지 최신호를 가지고 돌아왔다.

"이런 잡지도 있군?"

"네. 조금 값비싸지만요."

준태는 잡지를 뒤집어 가격을 확인해 보았다. 잡지라고 생각하면 놀랄 만한 액수였다.

"'생계형 조율사'에게는 버거울 것 같은데. 매달 사야 한다고 생각하면."

"사실 이걸 사 모으게 된 건 최근의 일이에요. 그 전에는 호산나 챔버 홀 로비에 가면 언제든지 읽을 수 있었거든요. 그런데 언제부턴가 잡지가 없어지기 시작하더니 결국 제가 직접 사게 된 거예요."

그 순간 준태는 음악을 구별해 내는 것만큼이나 예리하게 돈 새는 소리를 들었다.

"언제부터 그랬지? 또 달라진 건 없었어?"

"조율 안 된 피아노가 생각보다 많다는 거…… 정도. 아직은 그리 많이 돌아보지 못했어요."

어쩐지 과제를 채 다 마치지 못하고 수업에 온 것처럼 승혜는 찜찜한 기분을 느꼈다. 하지만 이내 준태가 낙광과 통화를 하고 들어오자 그녀의 마음은 금세 가라앉았다. 무척 기분 좋아 보이는 얼굴이었던 것이다.

"성 팀장이 괜찮은 정보를 줬어. 정보라기보다는 자신이 조사하고 있는 일에 대해서야. 마담 윤이 이곳저곳에서 공금을 꽤나 빼돌리는 모양인데 호산나 챔버 홀에서는 아직 트집거리를 찾지 못했대. 그런데 자기 덕택에 실마리를 잡을 수 있게 되었다던데."

"고작 잡지일 뿐인데요. 게다가 어쩌면 이건 그냥 아주 단순한 문제일 수도 있어요. 가령 정기구독이 만료됐다거나……."

"아냐. 아주 좋아. 원래 큰 문제들은 아주 이런 작은 흠에서부터 시작하는 거야. 고마워."

준태는 승혜의 정수리에 입술을 눌렀다. 승혜는 화들짝 놀랐지만 이내 그녀에게서 떨어진 그는 아무 일도 없었다는 듯 태연했다. 그만큼 그에게는 이 정도 스킨십은 자연스러운 일이 되어 버린 거였다.

"정말 유능한데."

승혜에게 따뜻한 커피를 내밀며 준태가 칭찬했다. 승혜는 아이처럼 어깨가 으쓱해졌다.

"수석 피아니스트 자리는 아직 비어 있어."

"네?"

"내가 어떻게든 손을 써 보지. 사실 자기가 어젯밤에 했던 이야기를 적극적으로 받아들이기로 하고 수도권에 있는 각 대학에 비공식적으로 협조를 구했어. 전임교수는 물론 시간강사까지. 우리 수석 피아니스트가 될 만한 인재가 있는지."

그 말은 준태가 임의적으로 심사를 중단시켰다는 이야기가 되었다. 승혜는 안심했다. 그녀가 한 일이 이렇게 또렷한 결과로 돌아오니 기분이 좋았다. 성취감이 느껴졌다.

"그중 자기에 대해 누가 한 이야기가 있어. 절대음감이라고 하던데. 나도 나쁘다고 생각하지 않고."

"도대체 누가요?"

"거기까지는 말할 수 없지만…… A대에서 시간강사를 했던 것 같아. 자기가 그 사람 강의를 들었다더군. 그 사람은 자기에 대해 매우 긍정적으로 평가하고 있었어. 칭찬도 많이 해줬고."

지난 4년간 대학을 다닐 동안 승혜가 꼭 나쁜 교수나 강사만 만난 것은 아니었다. 그 중 하나가 승혜를 좋게 봤다고 해도 이상할 건 없었다. 게다가 승혜가 절대음감이라는 사실을 일부러 숨긴 적도 없으니 알아차리는 것도 무리가 아니었다. 하지만 누군지 짐작도 가지 않는 사람이 그녀에 대해 좋은 평가를 내렸다는 건 엄청나게 기분 좋은 일이었다. 예전에는 미처 몰랐던 사실이었다.

"그 정도로도 수석 피아니스트 자리를 제안할 근거는 충분하다고 생각하는데."

물론 아주 매력적인 제안이었다. 하지만 승혜는 단호하게 거절했다.

"안 돼요."

"왜? 공짜는 싫어서?"

"지금 호산나 챔버 홀의 명성이나 평가는 사실 썩 좋지 않아요. 국내 최대 규모이고 이전에는 좀 더 좋은 공연을 했었죠. 그런데 사람들 입에서 조금씩 '이건 아니다' 라는 이야기가 돌아요. 여기에도 나와 있어요. 조금 악질적인 이야기들이 많긴 해도."

승혜는 잡지의 한 부분을 펼쳐 보여주었다. 준태는 얼렁뚱땅 받아넘길 만도 한 이야기를 성의 있게 듣고는 그녀가 보여준 칼럼도 꼼꼼히 읽었다.

"조사할 가치는 있겠군. 한데 이 평론가 말에 따르면 호산나 챔버 홀의 명성이 지금 거의 곤두박질칠 판인 것 같은데."

"아. 꼭 그렇지는 않지만 수석 피아니스트를 잘 모신다면 이야기는 달라질지도 몰라요."

"도미닉은 어떤 사람이지?"

"조금 까탈스럽긴 해요. 그리고 직접 오스트리아로 가서 이야기를 해야 할 거예요. 이메일, 전화, 이런 걸로는 끄덕도 하지 않을 걸요."

준태의 얼굴이 단박에 일그러졌다.

"예술가들이란 하나같이 다 변덕스러운가? 나처럼 예술을 모르는 범인은 거기에 맞춰줘야만 하고?"

불만스럽게 따지는 것을 보니 아직도 거부감이 있는 듯했다. 승혜는 웃는 얼굴로 그를 달랬다.

"하지만 당신도 저를 쫓아다녔잖아요."

8

로망스가 흐르는 밤

"내가 언제 쫓아다녀?"

준태가 정색을 하고 물었다. 예의 발뺌 시작이었다. 승혜는 곧 우기기 기술도 나올 것 같다고 생각하면서 황급히 화제를 돌렸다.

"아무튼 처음 저를 만날 때처럼 여전히 호산나 챔버 홀을 망치려는 게 아니라면 좀 더 신중하게 수석 피아니스트를 뽑는 게 좋겠다는 생각이에요. 이상. 꼭 아침 회의 시간에 브리핑을 하는 것 같네요."

이제야 승혜는 허기가 졌다. 그녀는 준태가 그녀를 대신해 새롭게 주문한 룸서비스를 향해 손을 뻗었다.

"나는 이쪽 방면에 대해 잘 몰라. 어떻게 해야 하지?"

이제 겨우 샌드위치를 한 입 베어 물었을 뿐인데, 승혜가 채

다 씹어 삼키기도 전에 준태가 도움을 구했다.

"저 무슨 자문단으로 고용된 게 아닌데요."

"똑똑한 애인 콘셉트도 어울려."

"전 그냥 음악을 전공한 대학생일 뿐이에요. 일개 생계형 조율사고."

"아니지. 내 애인이면서 호산나 챔버 홀의 피아노를 관리하고 있지. 그것도 모든 피아노. 심지어 그 애들은 다 내 것인데. 우리 애들을 맘대로 다룰 권한을 가지고 있잖아."

계약에 관한 농담은 항상 어딘가 불편함을 남기곤 했지만 어느 샌가 한결 가벼워져 있었다. 게다가 준태의 말 속에 담긴 은밀하게 성적인 말들도 어깨를 한 번 으쓱하는 걸로 넘어갈 수 있을 만큼 충분히 가벼웠다. 날개가 돋친 것처럼.

"제가 아는 한 도미닉에게 사사한 피아니스트가 우리나라에 딱 한 분 있기는 해요."

문 교수 이야기였다.

"하지만 그 전에 도미닉 콘서트 실황 앨범이 있으니까 들어보시는 게 어때요?"

"어젯밤에 거실에 내내 틀어 놓았던 거 아냐?"

"그건 피아노 독주곡이지만."

"그것 외에도 하나 더 들었어."

"그럼 잠을 안 잔 거예요?"

물론 잠을 이룰 수가 없었다. 그래서 대신 음악을 들었다. 하지만 준태는 그 사정에 대해서는 밝히지 않고 협주곡 실황 레이블을 CD플레이어에 올려놓았다.

"마음에 드세요?"

"무슨 음인지는 모르지만 음 하나가 약하게 들려. 특히 고음 부분에서 힘이 떨어지더군."

승혜는 깜짝 놀랐다. 사실 도미닉은 5년 전 수술을 받은 이후 새끼손가락을 잘 쓸 수가 없게 되었다. 물론 일반인만큼은 쓸 수 있지만 피아노 연주만큼 섬세하고 또 강렬한 동작을 하기에는 무리가 있었다.

"도미닉은 완벽주의자예요. 그는 결코 자기가 다친 사정을 인정하려고 들지 않죠. 그런 사정 때문에 그에게는 특수한 조율사가 따라다닌다는 이야기가 있어요."

"특수한 조율사?"

"5년 전부터 도미닉은 해외공연을 갈 때 자기 피아노를 직접 가지고 다녀요. 왜냐하면 그 피아노는 도미닉의 다친 손가락에 맞춰 조율이 되어 있거든요. 특히 이 높은 '미'를 칠 때마다, 그래요. 지금."

준태는 승혜가 강조하는 부분을 아주 확실하게 들을 수 있었다. 자신이 미심쩍게만 여겼던 것이 확실히 느껴졌다.

"이것 때문에 몇몇 평론가들이 도미닉의 손가락에 대해 이야기를 하기 시작하니까, 아예 자기 피아노를 가지고 다니게 되었다고는 알려져 있죠. 그러면 컨디션도 나아지고 신경도 덜 쓰게 되어서 완벽하게 연주할 수 있다고. 그래서 실내에서 녹음한 레코드의 경우에는 이상한 느낌을 덜 받으실 거예요. 가령 피아노 독주곡은 그렇잖아요."

"아. 최근에 녹음한 건가. 그래서 완벽하게 느껴졌군."

승혜는 고개를 끄덕였다.

"하지만 그렇다고 해도 그 손가락이 다친 것은 명백한 사실이에요. 하지만 도미닉은 피아노 때문에 컨디션이 달라질 사람도 아니에요. 원래 가지고 있는 재능도 어마어마하지만, 경력이 몇 년인데요."

준태가 고개를 갸우뚱했다.

"그래도 미묘하게 달라졌다는 말이 나오는 건 어쨌든 문제가 된단 얘기군."

"게다가 그 이후에도 피치 못하게 피아노가 바뀌면 그는 아주 확실하게 손가락을 떠는 모습을 보였어요. 그 뒤로는 다른 피아노로는 절대 연주하지도 않았고. 그러니 아주 솜씨 좋은 조율사가 곁에서 그가 치는 건반을 미묘하게 조정하고 있다는 추측이 나와도 놀라울 게 없는 거죠."

자신이 사랑하는 일에 관한 이야기가 나오니 승혜는 청산유수처럼 말이 많아졌다. 진실이 백 퍼센트 깨끗하면 오히려 의심스러운 법이지만 뜬소문과 적당한 추측이 뒤섞이니 이야기는 더욱 그럴듯해졌다.

"흐음."

"아닐 수도 있지만요. 물론. 하지만 거기에 신빙성을 더해주는 사건이 얼마 전에 있었어요. 피아노가 너무 잦은 이동을 하는 바람에 비행 중 그만 망가지고 만 거예요. 그 이후 도미닉은 칩거해 버렸어요. 표면적으로는 항공사와의 소송 때문에 힘들다고는 하지만 꼭 그 때문은 아닐 거예요. 어마어마한 보상금과 보험금이 나왔는데도 받기 싫다고 떼를 쓰고 있거든요. 이젠 다시 피아노를 칠 수 없게 되었다면서."

"노망난 거 아냐?"

준태가 너무나 간결하게 사건을 일축하는 바람에 승혜는 웃음을 터트렸다.

"노망이 났다면 지금 BBC에서 도미닉에 대한 다큐멘터리를 준비하고 있지는 않을걸요."

"정말 많은 것을 알고 있군."

"제가 좋아하는 분야이기도 하고, 도미닉은…… 물론 특별하니까요. 조율사와 관계가 각별한 걸로 유명해서 괜히 더 눈길이 가기도 했고요."

"그렇다면 예술가 중에서도 유독 까다로운 양반이란 소린데."

미간을 찌푸리는 순간에도 준태는 승혜의 가슴을 들먹들먹하게 했다. 그녀는 화제를 바꾸기로 했다.

"생각이 잘 안 풀릴 땐 음악을 들으면 좋아요."

"아."

준태가 다시 미소를 찾았다.

"그러니까 지금 연주해 주겠다는 거지?"

"아주 재미 들렸네요?"

피아노 앞에 앉으면서 승혜가 물었다.

"흐음."

별다른 대답을 하지 않으면서 준태는 피아노 맞은편에 놓인 소파에 편안하게 기대앉았다. 승혜는 뒤를 흘끗 돌아보았다. 괜히 곁에 와서 앉아주지 않으려나 생각했지만 아직은 아닌 듯. 조금 아쉬워졌다.

"오늘은 무슨 곡이야?"

이제는 곡명도 알고 싶어 하는 준태였다.

"이건 재즈 소곡이에요. 《더 라스트 왈츠》. 굉장히 유명한 영화 OST이기도 한데. 아세요? 들어 본 적 있어요?"

"영화 잘 안 봐."

딱딱한 대답이었다.

"같이 볼 사람이 없어서요?"

농담으로 한 말인데 준태는 예상 외로 순순히 고개를 끄덕였다. 승혜는 그가 어쩐지 음악 감상 수업에 처음 들어 온 신입생처럼 여겨져 교수님들이 학생들에게 흔하게 던지곤 하던 농담을 해 보았다.

"그럼 나랑 보러 갈래요?"

"응."

롤이 멈춰버린 자동피아노처럼 승혜의 손가락이 건반을 누른 채 더 이상 움직이지 않았다. 그녀는 뒤를 휙 돌아보았다.

"진심이에요?"

"당연하지."

하기야 애인이니까 그런 정도는 가볍게 할 수도 있으리라 승혜는 생각했다. 하지만 그것은 이성적인 판단일 뿐이지 마음의 추측은 달랐다. 영화를 보러 갈 수 있을 만큼 자신들의 사이가 진전되었다고 생각하니 그녀는 기분이 좋아졌다. 다시 연주에 몰두했다.

"그래서 도미닉한테 사사한 사람은 누구야?"

어느새 준태가 승혜의 곁에 다가와 물었다. 그녀는 준태가 가까이 온다는 사실조차 깨닫지 못한 채 연주에 흠뻑 빠져 있었다.

"저 그게, 문 교수님이라는 분인데."

"본 적 있어?"

보기야 했었다. 불과 일주일 전만 해도 승혜와는 전혀 모르는 사람이었지만 그녀가 심사를 방해하는 바람에 문 교수와 시선이 마주쳤었다. 승혜는 그때 본 문 교수가 상당히 융통성이 없을 거라는 짐작을 하긴 했지만 외모와 매치되지 않는 성품의 사람은 이쪽 방면에 무척 많았기에 속단하지는 않았다.

"그럼 해결됐군. 자기가 만나러 가는 걸로."

"예?"

음악소리가 멎었다. 그러자 준태는 그 빈 공간을 애정으로 채

우겠다는 듯 승혜의 빰과 턱선, 목덜미에 고루 입을 맞춰댔다.

"잠깐만요. 뭐요?"

"손이 놀잖아. 어서 쳐. 듣기 좋은데."

— 이 남자 선수야?

승혜는 뜨악하면서도 준태의 자연스러운 압박에 다시 연주를 하기 시작했다. 하지만 머릿속은 새카맸다. 워낙 좋아하는 곡이라 자주 연주했던 만큼 손가락은 기계적으로 움직였지만 사실 아무 생각도 나지 않는 것이 사실이었다. 그저 할 수 없다, 불가능하다는 말만 떠올랐다.

"무리예요. 어제 처음 봤단 말이에요."

"부딪쳐 봐."

"아니, 이런 게 그냥 부딪친다고 되는 그런 일이 아니에요!"

"어제 심사를 막은 것도 부딪쳤기 때문에 할 수 있었던 거잖아?"

"그건 그렇지만…… 아니, 아니, 내가 무슨 소리를 하는 거람. 그거랑 이거는 달라요. 달라도 전혀 다르다구요!"

다시 승혜의 손이 멈추자 준태는 그녀의 손 위에 자신의 손을 얹더니 제멋대로 손가락을 꾹꾹 누르기 시작했다. 승혜는 또 거기에 정신이 팔려 저도 모르게 다시 연주를 시작했다. 이거야 완전히 준태의 손에서 놀아나는 꼴이었다.

"문 교수가 어디 학교 교수지? 약속은 내가 잡아줄게."

"안 된다니까요!"

"절대 소개팅 때처럼 퇴짜 맞을 일 없을 거야. 면접 볼 때처럼 떨면서 떨어질 걱정 안 해도 되고."

"누가 퇴짜 맞았대요? 면접 볼 때 떨지도 않았다구요!"

준태는 어느새 자리를 떠나 승일에게 연락을 하러 갔다. 승혜는 한숨을 내쉬었다. 안 될 게 너무나 뻔한데 도대체 뭘 믿고 저러는 것인지. 하지만 준태는 이윽고 되돌아와 너무나 간단히 약속을 잡았다는 이야기를 전해 주었다.

"혹시 김준태 이사라는 이름을 대면 분쟁지역에 가서도 무사통과되는 거 아니에요?"

승혜가 기가 막혀 물었다. 준태는 여전히 매력적인 미소를 흘리고 있었다. 자신의 능력을 과시하게 된 것이 기쁜지 아니면 승혜가 흥분해 쩔쩔매는 신선한 모습을 본 것이 즐거운 것인지.

"내 이름보다는 우리 회사 이름을 대야겠지."

"한 마디도 져 주는 법이 없군요?"

"어젯밤에 진 걸로 충분하다고 생각하지 않나?"

"어젯밤요? 어젯밤에 뭘요?"

분위기가 과열된 탓일까. 승혜는 건드리지 않으려 했던 기억의 뚜껑을 스스로 열고 말았다.

"싫다고, 안 된다고 했잖아. 우리는 애인이 아니라고. 심승혜 씨가."

승혜의 말문이 딱 막혔다. 평소에는 원치 않아도 자기라느니 하면서 애칭을 빡빡 불러대더니, 지금은 어쩜 저렇게 얄밉도록

'심승혜 씨'라고 강조할 수가 있을까?

"고, 고맙네요."

"아. 혹시 어제 상황이 자세히 떠오르지 않는 거야?"

"얘기해 줄 필요 없어요. 아무 일 없었다니까 다행일 뿐이에요."

황급히 승혜는 말문을 돌렸다. 하지만 준태는 짓궂게도 그만 둘 생각이 없는 것처럼 보였다. 이럴 때는 빨리 자리를 뜨는 게 상책이었다.

"어디로 가면 돼요? 지금 출발해요?"

이렇듯 아이러니하게도 승혜는 자신이 결코 원하지 않는 협상에 스스로 뛰어들게 되었다.

승혜를 데리러 온 것은 공교롭게도 승일이었다. 어떻게 된 일인지는 몰라도 두 사람 다 약간씩은 불편한 상태로 이동하게 되었다. 승혜는 승일과는 아예 말도 섞지 않을 생각이었다. 더구나 그가 마담 윤을 몰래 돕고 있다는 사실을 의심되고 있는 상황에서는 특히.

"여깁니다."

승일은 눈을 전혀 웃지 않는 얼굴로 형식적인 미소를 지어 보인 채 뒷좌석 문을 열어주었다. 승혜는 잠시 땅에 내려서서 승일을 응시했다. 승일은 문을 닫는 척 하더니 승혜에게 가까이 다가섰다. 승혜의 뒷목이 서늘해지면서 어디선가 적신호가 울렸다.

"김 이사님이 날 단순한 운전기사로 전락시켰어. 아직 나한테는 올라갈 계단이 한참 남았는데."

어찌나 섬뜩하게 뇌까리던지. 승혜는 순간 승일을 향해 치켜떴던 눈을 감을 뻔했다. 하지만 수석 피아니스트 심사를 중지시킨 그날 이후 그녀는 달라졌다. 할 수 있는 말을 전부 다 할 수는 없지만 적어도 해야만 하는 말만큼은 하게 되었다.

"계단은 많은 사람들이 이용하는 곳이야. 너 혼자 짠 사다리가 아니라면 현실은 좀 받아들이는 게 어때?"

"넌 엘리베이터 잡았다 이거야?"

승일이 갑자기 거칠어졌다. 승혜는 두려웠지만 그와의 눈싸움에서 밀릴 생각은 전혀 없었다. 그녀가 시선을 피하지 않자 승일은 스스로 수그러들었다. 승혜는 굳이 싸우지 않아도 이길 수 있다는 것을, 그 가능성을 약간은 배우게 되었다. 그녀는 최대한 담담해지려 노력하면서 문 교수의 연구실을 찾았다.

"안녕하세요. 문 교수님."

직각 인사를 하려다가 승혜는 문 교수의 미묘한 표정을 보았다. 그녀는 잔뜩 걱정을 하면서 고개를 천천히 들었다.

"우리 구면이군요?"

문 교수는 의외로 사근사근하게 물었다. 악수까지 청하면서 그녀에게 자리를 권했다.

"그날 보여준 모습이 참 인상적이었어요."

승혜는 알아차렸다. 문 교수는 인사치레를 하는 성격이 아니었다. 단도직입적인 면이 좋긴 하지만 아직은 어려웠다. 같은 학교도 아니거니와 문 교수에 대해서는 알려진 바가 거의 없었기 때문이다. 승혜가 아는 것만도 그저 그의 스승이 도미닉이라는 사실뿐. 그 이야기를 쉽게 꺼낼 수가 없었다.

"미리 얘기 들었습니다. 도미닉 선생님을 호산나 챔버 홀의 수석 피아니스트로 모시고 싶다고요."

"아······."

뒤늦게 알게 된 사실이지만 준태는 승혜의 일을 덜어주려고 여러 가지로 배려를 한 모양이었다.

"예. 예. 그런데······."

"그런데 도미닉 선생님은 이제 잠정적으로 은퇴를 하신 것이나 다름없는데, 조금 늦으신 것 같군요."

뭔가 일이 잘 풀릴 분위기였지만 순식간에 끝난 기분이 들었다. 그러니까 문 교수는 호의적인 분위기를 만들어 놓고 막상 이야기를 꺼낼 타이밍이 되자 미리 단호한 거절 의사를 표시했던 것이다. 승혜는 이런 상황을 조금도 예상치 못해 쩔쩔맸다. 준태처럼 능숙하게 말할 수 있다면 좋을 텐데 그녀는 화술이 그처럼 능하지 못했다.

"저, 하지만, 그러니까······."

"도미닉 선생님 좋아하세요?"

"예! 꼭 호산나 챔버 홀의 수석 피아니스트가 되어 주셨으면 좋겠어요. 도미닉 선생님은 아직 정정하세요. 그리고 꼭 원해서 그만두었다고는 생각하지 않아요."

드디어 아는 이야기가 나오자 승혜가 넙죽 받아먹었다. 문 교수는 신선한 반응에 조금 놀랐다. 보통은 존경하거나 좋아하는 음악가가 있어도 한 번쯤은 고민하는 척하거나 신중한 내색을 보이면서 대답하게 마련이었다.

대부분 자신이 좋아하는 대상이 곧 본인을 표현한다고 여기기 때문인데, 문 교수는 그런 점은 그다지 옳지 못한 방식이라고 생각했다. 그런 사람들은 말하기 전 항상 뜸을 들였다. 그럼으로써 스스로가 대가와 같은 위치에 놓인다고 착각하곤 했다. 스스로의 말에 권위를 더하는 행위. 그건 그냥 허세일 뿐이라고 문 교수는 늘 생각하고 있었다.

하지만 승혜는 그 진심이 어떠하건 망설임 없이 도미닉이 좋다고 대답하고 있었다. 문 교수는 젊은 친구들에게서는 최근에 본 적 없던 새로운 인물상에 어쩐지 마음이 편안해지는 것 같았다. 지금 그가 가르치고 있는 학생조차도 항상 허세만 부릴 뿐, 겸손하게 굴기를 바라는 것은 아니지만 최소한 솔직한 사람이 없었다.

"사람이 솔직하지 않으면 음악도 솔직하지 않죠."

"물론입니다. 네. 그래요."

"조율사인가요? 그때 수석 조율사라고 했던 것 같은데."

"아······."

순간적인 재치를 발휘한 것뿐이었지만 그렇다고 대답해도 되겠지, 라는 생각에 승혜는 한 발짝 늦지만 그렇다고 대답했다.

"승혜 씨가 조율하고 나서 연주를 들었어요. 절대음감인가요?"

"아. 네!"

조율만으로 절대음감인지 상대음감인지를 알아내다니 역시 대단한 사람이었다. 승혜는 자기도 모르게 허벅지 위로 두 손을 모았다.

"그럼 온 김에 조율을 좀 부탁해도 될까요? 제 작업실에 피아노가 한 대 있는데 수명이 다한 것 같거든요."

승혜는 문 교수를 따라 자리에서 일어났다. 어쩌면 이 사람은 기회를 줌과 동시에 시험을 하고 있는지도 모르겠다는 생각이 들었다. 그게 사실이라 치고도 승혜는 잘 해내고 싶었다. 준태가 언젠가 이야기했던 '프로젝트' 처럼. 지금 그녀가 맡은 일이, 잘은 모르지만 그런 일 중 하나가 아닐까 생각했다.

문 교수는 자신의 연구실과 그리 멀지 않은 소강당에 승혜를 데려갔다. 자주 이용하지 않는 곳인 듯 그곳은 조금 을씨년스러웠다. 알고 보니 소강당에서 백여 미터쯤 떨어진 곳에 세운 지얼마 안 된 높은 건물이 서 있었다. 그리고 그곳은 바흐 홀이라고 불리는 모양이었다. 아마 이쪽 소강당은 폐쇄되고 바흐 홀에서 모든 공연을 하고 있지 않나 싶었다.

안으로 들어가자 묵직한 나무향이 공기 중을 떠돌고 있다는 걸 알 수 있었다. 마치 유령처럼 승혜의 주변을 빙빙 돌았다. 밖에서 볼 때보다 안으로 들어와 보니 시간의 흐름이 물 먹은 모래처럼 무겁게 가라앉아 있다는 생각이 들었다.

"나만 쓰는 곳이니까 신경 쓰지 말고 하고 싶은 대로 해요."

미묘한 말이었다. 하고 싶은 대로 하라니. 하지만 문 교수는 조율이 얼마나 섬세한 일인지 잘 알고 있는 사람 같기도 했다. 어쩌면 도미닉 덕택일까. 어찌 됐거나 승혜는 추측을 관두고 작업연장을 바닥에 펼쳤다. 그러는 사이 문 교수는 사라졌다. 그가 사라진 자리에는 테이크아웃 아메리카노 한 잔이 놓여 있었다. 승혜는 문 교수가 정말이지 센스 있는 사람이라고 생각하면서 연장을 다 정리해 두고 서서히 자리에서 일어났다.

커다란 피아노였다. 소위 그랜드 피아노라고 불리는 그것. 그 웅장한 악기를 앞에 두고 승혜는 새삼스럽게 심호흡을 했다. 검은색의 피아노는 문 교수의 손길을 항상 받고 있다는 듯이 잘 닦여 반짝거렸고 주변의 모든 것을 까맣게 반사했다. 승혜는 손바닥으로 피아노를 쓸어 보았다. 고작 사오 년 된 그런 피아노는 아닌 성싶었다. 적어도 장인의 손으로 만들어져 문 교수와 함께 사십 년 이상을 호흡했을 것이다.

피아노를 돌아보면서 승혜는 뚜껑에 흠집이 나 있는 것을 발견했다. 자세히 보니 페달 쪽에도 무수한 흠집이 있었다. 같은 흠집이지만 두 가지 흠집은 종류가 달랐다. 뚜껑은 아마도 사고 때문에 그렇게 된 듯싶고 페달은 집요한 연주와 훈련 때문인 듯

싶었다. 도대체 무슨 용도의 피아노일까. 그녀는 궁금해 하면서 가온 라를 눌렀다.

무언가 잘못된 것 같다는 생각에 승혜는 다시 한 번 가온 라를 눌렀다. 무언가 미묘한 소리였다. 그녀는 전자 튜닝기를 껐다가 다시 내려놓았다. 스마트폰 앱에 등록되어 있는 조율 어플리케이션도 실행하지 않기로 했다. 그리고 자리를 잡고 앉아 외우고 있는 야나체크의 독주곡을 연주해 보았다.

연주를 마친 승혜의 표정은 복잡했다. 그녀는 다시 자리에서 일어나 낮은 음에서부터 높은 음에 이르기까지 빠르게 손가락을 눌려 음정을 확인해 보았다. 놀랍게도 지금 이 피아노의 조율은 완벽해 보였다. 다만 일반적인 기준으로서는 아니었다.

승혜는 소리굽쇠를 꺼내 처음부터, 그러니까 가온 라부터 시작했다. 라, 시, 도…… 순서대로 누르면서 소리굽쇠의 떨림을 확인했다. 정확하게, 그 어떤 오차도 없이 멜로디가 이어져 나갔다. 하지만 일반적인 기준에, 그러니까 절대음감의 기준에는 아니었다.

다시 말해 이 피아노는 도미닉을 위해 새롭게 조율된 피아노였다. 88개의 건반 하나하나가 다 도미닉을 위해 섬세하게 조정되었고 그 때문에 제각기 고유한 소리를 얻은 상태였다.

당혹감과 흥분에 휩싸인 채 승혜는 핸드폰을 찾아 준태에게 전화를 걸었다. 준태는 기다리고 있었는지 그녀에게 돌아갈 때에는 자신이 직접 데리러 가겠다고 했다.

"도와주세요."

"그래, 얼마든지. 지금 데리러 가겠다니까."

준태는 무슨 일이 있는지 짐작조차 못하면서 자명하게 응했다.

"그게 아니에요. 여하간 위치 보내드릴 테니까 여기 올 때 먹을 것 좀 넉넉하게 사 가지고 와 주세요."

"듣기 좋은 말인데. 목소리가 들떠 있어. 나도 흥분돼."

지나친 표현이었지만 준태가 이야기하니 전혀 어색하지 않았다. 실제로 승혜는 흥분했고, 그가 스스럼없이 응해준 덕택에 그녀는 뜨거워졌다. 그건……성적으로도 흥분한 느낌이었다.

하지만 피아노를 돌아본 순간에는 그런 것조차 모두 잊었다. 이 피아노를 원래 상태로 되돌려 놓아야 된다는 의무감이 승혜의 머릿속을 꽉 채웠다. 어려운 미션이었다.

잠시 후 준태가 도착했다. 그 역시 소강당이 오랫동안 가지고 있던 분위기를 십분 느낀 듯했다. 약간의 비밀을 감지한 듯한 미소는 경의를 표하는 것으로 비춰졌다. 승혜는 그의 양손에 들려 있는 온갖 종류의 패스트푸드를 받아 연장과 멀찍이 떨어진 곳에 내려놓았다.

"이건 무슨 상황이지?"

승혜의 어깨 너머를 흘끗 보면서 준태가 물었다.

"우리가 이 피아노를 완벽하게 조율해야 해요."

" '우리'? '우리' 라고?"

준태가 매우 흥미롭다는 듯 물었다.

"저 혼자 힘으로는 할 수가 없거든요. 왜냐하면 이 피아노는 지금 상태로도 너무나 완벽하니까."

수수께끼 같은 승혜의 말을 곱씹던 준태는 이내 비밀을 알아냈다.

"이 피아노가 도미닉의 피아노인가 보군? 어젯밤에 자기가 얘기했던 것처럼."

"사실인지 아닌지는 확실히 몰라요."

승혜는 옆구리에 손을 얹고 피아노를 응시했다. 준태는 그녀의 내리깐 눈가 위로 드리워진 긴 속눈썹을 한참동안 바라보았다. 하지만 그렇다고 해서 피아노에 대한 관심을 느슨하게 하지는 않았다.

"오늘 회사에서 도미닉에 대해 많이 조사했어. 그가 지금 어디 살고 있는지까지."

"어딘데요?"

"오스트리아."

"아, 역시 거기군요."

"거기까지는 몰랐나 보지?"

준태의 미소, 빙글거리는 입가는 마치 '나 없이는 안 될 것 같지? 어서 자백해.'라고 말하고 있는 듯했다. 분명히 계약연애에 불과했을 텐데, 어째서 비즈니스 파트너가 되어가고 있는 건지. 승혜는 픽 웃으며 흐트러진 머리카락을 쓸어 넘겼다. 그러다 돌연 여전히 자신이 푸석푸석한 머리를 하고 있다는 사실을 깨달았다.

— 미용실. 미용실. 이 바보. 어째서 가지 않았어!

"머리를 손질해야 했는데."

변명하듯 승혜가 중얼거렸다.

"머리는 왜?"

준태의 말투는 지금도 충분히 괜찮다는 뜻을 내포하는 듯했다.

"애인으로서 당신에게 어울리지 않네요. 제 모습은. 사실 스타일을 바꾸려고 했는데 어쩌다 보니 그렇게 하지 못했어요."

문 교수에게 보여주었던 솔직함이 준태에게까지 이어지는 것은 자연스러운 일이었다. 승혜는 지금 그녀가 가장 편안하게 생각하는 음악적인 공간에 와 있었고 그것은 준태를 처음 만났을 때와 마찬가지로 그녀를 자신감에 차게 했다. 때문에 스스로 느끼기에 외모가 별로라고 고백하는 것조차 그리 큰 문제가 아니었다.

"어쩌면 자기에겐 전혀 중요하지 않을 수도 있지. 애인으로서 외모를 꾸미는 일 정도는."

어쩐지 준태의 말투가 뾰로통하게 들렸다. 그의 기분을 상하게 한 것일까. 승혜는 그제야 허둥지둥 변명했다.

"준태 씨를 위한 일이잖아요. 당연히 해야죠."

"아. 나를 위해서는 됐어. 가장 중요한 걸 넘어간 이상은."

승혜의 빰이 벌겋게 달아올랐다. 설마 지난밤에 거부했던 이야길 하는 것인지.

만약 그렇다면 그녀로서는 아무것도 약속할 수가 없었다. 그리고 그것은 준태도 잘 알고 있을 거라고 생각했다. 뭔가 여기에 대한 합의가 있어야겠다고 생각하면서 그녀는 중얼거렸다.

"우리 시간 나면 계약서를 다시 확인해 봐요."

게다가 잠자리를 갖는 것이 '계약연애'라는, 관계이면서 규칙인 사이에 어긋나는 일은 아닌지. 승혜는 조금 혼란을 느끼면서 말했다.

"뭐. 새로운 항목을 기입하고 싶다면야."

준태는 팔짱을 끼고 어깨를 으쓱했다. 그는 포커페이스를 하고 있었다. 승혜는 그의 진심을 알기가 어려웠고 어떻게 행동해야 할지 알 수가 없었다. 준태처럼 능숙하고 능글맞게 '혹시 날 좋아하는 거냐'라고 따져 물을 수라도 있다면 좋으련만. 아니, 그건 무리였다. 포기하는 쪽이 정답이었다.

"그럼 조율을 시작해 볼까요?"

승혜는 화제를 돌리기로 했다. 그녀는 준태의 귀를 빌릴 계획이었기 때문에 그에게 생각을 텅 비워 놓으라고 부탁했다.

"생각을 텅 비워?"

준태는 벌써부터 재미있는 모양이었다.

"그래야 준태 씨의 절대음감이 최대치의 효력을 발휘할 테니까."

"내가 절대음감이란 말이야?"

승혜는 어깨를 으쓱했다.

"어쩌면요. 그러니까 여기서는 일 같은 거 하지 마요. 혹시라도 태블릿 PC 같은 거 가져왔다면 포기해 주세요."

이 정도의 요구를 해도 될까 걱정했지만 준태는 이미 아무것도 가져오지 않은 상태였다.

"일을 시작하기 전에 한 가지 체크하고 갔으면 좋겠어."

무감한 얼굴로 앞을 쏘아보며 준태가 말했다. 승혜는 무언가 달라진 분위기를 감지하고 살짝 긴장했다.

"뭔데요?"

"이 실장이 무례하게 굴지는 않았겠지?"

승혜는 순간적으로 눈동자를 굴렸다. 뭐라고 대답해야 할지.

"그런 게 걱정된다면 저 혼자 버스나 지하철을 타도록 내버려 뒀어야죠."

"대중교통 쪽이 더 걱정되는지 이 실장이 운전하는 쪽이 더 걱정되는지, 결정을 내려야 했던 그때에는 솔직히 갈팡질팡했어."

"고마워요."

이 정도로 마무리하면 되리라 생각하고 승혜는 호산나 챔버홀의 안내데스크양이 지을 법한 미소를 지었다. 하지만 준태는 그녀가 눈동자를 굴릴 때, 이미 많은 것들을 짐작해 낸 뒤였다.

"바보가 아닌 이상 이 실장의 편을 들 이유는 없을 거고."

준태가 승혜에게 성큼 다가서며 낮게 중얼거렸다. 승혜는 어쩐지 사냥꾼의 덫에 걸린 노루나 사슴이 된 기분이었다.

"이 실장이 우리 사이를 의심하고 있는 것 같던데."

"아, 그래요?"

지금은 게임할 시간이 아닌 것 같은데. 승혜는 약간 긴장하면서 대답했다.

"의심을 불식시켜 줄 필요가 있지 않겠어?"

어느새 준태의 손이 승혜의 뺨을 감쌌다. 승혜는 눈을 내리깔았다. 준태가 엄지와 검지를 이용해 그녀의 턱을 잡더니 약간의 힘을 줘서 아주 간단하게도 자신을 바라보게 만들었다. 승혜는 눈을 부릅뜨고 준태를 바라보았다. 그의 두 눈동자 속에 숨겨진 야성적인 힘이 그녀를 꼼짝 못하게 만들었다.

"여기서 그럴 필요는……."

준태가 다급하게 입을 맞췄을 때, 승혜는 단순히 키스하기 위한 핑계냐고 따지고 싶은 마음이 들었다. 하지만 그의 혀가 그녀의 입안을 휘저었을 때 가지고 있던 모든 생각이 녹아 버렸다. 강렬했고 빠르게 입천장을 건드리고 치열을 훑다가 이윽고 입술을 건드렸다. 뜨거운 것을 입에 댄 것처럼 아랫입술이 부풀어 오르고 저릿저릿하게 타올랐다.

"그만해요."

승혜는 준태의 목을 끌어안으면서 그렇게 말했다. 혼란에 빠트릴 생각은 아니지만 이렇게 하지 않고서 흔들리는 몸을 딱히 가늠 수가 없었다.

"지금 당장 계약서를 펼쳐야 될 것 같네요. 하지만 우린 해야 할 일이 있어요."

씩씩거리며 승혜가 말했다. 최대한 단호하게 들리도록 애쓰면서. 그 와중에 흘끗 훔쳐 본 준태는 사탕을 빼앗긴 아이 같은 표정을 지은 채 혼자만의 생각에 잠겨 있었다. 어쩌면 계약애인이라는 그들 사이의 합의사항이 발목을 잡고 있거나 혹은 족쇄가 되어가는 과정일지도 모른다고 승혜는 생각했다.

준태는 느릿느릿 승혜에게서 떨어졌다. 승혜는 다행이라고 생각하는 한편 뱃속이 찔리는 듯한 고통도 동시에 느꼈다.

"일하자구요."

애써 밝은 척한다는 생각이 들긴 했지만 승혜는 가까스로 다시 피아노 앞에 설 수 있었고, 건반을 누르는 순간 상황은 좀 더 나아졌다. 사실 이 피아노는 지금 손대고 싶은 상태는 아니었다. 그녀는 몇 번이고 확인하고, 또 감탄하면서 세계적인 거장과 함께하는 조율사의 인생이란 어떨까 생각해 보았다.

하지만 너무 빠져들어서는 안 됐다. 승혜는 연장을 넣어두는 가방을 뒤적거려 리코더를 꺼냈다.

"뭐지?"

준태가 의외라는 듯 눈썹을 치켜떴다.

"리코더예요. 표준음을 확인하는 데 쓰죠. 많은 사람들이 제각기 방식으로 표준음을 잡는데, 저는."

승혜는 전자 튜닝기를 들어 보였다.

"전자 튜닝기는 잘 안 믿거든요. 물론 시간단축을 위해 쓸 때도 있지만 공을 들이고 싶은 상황에서는 이걸 써요."

"재미있군. 그런데 왜 이걸 날 주는 거지?"

준태가 승혜가 내미는 리코더를 받아 들면서 물었다.

"제 옆에서 불어줘요. 기준을 잡을 수 있도록요."

"이런 우스꽝스러운 짓은 처음 해 봐."

잘됐다고 승혜는 생각했다. 양쪽에게 다 새로운 경험을 처음부터 함께한다는 것은 꽤 기분 좋은 일이었다.

"이게, 이 소리가 가온 라예요. 리코더랑은 소리가 좀 다르죠. 알아차리기 힘들지만 미묘하게 오차가 있다고 생각해요. 어때요?"

건반을 신중하게 누르며 승혜가 의견을 물었다. 준태는 고개를 끄덕였다. 그는 놀랍게도 스스로 리코더를 불면서 거듭 확인했다.

"너무 잘 아시겠지만 이 '가온 라'를 기준으로 일정한 차이를 두고 점점 고음이 되기도 하고 그 반대가 되기도 해요. 우리는 표준음을 먼저 잘 설정하고 다음부터는 이 오차를 정확히 잡아나가는 거예요."

88개의 건반 전부를 승혜가 현란하게 연주했다. 순서대로.

"자기가 말한 기준음과는 약간 차이가 있긴 하지만 지금 상태로는 문제가 없어. 만약 조율을 해야 한다면 그건 피아노를 아예 처음부터 만드는 꼴이 될 거야."

"맞는 말이에요."

승혜는 한숨을 내쉬었다.

"하지만 해야죠. 이걸 해야 그다음 일이 주어질 것 같으니까."

준태는 수긍했다. 그것을 시작으로 두 사람은 격무에 가까운 조율에 발을 들여놓게 되었다.

본격적으로 일이 시작되고 얼마 지나지 않아 승혜는 자칫하다 피아노 자체를 망가뜨리게 될지도 모른다는 사실을 알았다. 조금이라도 실수하면 그것으로 끝이었다. 완벽하거나 아니면 망가지거나. 그러나 그 정도로 손대지 않으면 이 피아노는 쓸 수가 없었다.

"오래 걸릴 게 분명해요."

어쩐지 우울해질 것만 같은 나머지 승혜가 염려했다. 그녀는 이런 조율은 해 본 적이 없었다. 마치 막노동을 하는 것처럼 벌써부터 팔이 떨려 왔다.

"나도 그런 생각이 들어."

승혜는 준태가 '하지만 곁에서 도와줄게'라는 말을 생략했다는 걸 알았다. 그녀는 기분 좋게 다시 일을 시작했다.

얼마나 지났을까. 두 사람은 잠시 휴식시간을 갖기로 했다. 준태가 사 온 와퍼를 먹으면서 승혜는 잠시 숨을 돌렸다.

"내가 그 여자랑 결혼하는 게 마음에 들지 않겠지?"

승혜가 막 감자튀김을 케첩에 찍으려는 순간이었다. 준태가 갑작스럽게도 갑작스러운 화제를 입에 올렸다.

"그 여자만이야, 아니면 다른 여자도 포함된 거야?"

"왜 그런 질문을 하죠?"

자기도 모르게 승혜는 날이 섰다.

"제가 거기에 관여할 자격 같은 건 없는데요. 저 손 닦고 올게요."

꽤 미묘한 표현이었다. 준태는 먹던 것을 내팽개쳐 두고 일어나는 승혜의 뒷모습을 조금 씁쓸한 기분으로 바라보았다.

"불이 들어오지 않나 봐요."

어느새 해가 지고 사방이 깜깜해지자 승혜는 소강당 조명을 밝히려고 했다. 하지만 전기 공급이 중단된 것 같았다.

"그럼 어쩌지? 내일 다시 와야 하나?"

"그럴 순 없어요. 흐름이 끊기면 안 되니까."

"아. 알겠어. 어차피 소리를 듣는 데 눈은 필요하지 않으니까."

준태는 자신의 핸드폰을 들어 거기서 나오는 빛으로 간접조명을 만들었다. 은은하고 희뿌연 빛이 작은 동심원을 그리며, 분무기를 뿌린 것처럼 사방에 흩어졌다. 하지만 힘이 없는 만큼 쉽게 어둠에 삼켜졌다. 그러나 거기에 대해 특별히 의식하는 사람은 아무도 없었다.

　두 사람은 다시 작업을 재개했다. 그러다 어둠 속에 있으니 조율이 훨씬 더 손쉽고 또 청각이 예민해진다는 사실을 깨달았다. 일의 속도도 빨라졌지만 그들 사이에서는 더 놀라운 변화가 일어났다. 그저 소강당에 울려 퍼지는 피아노 건반 하나가 주는 묵직한 울림이 별들이 운행하며 마침내 제자리를 찾아갈 때의 순간처럼 압도적이고 신비한 힘을 가지고 있음을 알게 된 것이다.

　놀라운 경험이었다. 압도적인 어둠이 승혜와 준태를 덮치려고 하고, 핸드폰을 건드리거나 하는 순간, 이따금 그들의 모습이 지워지기도 했지만 조율을 계속하는 느릿느릿한 손길이나 피아노 선율은 사라지지 않았다. 그들은 오히려 더 깊은 어둠을 바라는 것처럼 침묵 속으로 들어갔고 의사표현도 최소한의 것만 주고받았다. 그런데도 서로의 마음속에 무언가가 싹트고 있다는 인상을 꺼트릴 수가 없었다.

　어느 샌가 소강당의 작은 창문 너머로 희붐한 빛이 새어들기 시작했다. 승혜는 손을 멈추고 돌아보았다. 이제 마지막 핀만 남아 있었다.

　"날이 밝나 봐요."

　"그 이야기를 들으니 갑자기 잠이 쏟아지는데."

　승혜는 피식 웃으며 그래도 마지막까지 힘을 내야 한다고 준태를 응원했다. 준태도 마찬가지로 그녀를 응원했다. 이제 최종 단계인 피아노 연주가 남아 있었다.

"드디어 내가 좋아하는 걸 하게 됐군."

도대체 언제 준태가 가장 좋아하는 것이 피아노 연주가 되어 버린 것일까? 승혜는 감미로운 전율을 느끼며 피아노 앞에 앉았다. 그리고 시간을 고려해 《로망스》를 연주했다. 더 이상 특별한 문제는 없는 듯했다. 완벽했다. 정말로. 이 순간, 모든 것이 그랬다.

"이제 다 됐어요."

승혜가 연주를 마치고 뒤를 돌아보자, 준태가 팔짱을 낀 채 졸고 있는 것이 보였다. 승혜는 그를 깨울 엄두가 나지 않았다. 더구나 그를 보고 있자니 그녀 역시도 잠이 쏟아졌다. 승혜가 가까이 다가가자 준태는 기다렸다는 듯 스르르 옆으로 쓰러졌다. 승혜는 그의 곁에 따라 누웠다. 10분 정도 눈을 붙이는 것 정도는 괜찮을 거라 생각하면서 손끝에서부터 서서히 밀려들어 오는 잠을 굳이 물리치지 않았다.

♪ ♪ ♪

"밤새 여기 계셨던 건가요?"

승혜가 눈을 떴을 때, 그녀의 시야에는 문 교수가 있었다. 그는 우물을 들여다보듯 그녀의 얼굴을 보고 있었다. 승혜는 정신이 번쩍 들었다. 그녀는 벌떡 일어났다. 얄밉게도 준태는 문 교수가 오기 전인지, 혹은 그 직후인지는 몰라도 아주 깔끔하고 세련된 상태로 그녀에게서 몇 발짝 떨어져 서 있었다.

"저, 조율을 끝냈습니다. 교수님."

빨갛게 달아오른 낯빛을 가리지 못한 채 승혜가 조심스럽게 말했다.

"네. 연주해 봤네요."

문 교수는 자랑스러운 아들을 보는 그런 눈길로 피아노를 바라보았다. 승혜는 놀랐다. 바로 곁에서 피아노 연주를 했다는데도 잠에서 깨지 못하다니.

"완벽하게 조율됐으니 남은 건 도미닉 선생님을 모셔오는 것뿐이군요."

해낸 건가? 승혜의 가슴이 부풀어 오르기 시작했다.

"이야기는 이분과 모두 끝냈습니다."

"이야기요? 어떻게요?"

문 교수는 비밀스러운 웃음을 띠고서 그곳을 떠났다. 승혜는 그에게 인사를 하는 한편 어리둥절해 도움을 요청하듯이 준태를 보았다.

"아. 우리가 직접 모시러 가야겠지. 당연히."

우리가 직접? 승혜의 가슴이 완전히 부풀어 이제는 터지기 일보직전이었다. 게다가 당연하다는 말까지 덧붙이다니. 그 김준태가. 이런 마법 같은 변화를 받아들이기에 승혜의 심장은 아직 너무나 앳되었다. 그녀는 한 번도 비행기를 탄 적이 없었다. 이러다 가슴이 물러질 것 같아 겁이 날 정도였다.

"오스트리아에 간단 말이에요?"

"그래."

"오스트리아에 간 적 있어요?"

"아니. 거기서는 사업할 게 없으니까. 미국, 두바이 같은 곳은 줄기차게 갔지만."

준태는 담담했다. 사실 일로 떠나는 해외여행은 조금도 즐거울 리 없으리라. 승혜는 그에게 갑자기 팔짱이라도 끼고 싶은 기분이었다.

"우리도 사업하러 가는 셈인가요?"

"가깝긴 하지만 너무 그렇게 생각하지는 말자구."

"그럼 여행에 한없이 가까운 사업이네요."

연장을 챙기며 승혜가 즐겁게 말했다. 그녀는 순식간에 모든 짐을 쌌고 다음 대화가 이어질 즈음에는 소강당을 빠져나와 커피 한 잔을 마시기 위해 학생회관에 들어서고 있었다.

"아까 한 말을 생각해 봤어. 여행에 한없이 가깝다는 표현이 참 마음에 들어."

"그렇죠? 그렇게 말하니까 기분이 더 좋아지는 것 같아요."

"뺨에 자다가 흘린 침이 묻어 있고 그걸 문 교수에게 보였는데도 기분이 더 좋아질 수 있다니 대단한데."

준태가 능숙하게 승혜를 놀렸다. 그 말에 승혜는 퍼뜩 놀라

화장실로 달려갔다.

"그런 적 없잖아요!"

다시 화장실에서 나오면서 그녀가 소리쳤다.

승혜는 아메리카노가 담긴 테이크아웃 잔을 손에 쥔 채, 잠이 들었다. 준태가 차에 시동을 걸자마자 다시 피로에 몸을 맡긴 거였다. 준태는 고민할 것도 없이 시내 외곽으로 방향을 돌렸다. 그리고 승혜가 충분히 잠을 만끽하도록 일대를 빙빙 돌았다.

다시 승혜가 잠에서 깨어났을 때 느낀 감촉은 그녀가 누워 있는 곳이 이제는 익숙한 스위트룸의 침대가 아니라는 사실이었다. 감촉과 사실. 전혀 다른 두 가지가 맞물리면서 그 갭이 승혜를 잠에서 완전히 흔들어 깨웠다. 그녀는 준태가 착실하게도 자신의 말을 들어 방을 스탠다드로 옮겨주었나 보다 생각했다. 아주 행복한 기분이었다.

그러나 침대 밖으로 빠져나오자마자 승혜는 자신이 있는 이 공간이 호텔방이 아닌 것 같다고 생각했다. 이곳은 집이었다. 누군가의 오피스텔이었다. 혹시? 승혜가 호기심과 흥분에 휩싸여 부엌 쪽으로 나갔을 때 양문형 냉장고에 붙어 있는 포스트잇이 눈에 띄었다.

'일 때문에 나가 봐야 해. 내 집에서 편안하게 지내길'

기한은 쓰여 있지 않았다. 승혜는 안심한 기분이 되었고 그녀는 포스트잇에 쓰여 있는 글자를 손끝으로 하나하나 음미하듯 눌러 보았다. 준태의 집에 왔다는 사실, 그가 이곳에 자신을 마법처럼 데려다 놓았다는 사실이 너무나 놀라웠다.

언제 한국을 떠나게 될지 상상하면서 승혜는 오전을 보냈다. 시간을 보내려 TV를 튼 순간 공익광고가 나왔고 교복을 입은 학생들이 화면 밖으로 뛰쳐나가고 싶다는 듯 달리는 모습이 등장했다. 그때 그녀는 잠깐 학교를 생각했다. 고통스러운 기억만 떠올랐지만 그다지 아프지는 않았다.

짧은 사이에도 정말 수많은 일이 있었다. 학교에 대한 것은 어느새 까맣게 잊었고 승혜 자신이 피아노를 쳤다는 사실조차 이제는 사라지는 것 같았다. 이아가 그렇게 되도록 만들었겠지만 졸업 연주회에서 빠지는 건 정말 심한 처사였다. 공식적으로 항의해도 될 만한 일이지만 거기에서 승리하려면 지금의 좋은 기분을 모두 관 속에 집어넣고 악독한 투지로 모든 감각을 다스려야 했다.

승혜는 되도록 그런 생각을 하지 않기로 마음먹었다. 지금은 싫었다. 정말이지 지금은. 이 행복감을 해쳐도 될 만한 것은 어떤 것도 허락하지 않을 생각이었다. 그녀는 침대에 누워, 필시 준태의 것임이 분명한 장소에서 이불로 자신을 똘똘 에워싸고 간밤에 미치도록 열중했던 조율을 떠올렸다. 너무나 좋았다. 기억에도 맛이 있다면 그것은 푸아그라처럼 풍부하고 진한, 인생에 남을 만한 훌륭한 맛이었다.

얼마 안 있어 문이 열리는 소리가 들렸다. 승혜는 이불을 감싼 채 현관으로 나갔다. 준태가 퇴근해 그녀를 향해 미소를 보냈다.

"혹시 그 안에 아무것도 입고 있지 않은 거야?"

승혜의 웃음이 터졌다. 그녀는 보란 듯이 이불을 내팽개쳤다. 순간 준태의 입가가 씰룩이더니 그가 기대했던 것이 무엇이었는지 여실히 보여주었다.

"날 놀리려고 그런 건가."

"그런 의도는 전혀 없는데요."

준태는 그 말을 곧이곧대로 믿는 것 같지 않았다. 하지만 승혜는 아무래도 상관없다고 생각하며 이불을 도로 집어 침실로 들어갔다.

"아."

승혜가 이불을 깔고자 침대 위에 엎드렸을 때, 등 뒤에서 인기척이 느껴졌다. 조금 늦긴 했지만 승혜는 준태를 도발해 놓고 이곳으로 달아나듯 향한 것이 썩 좋은 생각은 아니었다는 걸 알았다.

"여기서 잤어?"

준태의 음성이 갈라졌다. 승혜는 착각일까 생각했지만 유감스럽게도 그건 아니었다.

"당신이 여기서 재웠잖아요."

대답하는 승혜의 목소리도 미끈미끈하고 자연스럽지는 않았다.

"중간에 한 번은 깼을 거 아냐. TV도 본 것 같군. 자기 집처럼."

비난하는 게 아니었다. 그 정도는 알 수 있었다. 더구나 준태의 말 속에는 어쩐지 기대의 빛도 어려 있는 듯했다. 그는 한순간 승혜의 아랫배를 감싸 안았다. 어떤 기억이 승혜의 머릿속에 떠올랐다. 승혜는 무심코 몸을 뒤로 밀었다. 일어서려는 의도였다. 하지만 그녀의 행동은 어리숙하게도 준태를 자극하는 결과를 낳았다. 승혜는 준태의 몸과 부딪쳤고 엉덩이에 뭔가 딱딱한 것이 닿았음을 느꼈다.

준태는 승혜의 가슴 아래쪽을 눌러 그녀의 상체를 휙 들어 올렸다. 마치 인질이 되어 위험을 당하는 것처럼 그녀는 준태의 품에 안기게 되었다. 준태는 매우 인상적으로 승혜의 목덜미와 귓가에 소리가 나도록 입을 맞췄다. 그러는 사이에 승혜는 또 준태의 일어선 부분을 감지했다.

"너 때문에 절망했어."

승혜는 입술을 깨물었다. 준태가 아이처럼 떼쓰는 대신 감미롭고 섹시하게 속삭이는 것이 자신을 얼마나 아프게 만드는지 그 스스로는 모를 거였다.

"더 이상 참을 수가 없어. 하지만 여기서는 아무 짓도 하지 않을 거야. 오스트리아에 갔을 때. 지체할 생각 없으니 아마 내일 출국하게 될 거야."

그렇게 말하고 준태는 떨어졌다. 승혜는 거의 무너지듯 침대

위로 엎어졌다. 돌아보았지만 그는 보이지 않았다. 곧 덜커덩
하는 소리가 들려 왔고 물줄기 쏟아지는 상쾌한 소리가 이어졌
다.

9

메리 투 더 뮤직

침실은 안방 한군데에만 있는 것이 아니었지만 준태는 승혜를 자기 방에서 자도록 했다. 그녀는 단지 편하지만은 않았다. 무언의 압박처럼 여겨지기도 하고 최소한 그게 아니라고 해도 그가 없는 침대에서 누워 있는 것이 아주 오래전부터 어색했던 일처럼 느꼈다.

　"자?"

　문 밖에서 준태가 물었다. 승혜는 누가 물을 끼얹어 자신을 깨운 것처럼 벌떡 일어났다.

　"안 자요. 당신은요?"

　성적인 것임이 분명한 긴장감이 문을 사이에 두고 흘렀다. 승혜는 참지 못하고 문 앞까지 나갔다. 하지만 나가지는 못하고 문에 기댔다.

"짐은 챙길 것 없어. 미리 준비하도록 지시해 뒀으니까. 특별히 꼭 가져가야만 하는 게 있다면 지금 얘기해."

"없어요."

"좋아."

"당신."

"이름을 불러 주는 게 좋은데."

준태가 자신의 말을 막고 원하는 걸 말하자, 돌연 승혜는 문을 열고 그의 눈을 바라보며 귓가에 속삭이듯 말해 주고 싶었다. 하지만 오늘 밤은 어쩐지 위험했다. 이미 경고등이 몇 번이나 켜졌고 지금 그녀의 귓가에서도 실시간으로 울리고 있었다.

"그래요. 준태 씨."

승혜는 한숨 섞인 목소리로 중얼거렸다.

"얘기해."

"왜 자지 않는 거예요?"

"아. 일 때문에."

"잘 풀리고 있나요?"

"덕분에."

일순간 승혜는 어리둥절해졌다. 그녀는 자신이 준태의 일에 어떤 부분에서 도움이 되었을까 생각했다. 아직 오스트리아에는 가지도 않았고 지금까지 한 일이라고는 잠도 제대로 자지 못하고 같이 조율을 한 것뿐인데.

"마담 윤이 호산나 챔버 홀에서 상당한 양의 횡령을 했다는 사실을 알게 됐어. 성 팀장이랑 함께 일하게도 됐고. 이 실장을 자를 생각은 없어. 다만 조만간 이 실장은 회사로 들어가서 일하게 될 거야. 나와 함께가 아니라."

"성 팀장님이라면 혹시 예전에 저를 그 별장에 데려가 주신 분 말인가요?"

"아. 맞아. 그런 적도 있었지."

불과 며칠 전의 이야기인데 준태는 까맣게 잊은 것처럼 웃음소리를 냈다. 그의 웃는 얼굴이 바로 눈앞에서 보이는 것 같았다. 무척 매력적일 텐데.

"잘 됐네요."

특히 승일에 대해서는.

"물론 잘됐지. 이 실장에겐 말이야."

"준태 씨는 아니에요?"

"물론 나한테는 아니야. 사실 내 직업윤리를 어길 작정이기도 했는데. 한 번만 더 자기를 건드리는 꼴을 보였다면 말이지. 확 잘라버릴 수도 있었을 거야."

"설마 승일이를 자를 생각으로 제게 보낸 건 아니겠죠?"

"……."

아무런 대답이 돌아오지 않았다. 승혜는 기가 찼다. 자신을 이용한 건지, 아니면 승일을 이용한 건지 알 수가 없었다. 준태의 저런 성격이, 무슨 일이 생기건, 누구에게든 쉽게 길들여지지 않을 게 분명하긴 하지만 때때로 승혜의 화를 돋웠다.

"왜 대답 안 해요?"

"……"

혹시 자리를 뜬 것인지. 승혜는 무섭게 문을 노려보았다. 하지만 그런다고 해서 문에 구멍이 나지는 않았다. 그녀는 문손잡이를 잡았다가 불에 덴 것처럼 화들짝 놀라 손을 다시 떼어냈다.

"준태 씨."

역시나 대답이 없었다. 승혜는 결심하고 문을 열었다.

"거기 있으면서 왜 대답을 안 해요!"

"몰라."

준태의 눈동자는 검고 어두웠다. 무슨 비밀이라도 숨기고 있는 것처럼. 승혜는 다소 불안했지만 당장 이상한 일이 일어나리란 근거는 없었다.

"그런 식으로 말하면 듣는 사람은 퍽이나 화가 나거든요."

"글쎄. 자기가 나와 주길 기다렸을지도."

그렇게 말하면서 준태는 승혜를 문 쪽으로 밀어붙였다. 그는 승혜만큼이나 화가 난 것처럼 보였다. 승혜는 긴장했다. 준태의 커다란 손이 그녀의 뒷목을 감싸더니 이내 머리카락을 움켜쥐었다. 그가 팔을 당기자 승혜의 턱이 가볍게 들렸다. 키스하기 좋게 벌어진 입술이 준태의 동공을 가득 채웠다.

승혜가 눈을 감자마자 준태는 그녀에게 입을 맞추고 그 안으로 침범해 들어갔다. 그는 만끽하듯 혀를 놀렸다. 외설적이기 짝이 없었다. 승혜의 몸은 다시 샤워부스에 갇혔던 그날로 돌아갔을 뿐만 아니라 그날보다 더 뜨겁게 젖으면서 동시에 정신은 선명해졌다. 그녀 역시 이것을 기다려 왔다는 것이 확실해졌다.

"아."

준태가 문지방을 넘자 승혜는 입술을 떼고 불안하게 뒷걸음질을 쳤다. 그녀는 준태를 올려다보았다. 그의 눈에 도사리고 있는 야성성. 육욕으로 번들거리고 있는 입가. 방금까지 격렬하게 혀를 섞었던 탓인지 부풀고 젖어 있는 입가에는 타액이 묻어 있었다. 어젯밤에 그토록 섬세하게 음정을 구별하던 사람 같지 않았다. 딱 굶주린 짐승이었다.

그러나 이 짐승은 민첩하기도 했다. 숨소리도 내지 않으면서 승혜를 안아 올렸으니. 그는 그녀를 안은 채 침대에 앉았다. 승혜가 어색하게 상체를 세우자 준태는 그녀의 턱을 검지로 밀어 올리더니 다시 넋이 나갈 듯한 키스를 퍼부었다. 승혜는 어설픈 자세로 준태의 목에 매달렸다. 자세 때문에 금방이라도 미끄러질 듯하자 입맞춤은 점점 더 절박해졌다.

"보여 줘."

준태가 쉰 목소리로 말했다. 승혜는 머뭇거렸다.

"자기가 날 원한다는 증거가 필요해."

승혜만큼이나 준태도 절박해 보였다. 그 사실을 깨닫자 그녀는 눈물이 날 것만 같았다.

"어딜…… 보여 드려요? 어디를, 아니 뭘요?"

"전부 다."

준태는 승혜의 눈을 보고 말했다. 단지 섹스를 하고 싶은 것뿐이라면 이렇게 행동하지는 않을 것이었다.

승혜도 준태를 바라보면서 천천히 상의의 단추를 풀기 시작했다. 준태는 꼼짝없이 붙들린 사람처럼 그녀의 작은 움직임에도 민감해져 숨소리를 흘트렸다. 승혜는 떨리는 손으로 셔츠를 벗고 브라를 풀었다. 준태는 보지 않고도 그녀를 잘도 도왔다.

"다 했어요."

속삭이듯 승혜가 중얼거렸다. 가슴이 서늘했다. 준태는 입술로 그녀의 속눈썹을 쓸면서 그녀의 가슴을 움켜쥐어 보았다. 커다란 손에 가슴이 다 쥐어졌지만 딱딱해진 젖꼭지는 드러나 있었다. 준태는 엄지로 빙글빙글 원을 그리며 그것을 쓸었다. 승혜는 신음을 참고 싶었지만 그러자니 가슴이 들썩였다.

"마저 벗어."

건조한 명령이 떨어졌다. 승혜의 뱃속이 꼬여들었다. 그녀가 바지를 향해 손을 내리자 준태의 손에 힘이 들어갔다. 승혜는 결국 신음을 터트렸다. 그녀는 흐느끼며 어렵게 바지를 무릎까지 내렸다. 부끄러워서 죽을 것 같았다.

준태는 승혜의 마음을 알아차리고 그녀의 얼굴에서 시선을 돌렸다. 그러고는 가슴을 빨기 시작했다. 뾰족해진 젖꼭지가 준태의 입안으로 몇 번이나 사라졌다가 나타났다. 승혜는 준태의 머리를 감싸 안았다. 애무가 더욱 거칠어졌다. 그녀는 더 이상 아무엇도 할 수가 없었다.

"벗겨줘요."

뜨거운 숨소리에 잠긴 채 항복하듯 승혜가 속삭이자 준태는 처음으로 미소를 지었다. 승혜는 열락에 취해 있었기 때문에 그의 확신과 승리에 차 있는 웃음을 알 수가 없었다. 준태는 그녀가 취해 있도록 내버려 둔 채 속옷과 바지를 한꺼번에 벗겼다. 승혜는 눈을 질끈 감고 준태의 머리를 더 세게 끌어안았다.

"남은 것도 내가 다 해줄까?"

준태가 물었다. 승혜는 그를 보면서 고개를 끄덕였다.

"불은?"

"끄고요."

"좋아."

이불을 반쯤 걷어내고 승혜를 그 위에 앉힌 다음, 준태는 일어났다. 승혜는 그가 불을 끄고 돌아오기를 기다리는 것마저 버거워 이불을 끌어내 몸을 가렸다. 준태는 어둠 속에서 옷을 벗었다. 한층 더 예민해진 귀에 옷가지가 바닥에 떨어질 때 나는 소리, 바지 지퍼를 내릴 때의 소리가 섬세하게도 들려왔다. 소리는 몸의 감각으로 이어졌다. 살갗으로 직접 스며드는 듯한 감미로운 쾌감.

곧 준태가 나체가 된 채, 이불을 걷으며 안으로 들어오자 승혜의 몸 안쪽 깊은 곳이 스르르 열렸다. 이미 캄캄한 어둠을 함께 보내선지 준태가 더욱 친밀하게 느껴졌다. 이윽고 준태의 손이 승혜를 이끌었다. 그는 숨이 막히도록 승혜를 세차게 끌어안았다. 승혜는 준태가 곧바로 자신을 가지리라고 생각했다.

하지만 그는 기다렸다. 그녀의 몸이 뜨거워진 것처럼 심장도 더 완벽한 온도를 찾을 때까지. 입을 맞추면서 곧 사랑을 나누게 되리라는 예감을 준 것은 그 후였다. 그의 입술은 그 어느 때보다 유혹적이었다. 승혜는 멍하니 그 유혹을 받아들이는 수밖에 없었다.

그가 서서히 목을 드러내더니 입술을 대고 찍어 눌렀다. 팔딱이는 맥박을 따라 입술을 서서히 미끄러뜨린 그는 쇄골 근처에 다시 뜨겁게 입술을 눌렀다. 조금씩 신음처럼 쾌감을 알리는 소리가 입에서 새어나왔다.

그는 승혜가 준비가 되어 있다는 걸 확인한 후 다시 한쪽 젖꼭지에 입술을 가져다 대고 흠뻑 빨아들였다. 승혜는 신음조차 지를 수 없었다. 그저 말없이 등을 한껏 젖혔다. 다른 쪽 가슴은 그의 손이 움직이는 대로 마구 이지러지고 짓이겨졌다. 그럼에도 쾌감이 한껏 느껴졌다. 키스가 쾌감의 실마리였다면 지금의 애무는 확실한 단서와도 같았다. 승혜는 척추를 따라 흐르는 감각에 전율하며 몸부림을 쳤다.

그는 실컷 젖꼭지를 빨고 살짝 가볍게 깨물다 다시 힘껏 빨아들였다. 잇자국이 날까 싶게 강하게 깨물자 승혜는 자기도 모르게 그의 머리를 감싸 안았다. 딱딱해진 젖꼭지는 아프기보다는 쾌감이 넘쳤다. 실제로 그는 자신이 주는 쾌감을 잘 알고 어느 정도로 조절해야 하는지도 아는 것 같았다.

한쪽 가슴을 입에 물고 다른 쪽 젖꼭지가 아플 정도로 딱딱해진 걸 확인한 그는 젖꼭지를 살살 문지르다 짓이기듯 뭉그러뜨렸다. 자극적인 애무에 승혜는 숨이 넘어갈 정도로 흥분하고 있었다.

"달콤해. 너무."

그가 속삭이면서 다른 쪽 가슴에도 입술을 갖다 댔다. 그리고 입술을 뗀 후 허전해진 젖꼭지에 손으로 똑같은 애무를 선사했다. 이번에도 승혜는 꼼짝없이 쾌감의 실마리를 쥐고 떨 수밖에 없었다.

그는 가슴을 빨아들이면서 서서히 허벅지 안쪽에 손을 갖다 대고 가볍게 쓸어 올렸다. 손가락이 닿은 피부가 소름이 돋듯 일어섰다. 민감해진 살갗은 그의 애무를 탐욕스럽게 빨아들이고 있었다. 승혜는 자신의 변화를 믿을 수 없을 지경이었다. 온몸이 그의 손길을 갈구하며 뜨겁게 젖어들고 있었다.

"뜨거워."

그의 말대로, 입술이 서늘하게 느껴질 정도였다. 승혜는 자기 몸이 이렇게나 달아오를 수 있다는 걸 믿을 수 없었다.

준태는 전에 움켜쥐고 잔뜩 애무를 퍼붓고 싶었던 승혜의 종아리를 움켜쥐었다. 그리고 입술을 미끄러뜨렸다. 복숭아뼈부터 혀와 입술로 할짝거리며 핥아 올리기 시작했다.

승혜는 진저리를 쳤다. 그러나 준태의 입술은 집요했다. 마음껏 부드러운 살갗을 농락하며 그는 서서히 위로 올라갔다. 뼈가 도도록하게 솟은 무릎의 야들한 살을 잘근잘근 씹자 승혜의 목이 뒤로 젖혀졌다. 살갗의 애무만으로도 이런 쾌감을 끌어내는 준태가 얄미우면서도 그 거침없는 유혹에 몸을 맡길 수밖에 없었다. 처음 맛보는 농후하고 깊은 쾌락의 시작점이었다.

준태가 천천히 허벅지 안쪽의 살갗을 애무하자, 승혜의 이마엔 진땀이 송글송글 배어 나왔다. 소리를 내지 않으려고 입을 막았지만 절로 신음 소리가 새어 나왔다.

승혜가 어쩔 줄 몰라 하는 걸 확인한 준태는 더욱 노골적으로 나왔다. 몸을 들어 날씬한 배에 입술을 갖다 댔다. 그는 혀로 배꼽 주변을 간질이면서 그녀의 표정을 살폈다. 동시에 허벅지에 다시 손을 갖다 대고 주무르듯 애무했다.

그 정도로도 달아오른 승혜는 더 깊은 쾌락의 중심으로 빠져들기를 간절히 바라고 있었다. 그걸 확인한 후, 그는 자연스럽게 허벅지를 쓸던 손을 골반으로 옮겨 중심부 쪽으로 슬슬 쓸었다. 그 손가락이 닿는 곳마다 야릇한 감촉이 스파크처럼 일어났다. 승혜가 더 이상의 쾌감이 존재하긴 할까 의구심을 가질 정도로. 그러나 그건 결코 끝이 아니었다. 준태의 손가락이 중심부에 닿고 그 갈라진 틈 사이로 손가락을 비벼 가며 들어섰다.

승혜는 숨을 죽였다. 그러나 이내, 뜨거움을 확인하듯 들어오는 손가락의 감촉에 몸을 틀었다. 손가락 두 개가 슬슬 쾌락의 근원지를 훑고 비볐다. 그 움직임에 맞춰 승혜가 몸을 틀었다.

"으. 응. 으읏."

극심한 쾌감이 느껴졌다. 그의 손가락이 불러일으키는 감각에 승혜의 몸이 온통 젖어 들었다. 쾌락의 실마리를 따라 다다른 근원은 너무 깊고 뜨거워서, 쾌감에도 불구하고 승혜는 더럭 겁이 나고 있었다. 준태가 안심시키려는 듯 그녀의 얼굴을 쓸었다. 그러고는 천천히 그녀의 손을 잡아끌었다.

"나도 그래."

승혜는 흠칫 놀랐다. 그의 손이 이끈 곳에 불끈 선 것이 만져졌다. 승혜의 손길에 더 단단하게 굳어졌다. 두려움 반 호기심 반으로, 승혜는 그걸 쓸어보았다. 준태가 신음 소리를 냈다.

"미치겠어."

기묘한 감각이었다. 낯선 존재를 확인하면서도 느껴지는 쾌감이란. 승혜는 계속 쓸고 만져보았다. 그가 더 깊은 신음을 내며 승혜를 끌어당겼다. 그리고 승혜의 손에 무언가를 쥐여 주었다. 그것이 콘돔이란 걸 안 순간, 승혜의 얼굴이 빨개졌다.

그러나 그는 부드럽게 그걸 종용했다. 승혜는 얼굴을 붉히면서도 준태의 욕망을 계속 굳건하게 만들어주었다. 그가 원하는 대로 손으로 애무를 계속했다. 그리고 콘돔을 씌웠다. 그가 만족스러운 듯 가볍게 입을 맞추어 왔다. 그는 승혜가 자기를 계속 애무하기를 바라는 듯했다. 승혜가 용기를 내 계속 애무하자 그는 만족스러운 듯 신음소리를 냈다. 그런 후에 승혜의 중심에 다시 손가락을 댔다.

이번엔 승혜가 자지러질 듯 비명을 질렀다. 그의 손가락이 집요하게 그녀를 자극하고 긁어 대며 때로는 부드럽게 애무했다. 이윽고 손가락 하나가 부드럽게 벽을 더듬어 들어왔다. 승혜는 일순 숨을 삼켰다.

"쉿. 괜찮아. 싫으면 안 할 테니까."

실컷 달아오르게 해 놓고 싫다면 하지 않겠다니. 그건 협박이나 다름없었다. 승혜는 어쩔 줄 몰라 했다. 준태가 그걸 확인하고 손가락을 좀 더 깊숙이 넣었다.

안을 더듬는 손가락의 감촉에 기절할 것 같았다. 온몸의 세포가 바짝 일어서 그 손가락이 주는 감각을 받아들이고 있었다. 그가 갑자기 입술을 겹쳤고, 그 혀가 격렬하게 승혜의 혀를 더듬고 빨아들이는 동안 손가락이 하나 더 늘어났다. 승혜는 양쪽에서 일어나는 쾌락에 정신을 차릴 수 없을 지경이었다.

손가락이 내벽을 더듬고 훑으며 그녀가 얼마만큼의 쾌감을 속에 숨기고 있었는지 알려주었다. 딱딱한 관절이 믿을 수 없이 부드러운 내부의 벽과 마찰하며 쾌감이란 게 어떤 건지 알려주고 있었다. 그는 말 그대로, 승혜를 연주하고 있는 셈이었다. 부드러우면서도 거칠게. 그리고 승혜는 그의 방식이 마음에 든다는 걸 깨달았다.

"뜨겁고 젖어 있어. 믿을 수 없을 정도로."

그는 그렇게 말하면서 손가락을 다시 중심부로 옮겼다. 승혜가 몸을 휘며 그가 주는 쾌감이 어느 정도인지 알려주었다. 그곳은 내부와는 또 다른, 날것 그대로의 직선적인 쾌감을 선사하고 있었다. 그 미묘한 차이를 승혜는 간신히 깨달았다. 그걸 구분해 교묘히 연주하는 준태의 능력이 놀라울 뿐이었다.

"이제 못 참겠는데, 자기는 어때?"

준태는 대답을 기다리지 않았다. 그가 몸을 겹쳐왔다. 승혜가 기대감과 두려움으로 몸을 떨었다. 그는 승혜의 중심에 자기의 욕망을 딱 붙여 서서히 비볐다. 승혜는 기절할 것 같았다.

그의 움직임에 따라 더욱 젖어들고 있었다. 아래로 흐르는 걸 느낄 정도였다.

승혜는 두려움과 기대감에 몸을 떨며 그의 어깨를 안았다. 그가 중심을 애무하면서, 한편으로는 천천히 그의 욕망을 밀고 들어왔다.

"으, 으으."

서서히 밀려드는 남자의 체중, 그리고 압박감. 그가 열심히 애무했음에도 불구하고 견디기 힘들 정도였다. 승혜가 진땀을 흘리자 그가 더욱 다정하게 안으면서 괜찮다고 계속 속삭여주었다. 승혜는 고개를 아주 미약하게 끄덕였다. 헐떡이는 숨결 사이로 그를 안심시키려는 말이 나왔다.

"괘, 괜찮아요. 아아……."

천천히, 아주 천천히 준태가 틈을 비집고 들어와 서서히 안을 가득 채웠다. 그리고 땀에 젖은 그녀의 이마를 손으로 쓸었다.

"다 됐어. 엄청 야하고 예뻐. 자기."

승혜는 자기도 모르게 그의 등에 팔을 감았다. 그의 다정함에 눈물이 날 것 같았다. 이렇게 다정함도 아는 남자였어. 세상에. 다시 돌변할지는 모르지만 지금은 그 자상함을 놓치고 싶지 않았다.

그가 천천히 몸을 움직였다. 처음엔 좀 어색하고 아픔이 남아 허둥댔다. 그러나 그는 끈기 있게 천천히 움직였다. 서서히 그 리듬에 맞춰 승혜의 몸이 자연스럽게 움직였다. 그가 주는 쾌감을 하나도 놓치지 않으려는 듯.

그가 안도한 듯 점점 속도를 높이며 승혜를 끌어안았다. 몸이 주는 쾌감이 이렇게 크고 중요한 것이었던가. 승혜는 알지 못했던 새로운 미지의 세계에 발을 들여놓은 기분이었다.

아직도 약간은 욱신거리는 아픔과 그걸 뛰어넘는 쾌감에 승혜가 신음하자 그가 슬쩍 움직임을 멈추었다. 그러나 속에 파묻힌 그의 욕망은 지금 멈추어선 안 된다는 강한 확신을 주고 있었다.

"괜찮아요."

승혜의 말에 그는 다시 몸을 움직였다. 안을 꽉 채운 그의 욕망 때문에 승혜는 숨도 쉬지 못할 지경이었다. 그러나 그는 집요했다. 승혜가 더 이상 아픔을 느끼지 않는 걸 확인하고 다리를 벌려 자기를 감싸게 한 뒤 마구 파고들었다. 그가 서서히 자기처럼 쾌감의 벼랑을 향해 질주하고 있다는 걸 안 승혜는 그가 좀 더 깊숙이 파고드는 걸 즐겼다.

조금씩 머리가 새하얘지고 어디에 있는지, 지금이 어떤 상황인지 잊어버렸다. 느껴지는 건 그가 자기를 꽉 채우고 끝이 없는 쾌감을 선사하고 있다는 것뿐. 나머지는 전부 머릿속으로 활활 타올라 사라져 버렸다. 그가 승혜를 옆으로 슬쩍 돌려 다시 깊게 들어오면서 쾌락의 중심을 만지고 비벼 댔다. 젖은 살갗이 손가락을 반겼고 승혜는 비명을 질렀다.

"아아. 그, 그만!"

그러나 그는 정신없이 그녀를 애무하며 깊이깊이 들어왔다. 승혜는 본능적으로 이제 곧 쾌감의 극점에 다다를 걸 알았다. 정신을 잃지 않으려고 노력했지만 불가능했다. 어느 순간, 그가 마구 경련하듯 몸을 떨었고, 그녀 역시 정점에 다다라 몸을 경직시켰다. 그가 승혜를 껴안고 한참을 그대로 있었다. 승혜는 깜빡 정신을 잃은 듯한 절정의 잔재를 온몸으로 느끼고 있었다. 팔다리가 부들거리고 몸이 절로 떨렸다. 이런 기분은 처음이었다.

"맙소사. 당신이란 여자는……."

준태가 중얼거리며 승혜를 꼭 붙잡고 깊게 키스했다. 승혜는 나른한 기분으로 그의 애무를 받아들이고 있었다. 방금 치른 쾌락의 극점 때문에 말할 기운도 없었다. 그건 준태도 마찬가지인지, 그대로 그녀를 껴안고만 있었다. 둘은 금세 달콤한 잠에 빠졌다.

♪ ♪ ♪

승혜는 아무 불편 없이 공항에 도착해 비행기를 탈 수 있었다. 시간이 완벽하게 짜 맞춰져 있었기 때문에 그녀는 티켓을 확인할 겨를도 없이 퍼스트 클래스에 타게 되었다. 그들의 보딩 시간은 항공사의 배려 덕택에 남들보다 빨랐는데 그사이에도 준태는 분주하게 통화를 하며 일을 하고 있었다.

어젯밤의 달콤한 섹스는 증발되어 날아가 버린 것 같았다. 일의 여파인지 준태는 승혜에게도 퍽 사무적으로 대했다. 승혜는 꿈을 꾸는 기분을 느끼며 승무원의 안내에 따라 창가에 하나씩 놓여 있는 커다란 의자에 앉았다. 푹신하고 편안했다. 이렇게 사치스럽게 여행을 해도 되는 걸까. 하릴없는 생각으로 시간을 채우며 승혜는 음료 서비스를 받았다.

승혜가 막 오렌지 주스를 마시려는데 바깥이 소란스러워졌다. 무슨 일이 생겼나 하고 그녀가 통로 쪽으로 고개를 내미는데 낙광이 뛰어 들어왔다. 불길한 예감이 승혜를 머리부터 발끝까지 전율시켰다. 준태가 벨트를 풀고 자리에서 일어났다. 승혜는 무심코 그를 향해 팔을 뻗었지만 준태는 돌아보지도 않았다.

"지금 가셔야 할 것 같습니다. 이사님. 최 검사님이 오늘 아니면 만나주실 수 없다고 하셨거든요."

낙광이 준태의 귀에 속삭였지만 공교롭게도 승혜가 들을 정도의 크기였다. 승혜는 믿을 수가 없었다. 준태가 순순히 고개를 끄덕였던 것이다.

"이봐요. 준태 씨."

"물론 여행 중에 여자 친구분을 보좌할 비서는 모시고 왔습니다."

"전 비서 안 필요해요."

승혜가 황급히 끼어들었다. 화가 난 나머지 여자 친구라는 말도 부정할 뻔했다. 하지만 그랬다고 해도 상황이 바뀌지는 않을 듯했다. 그녀는 이미 대화에서 배제되어 있었기 때문에.

"그럼 친구라고 해 둬. 아니면 어시스턴트."

준태가 냉정하게도 승혜를 잘라냈다. 그는 당장에라도 비행기에서 내릴 기세였다. 그 순간 승혜는 세상이 무너지는 것 같았다. 그녀는 자신이 얼마나 이 여행, 아니 '한없이 여행에 가까운 사업'을 기대했는지 무섭도록 절감했다.

"우리 일하러 가는 거잖아요. 한없이……."

'한없이 여행에 가까운 사업'이라는 그들만의 달콤한 콘셉트는 이미 사라졌다. 승혜는 어째서 상황이 이렇게 돌아가고 있는지 이해할 수가 없었다. 미리 약속이라도 한 것처럼, 그녀를 확실하게 제외하고서 마지막 한 줄만 남긴 큐브처럼 꿰맞춰 들어가고 있었다.

"확실히 이야기해요. 이게 뭐 하는 짓인데요?"

승혜가 나가려는 준태를 가로막고 말했다. 그의 얼굴은 무표정했고 속을 짐작할 수가 없었다.

"오스트리아에 가 본 적 없다고 했잖아. 먼저 가서 관광해. 코스는 짜 놨어. 나는 일을 마치고 따라갈게."

준태는 달래듯 말했지만 어디까지나 계산된 감미로움이었다. 승혜는 낙광을 쏘아보았다. 승일을 물리칠 때처럼 날 선 위엄으로 그녀는 그를 잠시간 두 사람 사이에서 떼어놓을 수 있었다.

낙광도, 승무원도 시야에서 사라지자 승혜는 준태에게 말했다.

"일 때문이라면 이해할 수도 있어요. 하지만 그렇게 느껴지지 않네요. 솔직하게 이야기해주세요. 지금까지 그랬잖아요."

"……."

승혜는 다소 누그러진 말로 부탁했지만 준태는 여전히 딱딱한 표정으로 침묵을 지킬 뿐이었다.

"뜬금없는 행동으로 우리 관계를 망치지 말아줘요. 잘되고 있었잖아요. 비 오던 날, 아직 잊지 못하고 있어요. 나 아프고 싶지 않단 말이에요."

"호산나 챔버 홀이었어."

"네?"

"호산나 챔버 홀이 마담 윤의 돈세탁 창구였다고."

이런 말을 할 생각 따위 없었다는 듯 준태는 쏘아붙이고 나서 이를 악물었다. 승혜는 한 대 맞은 기분이었다.

"그러면…… 아까 최 검사가 어쩌고 한 건……."

"호산나 챔버 홀에 검찰 압수수색을 부탁할 생각이야. 당분간

문을 닫겠지. 어쩌면 영원히 그렇게 될 수도 있고."

승혜의 얼굴빛이 사색이 되었다.

"도미닉 선생님은요? 수석 피아니스트는요?"

"방금 설명했잖아."

믿을 수가 없었다. 승혜는 무심결에 머리를 감쌌다. 여전히 미용실에 가지 못해 푸석한 머리카락이 손가락에 수초처럼 엉겼다.

"내가 한국에 없는 사이 일을 처리하려고 한 거군요."

"최선이었어."

짧았다. 준태의 설명은 충분할지는 몰라도 너무나 간결했고 승혜를 실망시켰다.

"어젯밤에 그건 뭐였나요? 절 준태 씨 집에 데려간 건? 함께 밤을 새서 조율을 한 이유는 뭔데요? 나한테 장난치고 싶었어요?"

"문 교수에게 자기를 보내고 나서 알게 된 사실이야. 타이밍이 나빴어."

변명이라고 해 봐야 고작 그 정도였다. 승혜는 얼이 빠져 한동안 입을 벌린 채 아무 말도 할 수가 없었다.

"그럼 장난치고 싶었던 거군요. 그날 밤의 일은 내게 무척 특별했는데. 준태 씨와 같이 조율을 했던 일은…… 정말로, 정말로 소중한 시간이었는데."

"그건 변하지 않을 거야."

준태가 담담히 대꾸하자 승혜는 어떻게 그럴 수 있겠냐며 되물었다.

"타임머신을 타고 그때로 돌아가더라도 내가 자기에게 호산나 챔버 홀의 비밀을 말할 일은 없을 테니까. 사실 지금도 후회하고 있어. 최대한 시간을 지연시키고 감추려고 마음먹고 있었거든."

"말 다했나요?"

"……."

"말 다했냐구요!"

승혜는 말을 마치기 무섭게 준태의 따귀를 쳤다. 준태는 말 없이 맞아주었다. 그것이 승혜를 더욱 심란하고 아프게 만들었다.

"난 그날의 추억을 당신에게 팔 거예요. 필요 없으니까."

"그러지 말았으면 좋겠는데."

"아뇨. 도로 사 가요. 그렇게 나한테 주고 싶어 안달 난 백지수표를 내고 그날 밤을 사 가라구요."

"진심이야?"

준태가 호소하듯 물었다. 그에게도 그날 일은 백지수표를 받아도 팔 수 없을 만큼 특별했다.

"섹스한 밤을 팔지 않는 게 얼마나 다행이에요? 싸게 먹히는 장사예요. 이건. 당신이 그날 일을 싸구려로 만들었으니까."

신랄한 표현에 준태의 턱이 딱딱하게 굳어졌다.

"기다려."

준태가 어깨를 잡으려 했지만 승혜는 그가 자신에게 손댈 기회를 주지 않았다. 어깨로 매섭게 그의 손을 쳐 내고 또 한 번 따귀를 때렸다. 이번엔 반대쪽이었다.

"계약서는 찢어 버려요. 확실하게 당신이 그날 일을 잊었다는 의미로 찢어 버린 계약서, 백지수표 모두 우리 학교 학과실로 보내 주시구요. 부탁인데 하나도 빠트리지 말고 확실히 해 줬으면 좋겠어요."

말을 다 마친 승혜는 눈물이 흐르지 않도록 입술을 깨물면서 준태의 곁을 지나갔다. 그대로 퍼스트클래스를 빠져나가려는 찰나, 준태는 그녀의 팔을 잡았다.

"이렇게 할 수밖에 없어. 왜인지 알잖아."

"그렇다면 제가 이렇게 할 수밖에 없는 이유도 잘 알겠죠."

협상은 없었다. 승혜는 준태의 팔에서 점차 힘이 빠져나가는 것을 느끼고 그에게서 떨어졌다. 마치 시간이 멈춘 것처럼 준태는 멍하니 앞을 바라보다가 순간 뒤를 돌아보았다. 승혜의 뒷모습이 점점 작아지고 있었다.

"오스트리아에 가면 우리 서류를 찢으려고 했어!"

승혜는 멈칫했다. 하지만 결국엔 멈추지 않았다. 준태는 욕설을 뇌까리며 좌석에 주저앉았다.

♪ ♪ ♪

그로부터 세 달이 지났다. 승혜는 어릴 적에 다녔던 피아노학원에 취직했고 학원 안에서 숙식을 해결하며 지냈다. 그녀가 조율을 하지 않은지도 딱 두 달이 됐다. 어릴 때 다녔던 학원이니만큼 원장 선생님 나이가 많아, 그녀는 경영까지도 거의 도맡아 했다. 경영이라고는 해도 원생들의 수강료를 제때 받아내고 매달 정기 구독하는 어린이 잡지를 주기적으로 바꾸는 정도였다. 준태와 연애계약을 맺었을 때의 일들을 생각하면 소박하기 짝이 없는 일들이었다.

월급은 변변찮지만 이쪽 일이 훨씬 더 편안하고 좋다고 승혜는 생각했다. 가끔 준태가 떠올라 가슴이 터질 듯 괴로워지곤 하지만, 아니, 솔직히 여전히 숨도 쉴 수 없을 만큼 심장이 조여오는 데다 이제 조율이라고는 생각조차 할 수 없게 되어 버렸지만 그녀는 지금에 적응하려고 애썼다.

하지만 시시각각 기억이 승혜를 덮쳐 왔다. 그녀는 준태에게 《로망스》가 흐르던 날 밤의 기억을 팔았다고 생각했지만 사실은 그럴 수가 없었다. 백지수표는 졸업 연주회 때 하기로 마음먹었던 《월광》 악보 사이에 끼워 두고 다시는 들추지 않았다. 기억이 제대로 팔리지 않았기 때문에 그 돈을 쓸 수가 없었다.

이렇게 아파도 되는 걸까. 승혜는 익숙해지지 않는 고통 때문에 하루에도 몇 번이나 피아노 치는 것을 포기하곤 했다. 교습을 하게 되었다곤 해도 피아노를 치는 훈련은 쉬지 않고 싶은데 건반을 누르면 그 건반을 누른 손가락이 가시에 찔린 것처럼 고통스러웠다.

그럴 때면 승혜는 연주를 포기하고 하릴없이 잡지를 들췄다. 예전에 준태에게 보여주었던 클래식 잡지였다. 하지만 신간호는 단 한 권도 없었다. 돈을 벌게 되었다고는 하지만 예전과 크게 달라지지 않은 생활이어서 그녀는 언제나 과월호를 싼값에 구하곤 했다.

지금 승혜가 읽으려고 하는 것은 무려 두 달 전 잡지였다. 최근엔 초등학교 입학을 앞두고 새로 수강을 시작한 아이들이 많아 무척 바빴다. 마침 주말이고, 또 오랜만에 생긴 시간에 감사하며 그녀는 잡지를 한 장 한 장 넘기기 시작했다. 하지만 집중하기가 쉽지 않았다.

그러다 도미닉 특집 기사에서 승혜의 손이 멈추었다. 그녀는 기사를 관심 있게 읽어 나갔다. 기사의 내용은 도미닉이 공식적으로 은퇴를 하기로 결정했다는 것으로, 그 이유는 그가 사랑하고 아끼던 조율사가 죽고 말았기 때문이다.

애인은 아니지만 배우자가 없는 도미닉과 함께 늙어가던 그 조율사는 이미 5년 전부터, 조율사로서의 능력은 모두 잃었다. 뇌졸중으로 쓰러지는 바람에 손을 쓸 수 없었던 것이다. 기사로만 느낄 수 있긴 해도 도미닉의 상실감은 깊었고 여전히 치유되지 않은 듯싶었다.

그때 만약 도미닉이 호산나 챔버 홀의 수석 피아니스트로 왔다면. 그랬다면 은퇴 전에 마지막으로 자신을 태우는 불꽃같은 연주를 할 수 있는 그런 좋은 계기가 되지 않았을까 승혜는 순간적으로 생각했다. 하지만 잠시였을 뿐. 도미닉이 한국에 있는 제자 문 교수의 곁에서 한동안 지내기로 했다는 기사를 끝으로 더 이상 잡지를 읽지 않았다.

승혜는 부엌으로 가 라면을 끓였다. 식욕을 전혀 느끼지 않게 된 지 오래였지만 시간에 맞춰 억지로나마 챙기곤 하는 식사였다. 그래선지 자꾸만 라면을 먹게 되었다.

마지못해 한다는 듯 젓가락을 이용해 달걀을 풀고 있는데 문자 메시지 한 통이 도착했다. 가스레인지 앞에 선 채로, 승혜는 메시지를 확인했다. 처음에는 이렇듯 연락이 오면 혹시 준태가 아닐까 싶어 핸드폰을 건드리지도 못하곤 했지만 이제는 담담하게 확인했다. 대부분이 스팸 메시지이긴 해도.

오늘은 아니었다. 메시지를 보낸 것은 문 교수였다. 핸드폰 문자함에는 연구실, 아니 바흐 홀에 한 번 찾아와 달라고 적혀 있었다.

바흐 홀 근처에 다다르기도 전에 승혜는 격렬한 파가니니 멜로디에 걸음을 멈췄다. 《라 캄파넬라》였다. 화가 잔뜩 난 듯한 연주로, 연주자의 내공이 십분 느껴졌다. 본래도 과격하다고 해도 부족함이 없는 기교를 필요로 하는 곡인데 노여움이 실리니 숫제 괴기스럽기까지 했다.

차마 바흐 홀의 문을 열지는 못하고 창가에 다가가 안을 들여다본 승혜의 숨이 턱하고 멎었다. 연주자는 도미닉이었다. 도미닉이 미친 듯이 화를 내면서 건반을 두드리고 있었다. 그것은 마치 피아노를 때리는 듯한 모습이었다.

승혜는 심란했다. 어딘가 망가진 로봇처럼. 그 로봇은 한때는 우수한 성능을 자랑했으나 이제는 낡고 녹슬어 삐걱거리는 소리를 내는 팔다리로 움직이고 있었다.

"왔어요? 오랜만이네요."

어느새 온 것인지 문 교수가 승혜의 등 뒤로 다가와 인사했다.

"안녕하세요."

허둥지둥 인사하긴 했지만 승혜는 상황을 종잡을 수가 없었다. 하지만 한 가지 확실한 것은 아무리 광기를 드러내며 치는 연주라도 도미닉이 치고 있으니 다르다는 사실이었다. 그리고 그 사실은 승혜의 피를 뜨겁게 했다. 굳어 있던 심장이 다시 운행을 시작할 수 있는 계기를 만들어주려 하고 있었다.

"같이 들어가시죠?"

"예? 하지만 저는, 저는, 아무 상관이 없는데요."

곁눈질로 도미닉을 훔쳐보며 승혜가 더듬거렸다.

"아무 상관이 없긴요. 스승님이 저렇게 화가 나신 건 다 조율사님 때문인데요."

"나 때문에요?"

"조율이 망가졌다고 저렇게 피아노에, 곡에 화풀이를 하시는 겁니다."

승혜의 얼굴에서 핏기가 싹 가셨다. 이제야 사정을 알게 되니 그녀는 상황을 납득할 수가 있었다. 하지만 그렇다고 저렇게 화를 내는 건 아이 같은 짓이라는 생각도 들었다.

"그만 노여움을 푸시죠. 스승님."

도미닉이 문 교수를 홱 돌아보았다. 예술가의 고집이 번뜩이는 눈동자. 승혜는 저도 모르게 움츠러들었다.

"조율사인가?"

독일어로 도미닉이 물었다. 문 교수는 승혜를 흘끗 보았다. 승혜는 설마 하는 표정을 짓고 있었다. 너무 긴장한 나머지 도미닉에게 인사를 하는 것조차 잊었다. 하지만 그가 한 말은 똑똑히 들었다. 유학 갈 때를 대비해, 그리고 오페라 곡을 더 잘 연주하려면 가사를 해석할 줄 알아야 한다고 생각해서 짬짬이 공부를 해 두었던 것이다. 물론 문장으로 된 긴 말은 아마 알아듣기 어려울 테지만.

"정확히는 스승님의 피아노를 조율한 아가씨예요."

승혜는 문 교수가 한 말을 못 알아들었지만 도미닉의 반응으로 그가 한 말을 짐작해 냈다. 도미닉은 피아노 뚜껑을 쾅 소리가 나게 닫더니 마룻바닥을 쿵쾅쿵쾅 울리며 승혜에게 접근했다.

"당장 고쳐 놔. 내 피아노."

"번거롭게 해서 미안하지만 피아노를 원래대로 돌려놓는 게 어떨까요?"

"예? 하지만 저 혼자 한 게 아니에요. 기억나지 않으세요?"

자기도 모르게 승혜는 준태를 떠올렸다. 심장이 찌르는 것처럼 아팠다.

"기억납니다. 당연히 그분도 불러야죠. 아무리 대기업 사장이라고는 해도 커다란 계약을 멋대로 파기했으니 이쪽에 빚이 있는 셈입니다."

"못 해요. 이제 연락이 되지 않아요. 저는 호산나 챔버 홀의 조율사가 아니에요. 호산나 챔버 홀은 저를 해고했어요."

"당장 고쳐 놓으란 말이야!"

도미닉이 무섭게 호통 쳤다. 대가의 화는 승혜의 기를 죽게 만들었다.

"연락을 할 수 있는 방법은 제게도 있습니다."

게다가 문 교수가 압박을 해 왔다. 승혜는 쩔쩔맸다. 하지만 그렇다고 준태를 다시 만나고 싶지는 않았다. 그렇게 아플 수는 없었다.

"도미닉 선생님. 선생님의 피아노는 원래대로 돌아갈 수 없어요. 그래서는 안 돼요. 왜냐하면 그 피아노는 처음부터 잘못된 상태로 조율된 것이니까요. 아무리 완벽한 조율이라고 해도 표준음이 틀리다면 그건 잘못된 거예요. 도미닉 선생님의 손가락 신경이 고장 나 버린 것처럼요."

도미닉의 표정이 이상야릇하게 변했다. 승혜는 자기가 진실을 말했기 때문에 도미닉이 결국 화를 낼 거라고 생각했다. 그러나 시작한 이상, 자기가 아니면 그 누구도 정곡을 찌를 수 없을 터였다. 그래서 승혜는 나머지 용기를 쥐어짰다.

"이제 그만 인정하세요! 그렇지 않으면 아무리 선생님이라도 결국엔 존경받지 못할 거예요! 죽고 나서도 아무도 선생님의 연주 앨범을 찾지 않을 거라고요! 또 그래 봐야 돌아가신 선생님 조율사도 기뻐하지 않을 거고요."

고통을 피하고자 하는 마음이 절박한 나머지 승혜는 도미닉에게 진실을 말해 버렸다. 한국어를 하듯이 자연스럽지는 않았지만 독일어로 더듬거리며 끝까지 해 냈다. 하지만 그녀는 자신이 발설한 진실의 무게를 감당하기 힘들어 그곳을 돌아 나왔다.

승혜가 교문을 나서려는 찰나 문 교수는 연구실에 들렀다 가라는 내용의 메시지를 보냈다. 도미닉을 진정시키고 자신도 뒤따라갈 테니 비어 있더라도 기다리고 있으라면서.

— 그래. 이렇게 떠나는 건 정말 예의가 아니야.

역시나 무책임하게 떠날 수는 없었다. 승혜는 그렇게 생각하고 한 번 가 본 적이 있는 연구실을 찾아가 문을 열었다. 도미닉을 진정시키는 일이 쉽지는 않은 듯 문 교수는 자리에 아직 없었다.

승혜가 방을 돌아보는데 일주일 전 신문이 눈에 걸렸다. 그녀는 신문을 집어 들지 않을 수 없었다. 헤드라인 때문이었다.

준태가 마담 윤과의 진흙탕 싸움 끝에 주주총회를 통해 사장이 되었다는 내용인 듯싶은데, 그때 문 교수가 들어오는 바람에 그녀는 기사를 제대로 볼 수가 없었다.

"죄송합니다. 제가 무례를 범했죠."

문 교수를 보자마자 승혜가 사과했다.

"속 시원하게 말 잘해줬어요."

"예?"

"제자인 나는 결코 그 이야기를 할 수 없어요. 하지만 스승님 곁에 있는 누구나 해야만 하는 말이라고 생각하고는 있죠."

뜻밖의 이야기에 승혜의 긴장감은 눈에 띄게 풀어졌다.

"다만 승혜 씨가 한 말을 천천히 반복해서 들려드렸죠. 그러느라 늦었을 뿐입니다."

역시 문 교수는 잘 알려지지 않은 만큼 어딘가 비범한, 아니 이상한 구석이 있는 것 같기도 했다. 승혜는 그 말로 안도해야 할지 아니면 오히려 더 경계심을 높여야 할지 마음을 정할 수가 없었다.

"도미닉 선생님…… 많이 화가 나셨겠죠?"

"물론이죠."

무슨 생각에선지 활짝 웃으며 문 교수가 대답했다.

"피아노를 원래 상태로 돌려놓으라고 난리세요. 이러다 김준태 사장을 만나러 회사까지 쳐들어갈 것 같습니다. 어쩌면 어렵게 수락한 제안을 거절할지도 모르고요."

"어렵게 수락한 제안이라뇨?"

문 교수는 쉽게 대답하지 않고 화제를 돌렸다.

"몇 달 전 승혜 씨에게 스승님의 피아노 조율을 해 달라고 한 것, 실은 제가 멋대로 그렇게 한 것입니다."

"예? 어째서요?"

"승혜 씨가 스승님께 이야기했던 진실을 당신이 몸으로 깨닫길 바랐으니까요."

"뒷감당을 어쩌려고 그러신 거예요."

"저는 스승님이 남은 음악 인생을 당신의 명성을 팔아서 채우길 원치 않았어요. 연주자는 연주를 할 때 가장 솔직해지는 법이니 자기 자신을 솔직하게 들여다보실 거라 생각했어요. 이미 틀어진 건, 어떤 것들은, 돌이킬 수 없다는 걸."

"쉽지 않잖아요. 보셨잖아요."

승혜는 도미닉이 더 망가지지는 않을까 걱정됐다.

"승혜 씨. 많이 말랐네요."

"아……."

갑작스레 자신에게로 화제가 옮겨오자 승혜는 무심코 입을 다물어 버렸다.

"조율은 아직도 하고 있는 건가요?"

"아뇨. 지금은 아파트상가에 있는 작은 피아노 학원에서 강사를 하고 있어요."

"연주를 마음껏 하고 싶지는 않구요?"

승혜는 고개를 저었지만 무릎 위에 가지런히 올려놓은 손이 저도 모르게 떨리고 있었다.

"조율을 다시 해주세요. 부탁드립니다."

결코 그럴 수 없다는 뜻을 담아 승혜는 탄식을 내뱉었다.

"스승님은 비밀리에 호민 챔버 홀의 수석 피아니스트 제안을 받고 한국에 오신 거예요. 새 음악 홀의 새 자리죠. 하지만 저 상태로는 일을 하기 힘드실 겁니다."

음악을 사랑하고 도미닉을 존경하는 승혜의 양심이 따끔따끔했다. 하지만 그녀는 마음을 가다듬고 단호하게 말했다.

"호민 챔버 홀이 어딘지는 잘 모르겠지만 협상 같은 건 이제 지긋지긋해요. 그리고 말씀드렸듯이 혼자서는 못 해요. 아니, 하고 싶지 않아요."

"김준태 사장이 퍽 실망하겠는데요. 승혜 씨를 도울 준비를 다 마쳤는데."

승혜의 심장이 쿵 하고 내려앉았다.

"지금 그 사람이 여기 있나요?"

떨리는 음성 속에는 엷은 그리움의 빛이 감추어져 있었다. 하지만 곧바로, 승혜는 그것을 단호하게 부정했다.

"아니, 있건 없건 제 마음은 변함없어요. 그럼 전 이만 일어나 보겠습니다."

"만약 스승님이 제대로 수석 피아니스트로 부임할 수 있게 도와준다면 승혜 씨를 이 학교 음악학과 피아노 전공의 연구생으로 주선하고 싶어요."

"그게…… 무슨……."

믿지 못할 제안이었다. 승혜는 고개를 저었다. 그러나 문 교수의 얼굴은 거짓말이 아니라고 말하고 있었다.

"제가 어떤 연주를 하는지 전혀 모르시잖아요."

승혜는 면접을 보러 온 고등학생처럼 떨면서 말했다. 하지만 문 교수는 마음의 결정을 내린 지 이미 오래라는 듯 확고하게 말했다.

"나도 그날 밤 《로망스》를 들었어요. 승혜 씨의 사정은 잘 모르지만, 그래서 내가 하는 제안이 썩 매력적이지 않을지 모르지만 그래도 이 정도가 제가 스승님을 위해 할 수 있는 가장 큰 겁니다. 그러니까 내 마음을 좀 헤아려줘요."

쉽게 대답을 하지 못하는 승혜를 향해 문 교수는 절박하게 더 덧붙였다.

"승혜 씨는 나무랄 데 없이 훌륭한 사람입니다. 음악적으로 고결해요. 그런 사람을 제자로 받는 것도 기쁜 일이죠. 사실 호산나 챔버 홀 수석 피아니스트를 뽑으러 갔던 그날, 나는 현장에서 심사위원 하나가 빠진 것을 알고 그냥 되돌아오려고 마음먹었습니다. 하지만 주변의 협박과 으름장에 그러기가 쉽지 않았죠. 우리 학교 학생 중에 호산나 챔버 홀 이름으로 주는 장학금을 받는 친구가 있었으니까요."

문 교수는 승혜에게 따뜻한 시선을 보냈다.

"하지만 승혜 씨 덕택에 나는 우리 학생이 받을 불이익을 막을 수 있었고, 그러면서도 이미 뽑힐 사람이 예정되어 있는 비열한 심사를 하지 않게 됐어요. 그러지 않고서야 처음 보는, 게다가 젊은 여성에게 스승님의 피아노 조율을 쉽게 맡길 수 있었겠어요?"

마음과는 다르게 승혜는 자리를 박차고 나갈 수가 없었다.

"하지만 예술이 뭔지, 음악이 뭔지도 이해하지 못하는 남자, 돈밖에 모르는 남자에게 이용당하는 건…… 사양이에요……."

풀이 죽은 듯 기어들어 가는 목소리로 승혜가 말했다. 하지만 문 교수의 평가에 기뻤고 자신의 행동이 칭찬받아 마땅한 일이었다는 것을 뒤늦게 확인받게 되어 스스로에게 자랑스러운 것도 사실이었다.

"김준태 사장은 그런 사람이 아닌 것 같던데. 이 브로슈어를 봐요."

문 교수가 승혜에게 호민 챔버 홀을 소개하는 브로슈어를 주었다. 브로슈어를 읽어 내려가면서 그녀는 호민 챔버 홀의 관장, 더불어 그곳의 개관을 기획한 사람이 준태라는 사실을 알게 되었다. 그는 원래는 장학재단이었던 호민을 확장시켰다. 마담 윤이 구속된 후 그는 그 어떤 사업보다 예술 방면에 집중적으로 투자했다.

어떻게 이런 일이 가능한지. 승혜는 숨을 들이마셨다. 도대체 무엇 때문에 준태가 이곳을 세웠는지 알 수가 없었다. 적어도 그녀가 짐작하고 있는 이유는 아니길 바랐다.

"조율을 하려면 연장이 필요해요. 가져올게요."

"어디로 가는 거예요? 피아노 학원?"

"네. 거기서 숙식하고 있어요."

연구실을 나온 승혜는 택시를 탔다. 거리는 봄을 기다리느라 지친 겨울, 그 창백한 계절로 꽉 차 있었으나 창밖으로 슬라이드처럼 넘어가는 풍경에 점차 색채가 더해졌다. 승혜는 자신이 얼마나 생기 없는 몇 개월을 보냈는지 인정해야만 했다. 다시 준태를 만날 거라고 생각하니…… 그래, 다시 그날 밤과 같은 잊지 못할 조율의 밤이 찾아온다면 이번에는 확실히 그의 손을 놓고 싶지 않은 기분에 사로잡힐 것 같았다.

승혜는 피아노 학원으로 돌아왔다. 원장에게 약속한 것보다도 이른 시각이었다. 기분전환이라도 하고 들어와야 했을지도 모르겠다는 생각이 뒤늦게 들었다. 적어도 커피 한 잔 만이라도 마시든지. 오늘 하루를 아예 통째로 휴가 냈는데 결국엔 부랴부랴 돌아온 셈이었다. 그녀는 자신을 꾸짖었다.

— 준태를 다시 만날 수 있다고 생각이라도 하는 거야?

희망을 갖는 자신이 마음에 들지 않았다. 하지만 한편으로는 너무나 당연했다. 호산나 챔버 홀을 차갑게 버렸다고 믿었기 때문에 승혜는 준태를 떠났었다. 음악이라곤 끼어들 여지가 없는 삭막하고 딱딱한 심장을 가진 남자였음을 여실히 보여주었기 때문에. 지금은 어떨까. 이제는 그가 할 수 있는 최선을 다했다는 것을 알았다. 마음이 바뀔 이유가 너무나 충분했다.

승혜는 계단을 오르기 시작했다. 최근 몇 개월간 매일같이 그녀는 이 계단을 오르내리는 아이들의 작은 발소리를 들으며 지냈다. 상처받고 황폐해진 마음의 유일한 위안이었다. 물 한 모금 들어가지 않아 멍하게 앉아 있을 때, 아이들의 떠드는 소리와 그렇게 재잘거리며 뒤따르는 계단 밟는 소리를 듣고 있노라면 눈가에 눈물이 고였고, 그럼에도 불구하고 그제야 학원 문을 열고 아이들을 활짝 웃으며 맞을 수 있었다.

이따금 승혜는 결혼을 할까 생각도 했다. 정확히는 아이를 갖고 싶었다. 무기력한 그녀를 움직이게 하는 그나마 가능한 수단이었으니 거기서 희망을 봤다. 하지만 그마저도 포기할 수밖에 없었다. 아이를 갖는다손 치더라도 결국 그녀가 원하는 것은 준태였다. 아이는 그다음이었다. 그런 것이 가능하다면 준태의 아이가 되리라.

— 깊게 생각할 필요 없어. 아주 단순하게 생각해. 이건 부업이야. 좋은 선물이 딸린 부업.

행여나 준태가 조율을 도와주러 오더라도 매몰차게 보이건 어쨌건 밀어내자고 다짐하면서 승혜는 학원으로 들어갔다. 원장선생님이 보이질 않았다. 그녀는 선생님, 선생님 하고 원장을 찾다가 놀라운 장면을 발견했다. 커다란 피아노 앞에 앉아 있는 준태였다.

준태는 아이들 틈에 섞여서 기초적인 것들을 가르쳐 주고 있었다. 승혜는 조금도 예상치 못했다. 그녀는 제자리에 딱 멈춰

서 버렸다.

"그동안 틈나는 대로 피아노를 좀 배웠어."

담담한 말투. 승혜는 그제야 정신을 번쩍 차렸다. 아이들이 호기심에 가득 차 자신들의 선생님을 바라보고 있었다. 그녀는 유연하게 대처해야만 했다.

"그러세요? 체르니 몇 번까지 뗐나요?"

준태는 한쪽 어깨를 으쓱했다. 하지만 입가에는 부드러운 미소를 띠고 있었다. 승혜는 그가 단 한순간에 그녀의 내장이 꼬이게 만들 만큼 매력적인 남자로 바뀔 수 있다는 사실을 간과했다. 다시 만난 그는, 그래. 역시 고통스럽도록 그녀를 흔들어 놓고 있었다.

"나는 주로 연주곡 위주로 연습했어."

"아."

승혜는 준태에게 뛰어난 과외 선생님이 있었을 거라고 추측했다. 그것이 그녀의 마음을 아프게 만들었다. 만약 그가 원한다면 자신이 충분히 가르쳐 줄 수 있을지도 몰랐다. 이런 생각을 하는 것이 너무나 슬펐다. 뭔가 단단히 잘못되었는데 결코 개입할 수는 없는 영화를 보는 느낌이었다.

"《로망스》나 야나체크, 아. 《사랑의 꿈》도 칠 수 있지."

가슴이 지끈거렸다. 그 모두가 준태에게 승혜가 가르쳐 준 것들이었다. 그는 그녀를 잊지 않았다. 그 증거로 충분했다.

준태는 말을 이었다.

"듣기도 퍽 많이 들었지. 도미닉의 야나체크는 하도 많이 들어서 그의 잘못된 연주까지 재현할 수 있을 정도라니까."

"역시 재능이 있어요. 뭐라 하든. 당신은 음악에 대한 재능이……."

— 나는 정말 이런 말을 하고 싶은 걸까?

승혜는 낙담한 기분으로 말을 채 다 마치기를 포기하고 고개를 저었다. 어색한 분위기를 연출하고 싶지는 않지만 말이 끊겨 버리는 걸 어쩔 수가 없었다.

다행스럽게도 원장이 돌아왔다. 양손에 든 것을 보니 아이들 간식을 사러 나갔다 온 모양이었다.

"죄송해요. 원장선생님. 손님이 오실 줄 몰랐어요."

부엌으로 원장을 따라가 승혜가 말했다. 준태를 피할 수 있어서 다행인지 아닌지 잘 모르겠다고 생각했다.

"만나기로 했다며? 아주 친절한 사람이던데. 남자 친구인 줄은 몰랐네."

원장은 까다로운 사람이 아니었다. 하지만 그녀가 속았다는 것, 그러니까 승혜 자신과 준태가 사귀는 사이가 아니라는 것을 알게 되면 오늘 일을 얼마나 이상하게 생각할까 싶어졌다. 승혜는 찡그린 미소를 지었다.

"다녀올게요."

조율 연장을 챙긴 승혜는 일단 밖으로 나왔다. 준태는 자명하게 그녀를 자신의 차로 안내했다.

"바흐 홀까지 바래다주는 걸로만 생각할게요. 무슨 사정이 있 건."

준태가 뒷좌석 문을 열어주자 승혜는 문을 잡고 말했다.

"준태 씨를 위해서 하는 게 아니에요. 나를 위해서인지도 잘 모르겠고…… 아무튼. 그래도 호민 챔버 홀 외관이 아주 멋지더 군요. 사장이 된 것도, 축하해요."

뭘 이렇게 횡설수설하는 거야. 승혜는 한없이 차갑게 중얼거 리면서도 중언부언했다. 그녀는 차에 올라탔다. 준태는 아무 대 답 없이 그녀를 지켜보는가 싶더니 문을 닫기 직전 불쑥 안으로 몸을 밀어 넣었다. 그가 키스라도 할 것처럼 얼굴을 가까이 가져 오자 승혜의 심장이 덜커덕하는 소리를 냈다.

"보고 싶었어. 내내."

준태는 아주 간절하게 승혜의 마음을 뒤흔들어 놓고 앞좌석으 로 자리를 옮겼다. 운전을 하는 동안에는 그는 말을 골랐다. 신 중한 모습이었다. 승혜는 그가 심지어 핸드폰까지 꺼 놓았다는 사실을 알았다. 그것이 의미하는 바는 명백했다. 승혜에게 집중 하겠다는 거였다. 그녀에게 성의를 다하고 관계를 되돌리고 싶 다는…….

"정말 다 잊었어?"

승혜는 퍼뜩 놀라 고개를 들었다. 내내 고개를 수그리고 있었 다. 차는 대학 정문 앞 신호대기에 서 있었고 그녀는 무의식 깊 은 곳에서부터 지속적으로 갈등했다. 룸미러를 통해 준태와 시선이 스치자 심장 뛰는 속도가 빨라졌다. 상처 때문에 얼룩지고 어두워진 마음이 이렇게라도 반응을 보인다니 다행이라고 생각해야 할지.

"난 안 잊었어. 특히 여기서 있었던 일은…… 잊을 수가 없지."

어느새 바흐 홀이었다. 승혜는 준태의 뒤를 따라 차에서 내렸다.

"다시 떠올리고 싶을 땐 주로 꿈속에서 곱씹어보곤 했어. 맨정신으로는 도저히 그 기억을 떠올릴 수가 없었어. 자해를 하고 싶은 게 아니고서야. 그건 너무 잔인했지. 나한테는."

준태는 묻고 싶어 하는 듯했다. 승혜 그녀는 어떠했는지. 하지만 승혜는 아무 대답도 하지 않았다.

"하지만 심승혜 씨가 온전히 팔지 않은 것 같아. 꿈을."

약간은 초조한 기색이 묻어난 말투로 준태는 승혜를 자극했다.

"무슨 뜻이에요?"

"나한테 사기 쳤다고."

"내가 무슨 사기를……!"

승혜가 발끈해 준태를 쏘아보는 순간 강렬한 시선이 그녀를 훑었다. 감전된 것처럼 승혜는 부르르 떨었다. 준태는 왜 자신을 떠났느냐고 책망하고 있었다. 보고 싶었다고, 그렇게 헤어져서는 안 됐다고 말하고 있었다.

"그렇지 않고서야 꿈이 그렇게 선명하지 않을 리 있어?"

준태는 따져 물었다. 그는 진심으로 화를 내고 있었다. 너무나 그리웠던 나머지 그렇게 된 거였다.

그는 쉬지 않고 몰아붙였다.

"심승혜 씨는 한 번도 떠올린 적 없었나? 단 한 번도? 양심껏 대답해. 정말 여기서 있었던 기억을 단 1초도 빼지 않고 완벽하게 나한테 되돌려 줬냔 말이야."

"아뇨."

승혜는 울먹였다. 그녀 역시 폭발할 것 같았다. 오해가 풀렸다는 것, 오해가 아니었을지라도 준태에게 한 번 정도 더 기회를 주었어야 했다는 것, 그것이 그녀 자신에게도 기회였을 거라는 것…… 그런 생각들이 스쳐갔기 때문이다.

"아니에요. 정말 아니에요. 잊을 수가 없죠. 어떻게 잊어요."

— 안 돼. 눈물이 흐르게 두면 안 돼.

그렇게 생각하고는 있었지만 마음대로 되지는 않았다.

"울지 마."

성큼 다가온 준태가 승혜의 뺨에 흐르는 눈물을 손가락으로 훔쳐냈다. 그는 손가락을 촉촉하게 적신 그 눈물을 어떻게 처리해야 할지 고민하지 않았다. 애정이 잔뜩 밴 유연하고 세련된 동작으로 자신의 입가로 손가락을 가져가 닦아냈다. 준태의 내면에는 분명히 존재했지만 그 동안 드러나지 않던 우아함이었다. 승혜는 그게 피아노를 치게 되어 드러났다는 걸 느꼈다. 우아하고 세련된 그의 손놀림은 승혜가 다시 한 번 반할 만 했다.

"울지 마. 제발. 용서해줘. 호산나 챔버 홀이 오래가지 못하리라는 건 너무나 자명했지. 거기서 계속 구린내가 났으니까. 하지만 섣불리 이야기해서 자기를 실망시키고 싶지 않았어. 오스트리아에서 모두 고백할 생각이었다고."

준태의 고백은 승혜의 감정을 완전히 풀어버렸다. 그녀의 안에서 둑이 무너졌다. 승혜는 자신의 손을 휘감고 깍지를 끼는 준태에게 자연스럽게 응했다.

"지금 자기라고 했어요?"

"내가 그랬나?"

진심으로 놀란 표정이었다. 승혜는 준태의 무의식이 보여주는 진심을 믿을 수밖에 없었다.

"떠나지 마. 계속 있어줘."

"정말 힘든 말이네요."

승혜는 고개를 저었다. 그러는 통에 그녀의 뺨에 눈물이 후두둑 떨어졌다. 준태는 성급하게 승혜의 턱을 검지로 밀어 올려 젖은 얼굴에 입을 맞췄다. 승혜는 준태가 자신의 눈물을 흡수할 시간조차 주지 않았다. 그녀는 몸을 홱 돌려 바흐 홀로 들어갔다.

홀은 어두웠다. 도미닉이 창문의 커튼을 쳐 놓았기 때문이다. 고작 그 정도 효과를 냈을 뿐인데 승혜의 영혼은 한순간에 그날로 돌아갔다. 그날 《로망스》가 흐르던 날 밤으로.

준태는 승혜를 스쳐 지나가 피아노 앞에 앉았다. 그는 고민하지 않고 《로망스》를 연주했다. 얼마나 연습했는지 들으면 잘 알 수 있었다. 그가 여느 음악홀의 수석 피아니스트는 아닐지 몰라도 자기 여자에게 연주를 들려주고자 단단히 마음먹고 준비한 것만큼은 명백했다.

"그때 자기 계약서를 찢어서 보내달라고 했었잖아. 잘 받았어?"

구름이 미풍에 흩어지는 듯한 우아한 마무리 끝에 준태가 말했다. 그는 조금 머뭇거렸고 확신이 없어 보였다. 자신의 연주에 충분히 만족하지 못했다. 어쩌면 그는 실패했다는 자책감에 사로잡혀 있을지도 몰랐다. 승혜는 그 순간 그를 사랑한다는 걸 절실하게 깨달았다.

"네."

목이 메어 왔다. 더 이상의 대화는 필요하지 않을 것 같았다. 준태가 자신을 향해 두 팔을 벌리기만 한다면 그에게 뛰어들어 그의 목을 끌어안고 입을 맞추고 싶었다.

"백지수표도?"

승혜는 마른침을 삼켰다. 그리고 대답했다.

"네."

"다 썼나?"

"전혀요."

"그렇다면 잘 됐어. 괜찮은 물건이 있으니 승혜 씨가 나한테

사 갔으면 좋겠는데."

자신감을 약간 회복한 준태는 조금 능숙해졌다. 그에게 피아노 연주보다는 사업 쪽이 아직은 더 어울린다는 것이 여실히 드러났다. 그것을 느끼자 승혜는 불편하기보다는 그가 사랑스럽게 여겨졌다.

조금 짓궂게 승혜는 말했다.

"또 그 지긋지긋한 협상인가요? 하지만 들어는 드리죠."

"호민 챔버 홀."

승혜의 눈이 커졌다. 그녀는 준태를 뚫어져라 보았다. 숨이 막힐 것만 같았다.

"물론 호민 챔버 홀에 백지수표만한 값어치가 있다고는 말할 수 없겠지. 그러니 차액도 확실히 쳐서 돌려주겠어."

— 지금 호민 챔버 홀을 나한테 주겠다고 말하는 거야?

너무나 확실했다. 물어볼 것도 없었다. 승혜는 고개를 가로저었다. 두 사람이 다시 만나는 데 너무나 확실한 선물이었다.

"받아주지 않으면 곤란할지도 몰라."

"곤란하게 만들고 싶은데요."

승혜는 준태의 농담에 유연하게 대응했다. 하지만 눈물이 나려고 해서 그다지 재치 있게 처리하지는 못했다.

"아. 그리고 자기 계약서는 파기했지만 내 계약서는 아직 안 찢었는데."

그래도 승혜의 대응 속에 감춰져 있는 가능성. 그들이 예전으로 돌아갈 수 있다는 희망을 얻은 준태가 보다 다정하게 말했다.

"왜 안 그랬죠?"

"자기가 찢어주길 바랐으니까. 좀 찢어주겠어?"

준태가 뒤를 돌아보았다. 그는 재킷 안쪽을 뒤적거리더니 계약연애 계약서가 담긴 봉투를 내밀었다. 승혜는 그것을 향해 손을 뻗었다. 하지만 바로 되돌려 받지는 않았다. 그녀는 말했다.

"저는 여전히 공짜를 싫어해요. 그 말은 조율사로 충분하다는 뜻인데……."

"호민 챔버 홀에서 일하고 싶어? 뭐든지 좋아. 다 해줄 수 있어. 그러고 싶고."

이제 준태는 조금 초조해 보였다. 승혜는 그 눈빛 하나로 그동안 그가 자신의 빈자리를 어떻게 메워야 할지 몰라 얼마나 쓸쓸했는지 눈치 채게 되었다. 그는 이런 말을 쉽게 하는 남자가 아니었다. 사정하고 매달리는 것은 전공이 아니었다.

"오늘밤 프로젝트가 성공적으로 끝난다면, 가능성이 있겠죠."

승혜의 대답에 준태는 긴 한숨을 내쉬었다. 그녀에게 감사하고 그녀 때문에 안도하고 자신의 영혼이 그녀에게 달려 있다는 의미를 모두 가지고 있었다. 그는 허벅지 위에 올려놓은 주먹을 쥐었다 폈다. 그리고 마침내 결심한 듯 두 손을 앞으로 내밀었다.

"경력직으로 입사하게 되겠군. 이리 와."

승혜는 준태의 품속으로 뛰어들었다. 그는 승혜를 꽉 끌어안

고 귓가에 입을 맞췄다. 입술이 붙었다 떨어지는 산뜻한 소리가
그녀의 눈물샘에 파문을 일으켰다. 어떤 음악보다 애절했고 또
감미로웠다.

—*The end*

오래된 것, 새로운 것,
빌린 것, 푸른색을 띠는 것

승혜는 안절부절못하고 있었다. 결혼식이 내일인데 준태가 하루 종일 연락도 없어서였다.

준비는 다 된 것 같았지만 어쩐지 그의 전화를 받지 않으면 안 될 것 같았다.

"금세 오실 겁니다. 어제 미국에서 출발하려고 하셨는데 지사에서 갑자기 일이 생겨서⋯⋯. 오시는 대로 연락드릴 겁니다."

낙광이 태연하게 말했지만 승혜는 그래도 불안했다. 그저 결혼식을 하루 앞둔 신부의 초조함이라고 하기엔 좀 지나친 감이 있었다.

이유는 사실 따로 있었다. 결혼 전이지만 육 개월 정도 같이 살았던 만큼 비밀도 없었다. 그러나 지난 두 달 정도는 준태가 계속 바빠 둘은 거의 따로 지내야 했다. 준태는 계속 사업 때문

에 미국에서 지냈고, 승혜는 혼자 외로이 준태의 집을 지키며 챔
버 홀로 출퇴근을 했다.

그래서였다. 그저께 준태의 서재 책상 서랍에 든 백지수표를
발견했을 때, 승혜는 잊고 있었던 둘 사이의 일에 대해 떠올리고
말았다. 그러고 나니 괜히 마음이 불안해졌다. 그런데다 준태가
연락도 되지 않으니 더욱 불안감이 가중되었다.

이렇게 마음 약한 적은 없었는데. 왜 이렇게 마음이 들뜨고
불안한 걸까?

승혜는 가만가만 심장 근처를 꾹꾹 눌렀다. 그래도 심장의 거
센 고동을 진정시킬 수 없었다. 결국 호민 챔버 홀의 자기 사무
실에서 안절부절못하고 서성이던 승혜는 일순간 어지럼증을 느
끼고 주저앉았다. 준태가 붙여 둔 비서가 황급히 달려와 그녀를
부축하고 병원으로 달려갔다.

"난 괜찮아요."

승혜가 우겼지만 비서는 극구 만류했다. 결국 병원에 끌려가
다시피 해 진찰을 받은 승혜는 뜻밖의 소식을 들었다.

"임신입니다. 축하합니다. 다른 분들은 좀 빨리 오시는데, 너
무 늦게 온 감은 있네요."

"네?"

놀라는 승혜에게 의사가 웃음을 보였다.

"모르셨나 본데, 벌써 12주차입니다. 입덧도 안 하고, 좋은 상
태였나 봐요."

승혜는 곰곰이 짚어보았다. 그러고 보니 두어 달 전부터 생리가 없었다. 그러나 그때는 챔버 홀의 조직을 개편하고 보직 발령을 하느라 정신이 없었다. 준태도 마침 미국에서 체류하던 중이었고. 그래서 스트레스 때문에 거르는 거라 생각하고 당연하게 넘겼다.

그런데 이렇게 진단을 받고 보니 짚이는 게 한두 개가 아니었다. 두어 달 전부터 갑자기 잠이 쏟아졌던 거라든지, 갑자기 심장이 두근거리면서 몸살처럼 아팠다든지. 그나마 입덧이 없었던게 다행이랄까. 승혜는 임신 초기의 증상을 모조리 찾아보고는 무심했던 자신을 책망했다. 좀 더 자기 자신을 보살펴야 했다.

"그나저나 왜 이렇게 연락이 안 되는 걸까."

승혜는 혼잣말처럼 중얼거리며 챔버 홀의 커다란 문을 열었다. 홀은 승혜가 원하는 만큼 풍부한 음향과 소리를 표현해 낼 수 있는 멋진 구조로 완공되어 있었다. 무대 위에는 피아노가 한대 놓여 있었다. 호산나 챔버 홀에서 승혜가 처음으로 조율했던 바로 그 피아노였다.

천천히 걸어 내려가 무대 위에 선 승혜는 자부심을 느꼈다. 그 누가 와서 연주해도 완벽에 가깝게 음향을 구현해 낼 수 있는 시설. 한 바퀴 빙 돌며 그 공간을 직접 확인하던 승혜는, 일순 깜짝 놀랐다. 누군가 무대 옆쪽에서 슥 걸어 나왔기 때문이었다.

"여기 있었군."

준태였다. 승혜는 반가움에 달려가 와락 안겼다. 준태가 그녀를 다정하게 안아주며 가볍게 입을 맞췄다.

"왜 이렇게 연락을 안 한 거예요? 한참 찾았잖아요. 얼마나 걱정했는지⋯⋯."

"걱정할 게 뭐 있어. 도망칠 것도 아닌데."

준태는 그렇게 말하면서 무대 한복판에 있는 피아노 앞 의자에 승혜를 앉혔다. 그러고는 말했다.

"신부가 결혼식 날 가져야 할 게 생각나서 말이야. 이것저것 찾아내느라 시간이 좀 걸렸지."

"어머나."

승혜의 얼굴이 붉어졌다. 그 이야기를 한 건 2주도 더 지난 일이었다. 친구들에게서, 미국에선 신부가 꼭 지녀야 할 물건이 있다고 하는 얘기를 듣고 준태에게 말해준 게 전부였다. 설마 그가 그것까지 마음에 두고 있을 줄은 몰랐다. 준태가 상냥하게 덧붙였다.

"아버님도 안 계시니까 내가 대신 그 정도는 챙겨주고 싶었지."

승혜는 아버지란 말에 그만 눈물이 핑 돌았다. 그때, 아까 들은 반가운 소식이 생각났다. 승혜는 언제쯤 얘기할까 때를 기다리며 준태의 말에 귀를 기울였다.

"사실 오래된 것과 새것은 이미 준비되어 있잖아. 오래된 건 이 피아노, 새것은 이 호민 챔버 홀. 이 정도면 자기도 만족하겠지?"

승혜는 그의 말에 웃으며 고개를 끄덕였다. 그는 약속대로, 이호민 챔버 홀을 그녀의 명의로 주었으니까.

"자, 그럼 빌린 건데…… 뭘 빌려 와야 자기가 좋아할까 고민했지."

그는 그렇게 말하면서 수트 안에서 뭔가 꺼냈다. 승혜는 일순 긴장했다. 그가 내민 건 소리굽쇠였다. 아주 오래되었지만, 여전히 울림소리가 청명했다. 승혜는 놀란 표정을 지었다. 준태가 조용히 말했다.

"정말 빌려 온 거야. 이건 도미닉의 조율사가 쓰던 거야. 내가 결혼한다고 했더니, 도미닉이 자기가 간직한 걸 흔쾌히 빌려주었지. 오래되고 낡은 거니까 조건에 충분히 부합한다고 말이야."

승혜는 굽쇠를 소중히 감싸 안았다. 사소한 것까지 신경 써준 준태에게 고마웠고 도미닉에게도 감사했다. 그는 이제 마음의 평안을 얻은 모양이었다. 지음의 유품을 기꺼이 빌려줄 정도라면.

"자. 그리고 푸른색 물건인데…… 이건 어떨까."

준태가 그렇게 말하면서 또다시 수트 안에서 뭔가 꺼냈다. 작고 날씬한 상자를 열어 안에 든 것을 꺼냈다. 승혜의 눈이 휘둥그레졌다. 다이아몬드가 겹겹이 둘러싸고 있는 커다란 사파이어 목걸이였다. 똑같은 디자인의 팔찌와 반지도 있었다.

"결혼반지도 있지만, 가끔은 이런 것도 괜찮겠지."

준태는 그렇게 말하면서, 목걸이와 반지와 팔찌를 승혜에게 걸어주었다. 그의 손이 맨살에 닿았을 때, 승혜는 살짝 숨을 들이켰다. 그의 손길은 여전히 승혜에게는 위험한 불을 붙이는 도화선이었다.

"어때. 마음에 들어?"

"너무…… 과분한 것 아닌지 모르겠어요."

승혜는 망설이면서도 몹시 기뻤다. 물건으로 마음을 재는 건 아니지만, 그가 이 모든 걸 다 세심하게 마음 써주었다는 게 매우 기쁘고 감격스러웠다. 승혜는 감사의 마음으로 준태의 귀에 입을 가져다 댔다.

"나도 기쁜 소식 한 가지 알려 줄게요. 준태 씨, 이제 곧 아버지가 된대요."

준태의 눈이 튀어나올 것처럼 커졌다. 그대로 그는 승혜를 들쳐 안았다. 그리고는 홀 안을 한 바퀴 빙 돌았다.

"어어. 어지러워요. 그만."

승혜가 웃으며 말하자 그는 상기된 채 그녀를 안고 무대 옆으로 들어갔다. 그는 출연자 대기실로 들어가 소파에 승혜를 내려놓고 문을 잠갔다.

"뭐 하는 거예요."

승혜가 의아해하자 준태는 그녀의 앞에 무릎을 꿇었다. 그리고 앉아 있는 승혜의 드러난 살에 입을 맞췄다. 그 뜨거운 입술의 감촉에 승혜는 자지러졌다.

"고마워. 정말로."

그렇게 말하면서 허리를 죽 편 준태가 승혜에게 키스를 했다. 다정하게 시작된 키스는 이내 뜨겁고 축축하게 젖어 들었다. 그건 준태도 마찬가지인 듯했다. 한참 동안 입술과 혀로 그녀를 농락한 준태가 속삭였다.

"너무 예쁘고 사랑스러워서 참을 수가 없어. 지금 자기를 갖고 싶어."

"여기서요?"

승혜가 난처해했지만 그의 눈 속에 지펴진 음험한 불길을 끌 수는 없었다. 그는 승혜의 목에 얼굴을 파묻으면서 고개를 끄덕였다.

"아. 하지만…… 아직은 안 되겠지?"

그가 아쉬운 듯 콧소리를 내며 승혜의 목덜미에 도장을 찍어 댔다. 승혜는 간지러움과 함께 미묘한 감각에 고개를 비틀며 신음을 작게 냈다. 그러나 아직, 이성을 잃을 정도는 아니었다.

"의사선생님도 괜찮다고 했어요. 입덧이 없는 건 축하할 만한 일이지만 그 때문에 너무 늦게 검사받으러 왔다고 혼까지 난 걸요."

"그건 내게도 축복이지."

그가 다정하게 말하면서 승혜의 목을 간질이고 입술을 아래로 미끄러뜨렸다.

"내 아기라니. 정말 고마워."

그렇게 말하면서 그는 승혜의 가슴을 풀어헤치고 이미 단단해진 젖꼭지를 손가락으로 슬슬 문질렀다. 승혜가 야릇한 감각에 몸부림쳤다. 준태의 손이 스커트를 들추고 허벅지를 쓰다듬었다. 그리고 그녀의 엉덩이를 꽉 쥐었다.

"가터벨트라니. 너무 야한 것 아니야?"

승혜의 얼굴이 붉어졌다. 생각해 둔 건 아니었지만 어쩐지 팬티스타킹이 불편해서 가터벨트에 밴드스타킹을 신었던 건데 이렇게 될 줄은 몰랐다. 아까 병원에 갔을 때 갈아입을 걸 그랬다. 그러나 준태는 상상외로 즐거워하는 것 같았다.

"엄청나게 섹시해. 이제부터 팬티스타킹은 신지 마. 알았지?"

그렇게 말하면서 그가 엉덩이를 쥐고 살살 흔들다 가볍게 찰싹거렸다. 그 감촉만으로도 승혜는 넘어갈 것 같았다. 매번 익숙해질 것 같으면서도 그와의 섹스는 항상 낯설고 새로웠다. 그가 갑자기 팬티를 끌어내렸다. 그리고 그녀의 중심에 입술을 묻었다.

"꺄악. 더러워요!"

승혜가 작게 비명을 질렀지만 그는 아랑곳하지 않았다. 그가 천천히, 혀로 볼록 솟아오른 부분을 애무했다. 승혜는 아랫도리가 점점 젖어오는 걸 느끼고 입술을 깨물었다. 그 언제보다도 뜨겁고 농밀한 애무에 승혜의 몸이 점점 뜨겁게 젖어들고 있었다.

혀가 가볍게 살짝 쓸다 방향을 바꿔 밀착해 짙게 문질렀다. 그 농도의 변화에 승혜는 고개를 뒤로 젖혔다. 작게 신음 소리가 나오는 걸 참느라 애써야 했다. 그러나 그는 집요하게 승혜를 괴롭히듯 애무를 그치지 않았다.

"그, 그만해요."

그는 서서히 혀를 아래쪽으로 내려 잔뜩 젖은 내부로 밀어 넣었다. 승혜는 기겁하면서도 참을 수 없는 쾌감에 몸부림쳤다. 손가락은 좀 전까지 혀로 애무하던 곳을 문지르고 있었고 혀는 내부의 젖은 샘을 한껏 탐닉했다. 승혜는 어쩔 줄 몰라 하며 준태가 하는 대로 내버려 둘 수밖에 없었다.

"맛있어. 자기."

그가 서슴없이 야한 말을 쏟아내며 승혜를 애무하더니 자세를 바꿔 바지 지퍼를 내렸다. 툭 튀어나온 그의 굵은 욕망이 승혜의 눈앞에 번들거렸다.

"빨아줘."

그가 작게 속삭이자 승혜는 전율하면서도 그의 말대로 그걸 입에 넣었다. 그가 신음을 흘리며 승혜의 머리를 잡고 더 밀착시켰다. 승혜가 빨고 핥는 움직임마다 그의 입에서 신음 소리가 흘러나왔다.

"자기는 언제나 날 미치게 만들어."

그는 그렇게 말하면서 승혜의 입과 손에 자신을 맡긴 채 쾌감의 늪에서 헤엄치고 있었다. 그러나 그 손은 쉬지 않고 승혜의 가슴과 젖꼭지를 어루만지고 짓이기고 있었다.

이윽고 그가 승혜의 가슴에 입을 맞추면서 허리를 돌려 뒤로 엎드리게 했다. 그리고 깊게 삽입했다.

"아아."

그가 들어온 순간, 승혜는 절정처럼 뜨거운 감각을 느끼고 신음했다. 그가 힘차게 들어와 움직이며 승혜의 가슴을 움켜쥐었다. 그가 다른 손으로 그녀의 중심을 마구 문질렀다. 앞뒤로 느껴지는 비슷한 듯 다른 감각에 승혜는 몸부림쳤다.

"아아. 너무 좋아. 자기는?"

준태의 물음에 승혜는 신음으로 답할 수밖에 없었다. 내부를 꽉 채운 그가 거세게 밀어붙이고 있었다. 뒤에서 깊게 들어간 느낌을 즐기던 그가, 승혜를 일으켜 세웠다. 그러자마자 다리를 들고 다시 거세게 진입했다. 활짝 벌려진 다리 사이로 그의 몸이 그녀의 중심을 마구 자극했다. 미쳐버릴 것 같은 쾌감에 그녀가 그의 몸을 끌어안고 정신없이 속삭였다.

"사랑해요…… 너무 좋아."

뜬금없는 고백이었지만 준태는 그것만으로도 세상을 다 가진 것처럼 감격했다. 그녀의 안을 더 거세게 정복하고 싶었다. 승혜는 그가 끝을 모르는 쾌락으로 자신을 안내하는 것에 적극적으로 반응하며 기꺼이 따라 들어갔다.

서서히 극점이 보이고 있었다. 준태가 승혜에게 키스하며 거칠게 자신의 욕망을 쏟아내었다. 승혜 역시 절정을 느끼며 그를 안고 온몸을 경직시켰다. 한참 동안 껴안고 극점의 욕망을 한껏 즐겼다. 머릿속이 텅 비는 것처럼 뜨겁고 격렬한 절정의 순간이 둘을 휘감고 지나갔다.

"사랑해."

욕망을 토해내고 난 후의 나른한 희열을 느끼면서 준태가 승혜의 가슴에 가볍게 입을 맞추었다. 승혜는 그의 고백을 들으면서 입가에 미소를 지었다.

태준은 자신의 신부에게 필요한 걸 모두 다 갖추어주었고, 게다가 소중한 선물까지 생겼다. 그녀가 그에게 줄 수 있는 최고의 선물. 그러니 내일 결혼식은 최고의 날이 될 것임에 분명했다.

승혜는 미소 지으며 준태의 목을 껴안고 사랑한다고 속삭였다.

초판 1쇄 찍음 2016년 3월 7일
초판 1쇄 펴냄 2016년 3월 11일

지은이 | 링 고
펴낸이 | 정 필
펴낸곳 | **(주)뿔미디어**

기획 · 편집 | 안리라

출판등록 | 2002년 9월 11일 (제1081-1-132호)
주소 | 경기도 부천시 원미구 소향로 17, 303(두성프라자)
전화 | 032)651-6513 / 팩스 | 032)651-6094
E-mail | dahyangs@naver.com
블로그 | http://blog.naver.com/dahyangs
홈페이지 | http://bbulmedia.com

값 9,000원

ISBN 979-11-315-7002-9 03810

www.bbulmedia.com

www.bbulmedia.com